U0095725

全国教育科学"九五"规划重点课题研究成果

王立仁◎著

德育价值论

DEYU JIAZHI LUN

DEYU ZHEXUE YANJIU CONGSHU

德育哲学研究丛书

张澍军/主编

本书是一本论证德育价值的著作。作者从德育价值的前提确证出发，系统论述了德育价值的基础，德育价值的内容，德育价值的实现四个方面的内容。作者对"德"概念的审视，对德育价值的破译，把德育价值内容规定为解读、秩序、协调、导向、指导、发展和理想，把德育价值实现条件确定为内容的现实性、过程的科学性、社会的报答力以及思维视角转换等具有新意。

中国社会科学出版社

图书在版编目（CIP）数据

德育价值论/王立仁著 .—北京：中国社会科学出版社，2004.12（2008.7 重印）

（德育哲学研究丛书）

ISBN 978-7-5004-4861-6

Ⅰ.德… Ⅱ.王… Ⅲ.德育 – 价值论（哲学）Ⅳ.G410

中国版本图书馆 CIP 数据核字（2004）第 013366 号

出版策划	任　明
特邀编辑	大　桥
责任校对	修广平
技术编辑	张汉林

出版发行　中国社会科学出版社

社　　址　北京鼓楼西大街甲 158 号　　　　邮　编　100720

电　　话　010 – 84029450（邮购）　　　010 – 64031534（总编室）

网　　址　http：//www.csspw.cn

经　　销　新华书店

印　　刷　北京奥隆印刷厂　　　　　装　订　三河鑫鑫装订厂

版　　次　2004 年 12 月第 1 版　　　印　次　2008 年 7 月第 2 次印刷

开　　本　880×1230 毫米　1/32

印　　张　8.625　　　　　　　　　　插　页　2

字　　数　227 千字

定　　价　25.00 元

主编前言

《德育价值论》是《德育哲学研究丛书》的第三部专著。这是国内以专著形式出版的、以哲学思维系统研究和阐释"德育价值"问题的一部开拓性著作。

我是从 2000 年开始策划《德育哲学研究丛书》的，计划出版 8 本专著。承担研究和创作工作的多数作者是我指导的博士研究生，预计在几年之内出齐。2002 年我自著出版的《德育哲学引论》（人民出版社 2002 年 5 月版）作为这套丛书的第一部，主要是带有"总论"性质的著作。这次同时出版的是《德育过程论》和《德育价值论》两部著作。此后将陆续出版《德育文化论》、《德育认识论》、《德育主体论》、《德育资源论》、《德育管理论》等。

应当说，"德育哲学"思想的实际存在是源远流长的。但在我国，"德育哲学研究"作为一个重大课题提出，却首见于 1996 年全国教育科学"九五"规划课题指南，而作为一个新兴边缘学科的建构，恐怕仍然处于一种探索和创制的过程中。1997 年，我有幸获得主持这一重大课题研究的机遇，由此便开始了德育哲学的理论探讨。

德育哲学这一重大课题，是时代的德育理论与实践发展需求的产物。一方面，德育的社会化、本真化和深邃化，已是不可逆转的发展走势。对此，我曾提出四个"回归"的看法，即：德育的权利和义务由国家主体逐步向社会主体回归；德育的本质存在由革命时期的"精英"目标取向为主逐步向民族的大众的"生活世界"回归；德育的目的任务由工具理性主导逐步向建设人本身回归；德育的运作方式由单向运动为主逐步向双向、多向乃至"无穷向"回归

（参见拙作《德育哲学引论》第16～19页）。而"任何领域的发展不可能不否定自己从前的存在方式"（马克思语）。毫无疑问，德育"领域的发展"，确需德育哲学这一新兴边缘学科的探索和确证。另一方面，德育理论作为教育学说的相对独立部分剥离出来，其诸多重大问题研究需要哲学世界观和方法论及价值观的指导和统摄。故此，德育哲学作为德育原理与哲学思维互动交融的新兴学科应运而生。

学科问题，首要的是个学术"领域"的边界相对划分问题。通过几年来的研究探讨，我以为，德育哲学似可这样界定：德育哲学是关于德育观及其行为实践的哲学前提性问题的理论学说。它的主要任务是：通过德育理论与哲学思维的有机契合，开展对于德育观及其实践运作的哲学研究，揭示人的德性修养的前提性根据和条件，揭示德育观形成、运演、发展的历史正当性和价值合理性，揭示德育运动规律的前提性根据和条件及其实现形式。

近些年来，德育哲学的思想理论研究虽多有进展，但总体上还处于无观照、无建构的专题性研究阶段。加强系统研究，科学建构德育哲学的学科体系，任重道远。很显然，这是一两部著作难以胜任的。因而，我在做这一重大课题的过程中，规划和设计了《德育哲学研究丛书》。它的基本思路和意义在于：第一，探索德育哲学的学科建构框架，为形成较为完备的德育哲学理论体系做些基础性研究。第二，探索德育理论与哲学思维有机结合的切入点、共生点和融合点，为德育哲学的理论内容做些开发性研究。第三，以哲学方法透视德育现象，把对德育规律的揭示和把握提升到哲学视野层次，力图为德育理论与实践相结合做些导向性研究。实在说，这套丛书也只能是探索性的，能够起到抛砖引玉的作用，便可聊以自慰了。正如著名教育学家王逢贤教授在我的《德育哲学引论》一书"序"中所说："创建一门能够站得住脚并取得较大公认的新学科，并不是一件易事。别的学科建设暂且不说，仅就已取得较大公认的教育哲学来说，我国著名教育学家黄济教授在其《教育哲学通论》（山西教育出版社1998年版）中毫不隐讳地评价道：教育哲学发展至今，不仅在性质、研究对象和范围、研究方法等方面仍存在分歧，甚至对教育哲学应否独立存在仍有不同意见。看来我们对初创的德育哲学理论体系更应持审慎的态度，坚持不断加工，以促其成熟。"就内容而言，也还有许多"亟待回答的重大问题"急需研究，"诸如：在科学世界观教育领域，在科学技术及其教育已相当普及的今天，为什么在受过现代科学教育的人们当中，不仅有神论者有增无减，而且执迷歪理邪说者亦不乏其人；我们认为社会主义教育的全部目标、内容和方法都是以真善美的统一作为前提性承诺的，本应具有巨大的说服力和魅力，可是为什么有些人不仅拒绝主动接受全部，反而有意逃避甚至冷嘲热讽呢？我们德育的功能和价值既有益于社会也有益于受教育者个人，可是为什么在许多情况下德育不能像体育、技术教育、智育、美育等那样受到欢迎，既能感受到对他人、社会和国家做奉献有益，也对满足个人的索取有益，即直接对个人的学习、生活、工作、享乐有好处呢？教育者对'教育爱'的道理是容易认同的，可是为什么在实际工作中对素质发展不同水平的学生总是难以做到'一视同仁'呢？古往今来的德育者多是扮演国家、社会的代言人、裁判者、'法官'、'警察'的角色，多是用善和恶这两把尺子去衡量学生的一切行为，以至学生由此而生逆反心理和伪善行为。那么，德育哲学可否为转换德育者的'不良'形象，为扬弃德育的外在性压力和僵硬的评价尺度，提出独创的新哲理，等等。我想，如果进一步满足和回应类似上述难题的需求，也许不只是我个人对德育哲学的期望。"王老先生的话说得十分中肯而深刻，足以鞭策我们后辈学人不断继续前行。

《德育价值论》是我指导的博士研究生王立仁教授在博士论文的基础上修改而成的。作者长期从事高校思想品德课教学和研究工作，长期坚持哲学和德育理论研究，兼有较长一段高校学生思想政治教育和管理工作的实际经历，积淀了较好的理论和实践素养，留有许多真切的亲身体验，并搜集整理和自觉积累了大量的第一手资料，为做这一课题准备了很好的基础和条件。就我看，本书的成功创作显然与这些有利因素密切相关。

"德育价值"问题是德育哲学研究的一个极为重要的方面，甚至可说是整个德育研究的逻辑起点和归宿。我们知道，改革开放的新时期以来，我国哲学研究领域取得的几个重大进展和成果之一，即是开启并初步形成了有我国特点的哲学价值理论。其中，人们取得的一个重要共识是：价值理论具有极大的普适性和方法论的指导意义。这是因为，人类面对的始终是一个现实的人化世界，人们的理论思维和实践的根本任务，如同毛泽东所说，就是要做两件事，一是认识世界，一是改造世界。但是，这两件事只有实现合规律性与合目的性的统一，只有取向一种价值存在，才是合理的、正当的和有意义的。所以，价值原则如同真理原则一样，也就成为了人们观察和处理一切事物的立场、观点和方法，成为人们实践和认识的根本性原则。德育理论的现代研究，无疑也要注入这一原则。从学理上讲，德育价值论是哲学价值观的一种在实践层面上的运用，德育价值关系属于哲学价值关系范畴，两者具有贯通性。但很显然，德育价值论又有其自身的特殊领域。在德育系统内，"德育价值"问题不仅是德育基本内容的一个极为重要的方面，而且对于整个德育的理论与实践都具有统摄和基础性作用。也就是说，德育的许多重大问题需要哲学价值思维的解读。比如德育主客体之间的价值联系、德育目标的价值观基础、德育实践的价值导向、德育效益的价值评价，等等，无不如此。不难看出，如若失去了价值思维，德育就将一事无成，就此可知德育价值问题在德育理论乃至德育哲学研究中的重要地位和作用。是否可以说，王立仁教授创作《德育价值论》，也许正是基于这样一种考虑。在这部著作中，作者坚持马克思主义唯物史观的宏大视野，同时运用政治学、伦理学、教育学、社会学等多学科的理论方法和视角，深入考察和审视了古今中外关于"德"、德育、德育价值的理论和实践，比较全面地探讨和研究了德育价值的前提条件、内涵规定、内容结构、实现形式及机理和价值评价等重大问题，提出了一些具有创新意义的独到见解，初步建构和阐释了德育价值理论的系统内容，等等。就我看，这些应当是这部专著的概貌和优长。它的出版，对于我国德育哲学这一新兴边缘学科的研究和建设而言，无疑增添了新的有益的成果和光彩。

张澍军

2004 年 7 月于长春

引　言

　　《德育价值论》要系统研究德育价值问题，这些问题包括德育有没有价值，德育有什么价值，德育价值如何实现等等。对德育价值问题的研究，绝不是笔者的主观臆想和心血来潮，而是来自于现实的需要和自己对这种需要满足的责任感。这不是危言耸听，也不是自我标榜，对这种需要的认知和对这种需要的满足，是自己经过长期思考仔细斟酌后的选择。同时，这也是自己作为德育工作者对德育应尽的一份职责，是自己为自己所从事的工作寻找理由和根据。

　　对德育价值进行研究源自于这样三种需要：完善德育理论。任何学科理论都是一个完整的体系，德育理论也应该是一个完整的体系，它不仅应该包括德育的本质、德育的内容、德育的目标和原则、德育的过程、德育的规律、德育的方法等，还应该而且必须包括德育价值的内容。从德育理论的构成来说，德育价值理论与其他德育理论内容一样是不可缺少的。德育理论中缺少了德育价值的理论，显然是不完整的。不仅如此，德育价值理论本身又是德育理论存在的前提。德育理论如果没有德育价值理论的前提支撑，那么所有关于德育的理论就都会是没有价值和意义的。因为德育有没有价值的问题直接关涉着德育能不能存在的理由，你没有价值，就没有存在的理由，你有价值，你才有存在的根据。德育没有价值，德育就不会存在，进而德育的理论也就没有意义。从一定意义上说，德育的一切理论都是德育价值理论的展开，都是德育如何实现价值的理论。尽管如此，在现实的德育理论当中，对德育价值理论的研究尚处于探索阶段，还没有形成系统的德育价值理论，"德育价值论还处于无观照，无建构的探索阶段。"① 其表现是以德育功能代替德育价值，以德育的地位和作用代替德育价值，以间接的价值取代直接价值，以道德教育的价值取代德育价值，以德育价值和德育功能的关系取代德育价值。这些都表现在关于德育的著作和经典的教材中。倒是有一些论文涉及对德育价值基本问题的研究，但显得零散随意。在笔者看来，对德育价值理论的研究是德育理论最不能够忽略的内容，但事实上它被所谓德育价值自明的错误理念所忽略。对德育价值理论的忽略，不仅影响的是德育价值理论本身，而且影响着整个德育理论的完善。

德育价值理论不仅是德育理论的前提，更是德育实践的前提。德育是人类社会的一种实践活动，这种实践活动的经验支持是它的价值。价值是什么，价值在本质上是主体的需要，在客体的功能属性上的对象化反映，是价值客体所具有的能够满足价值主体需要的功能属性。作为德育价值客体的德育实践及其功能属性如若不能反映、满足德育价值主体的需要，那么德育的一切就失去了意义。德育有价值即能够满足人们的需要，德育才有意义。这说的是德育没有价值德育实践就不能存在的道理。即便在明确德育有价值的前提之下，德育的实践还是需要德育价值理论的指导。明确德育价值主体的需要，清楚德育价值客体的功能属性，认识德育满足价值主体需要的方法途径，这是德育实践活动不可缺少的内容。德育价值理论不仅要告诉人们德育有什么价值，德育能够做什么，德育应该做什么，德育做的是什么，德育为什么做，而且还要告诉人们德育价值的限度。毋庸置疑，德育是有价值的，但是德育的价值不是无限的，它要受到许多条件因素的限制。德育主体不仅应该知道自己应该干什么，而且也应该知道自己能够干什么，以便在社会生活和德育实践中对自己有一个客观的定位。就德育实践的主体来说，德育价值的研究有助于自己对对象的认识，有助于对德育价值主体需要

---

① 张澍军：《德育哲学引论》，人民出版社 2002 年版，第 183 页。

的认识，有助于对德育主体自身的功能属性的认识，有助于对自己的功能属性如何满足价值主体需要即德育价值实现的认识。这些，必然会有助于德育实践的开展，有助于德育价值的实现。

党的十一届三中全会以后，思想解放运动和改革开放的历史进程使我们摆脱了以往那种意识形态决定社会发展的观念，走上了以经济发展作为社会发展基础的健康发展道路。但是，社会发展是一个综合发展的过程，经济和人的发展应该是同步的。一方面人的发展是社会发展的构成内容，没有人的发展就不是发展的社会；另一方面，人的发展是经济发展的保障，没有人的发展，就不会有经济的发展。而无论是从构成还是保证的意义上，人的德性水平都是社会发展的重要指数。然而，对经济和发展的片面追逐及其负面影响，使一些人对人的德性和以培植这些德性为目的的德育产生了疑惑甚至失去了信心。这其中既有德性无用的论调，也有德育无用的陈词。这不仅是影响德育实践的障碍，而且也是影响人的全面发展，进而影响社会发展的障碍。不能否认，这其中有着对德性水平担忧的成分，也有对德性发展悲观的情绪。对德性无用的论调来自于对能人社会的误解，以为能人可以不顾及德性，这涉及了德育价值的前提问题；对德育无用的陈词来自于德性是生活习性自然养成的浅见，德性自然养成使德育自然失去意义。完善德育理论，指导德育实践和回应德育无用论，这些理由，构成了对德育价值进行研究的根据和机缘。

目　录

第一章　德育价值的前提确证

前提是逻辑学中的一个概念。在逻辑学中，前提是指推理中的已知判断，从已知判断可以推演出结论。在推理过程中，前提是推理的必要条件，没有前提就不会有结论。因为结论没有前提也就没有根据，因而也不能成立。在思维和一般的推理判断中，没有前提的论题既无法展开也无法继续。比如，我们谈教育，那么涉及的前提问题就是人是不是可以教育的，如果人是可教育的，我们才能讨论如何教育的问题。人如果不能进行教育，教育的内容不具有可传达性，或者人不能接受教育，对教育的讨论就既没有意义也没法进行。这里，人能够进行教育，教育内容可以通过教育的实践活动进行传达，人能够接受教育，是教育存在的前提。显然，教育没有人能够接受教育这个前提，教育也就不会存在。还比如，我们去钓鱼，无论我们的钓鱼技术水平多高，但是必须是有鱼可钓。没有鱼，再好的技术也不能钓到鱼。这里，对于钓鱼来说，有鱼和没有鱼就是前提。前提与基础不同，前提决定着事物是否成立，它的作用在事物运行之前，而基础则是在事物运行之中，它决定的是事物如何发展。前提在一定意义上可以把它视为活动的规则，规则具有前提的意义。由于前提的这种意义，使它成为人们思维活动必须讨论的内容。也就是说，在思维活动中必须把前提讨论清楚，在确定前提的基础上，问题的讨论才能够展开和继续。

像讨论任何事物要对前提进行确证一样，对德育价值的讨论，也必然要对它的前提进行确证。德育价值论是讨论德育有没有价值，德育有哪些价值的理论体系，它是德育理论的前提，因为德育如果没有价值，那么德育的一切理论自然也就没有了价值。同时，德育价值理论本身也有一个前提问题。因为，德育如果没有价值，德育的一切理论和实践都会失去意义。像德育理论需要确证其前提即德育价值一样，德育价值理论也需要确证自己的前提。德育价值理论的前提是什么？我们可以通过对德育分析获得解答。德育，即育德。"化民成俗，基于学校，兴贤育德，责在师儒"。① 不难理解，德育就是"育"德，这是不容置疑的。"育"是培育培养的意思，德育就是培育人们的"德"。德育是"育"德的社会实践活动，德育所育之德有没有价值，是德育有没有价值的前提。显然，德育所育之德有价值，那么德育才可能有价值，如果德育所育之德没有价值，那么德育就不会有价值。德育所育之德没有价值，德育的价值自然就失去了前提和根据。通俗地讲，德在社会生活中有用、能满足人们的需要，人们才会需要它，进而也才会需要德育来育德。这实质上是说，德在社会生活中有用，人们才需要德育来育德，德育才可能育出社会所需要的德，德育才会对社会有用，即德育才可能有价值。所以，在讨论德育价值开始的时候，确证德有没有价值这样一个前提问题，就不仅是必要的，而且也是必需的。

一　审视"德"概念

（一）德在中国文字中的发展

在对德有没有价值进行讨论之前，必须回答德是什么？这是对德有没有价值论证的基础。如果德的内涵界定不清，那么余下的讨论就没法顺利进行。对德是什么的界定，不仅是回答德有没有价值的必须，同时也是对把德等同于道德观点的一种回应。在我国的德育理论中，有人主张把德育等同于道德教育，主张以道德教育的称谓取代德育的称谓。这种主张的根据即德育是道德教育的简称，而

---

① 《清史稿》卷八十九《志六十四·礼八》。

更深层次上的原因，则是把德等同于道德，以为德就是道德的缩略语。把德育等同于道德教育的另一个原因，是所谓与国外接轨。国外都称道德教育，所以我们就应该把德育称为道德教育。这些因素导致我们必须对德进行深入的讨论。对"德"进行考察和审视，应首先从文字上进行考察。文字是对理念的反映和记录，文明社会的任何理念都要通过文字表现出来。文字发展的历史也是人类理念发展的历史，通过对文字的考察，有助于对理念或概念的把握。

据专家和学者们的研究考证，中国的文字是从殷代的甲骨文开始的。所以，对德字的考察应从甲骨文开始。在甲骨文中有没有德字，这在学界目前还是一个有争议的问题。有人认为甲骨文中有德字，有人认为甲骨文中没有德字，他们都有自己的理由。有学者考证，在殷代的甲骨文中就有德字，其理由是甲骨文中有现代德字的原形，即"彳"加一个"直"字。徐中舒《甲骨文字典》解释说："象目视县，以取直字之形；从彳有行义。故自字形观之，此字当会循行视察之义，可隶定为徝。徝字《说文》所无，见于《玉篇》：'徝，施也。'甲骨文徝字又应为德之初文。"有人说殷代的甲骨文中没有德字，其根据是彳加一个直这个字有他义而不是德的意义。我们这里支持殷代有德字的说法，支持的理由有两个，一是就彳加一个直字本身来说，有使用德字含义的用法，也有不是德字的用法，未必使用德字的含义就是错的，而否定使用德字的含义就是对的；二是作为一种文字的产生和发展总要有一个过程，德字的产生和发展也同样要有一个过程，德字的现代结构在它和基础之间总会有一些联系，不可能一下子就有了现代的形式，并且有德的解释占多数，尽管多数不一定就是真理。我们退一步来说，即便我们承认殷商没有德字，也就是说甲骨文中没有德字，周代有德字则是不能置疑的，并且是一个完整的德字。如果说德字的原形在商代就有，那只能说商代人的理念中已经有了对德的原初思考，但是它不会影响周代对它的使用。这就是说周代既有了德字的完整字形，也开始使用它在文字上的完整意义。

德字的最原初形是彳加一个直字，对这样一个字的解释现在基本上是三种：一种是否定意义上的说法，即不是德的意义。第二种是把彳字解释成行的省文，是十字路口或道路，直字是正直，二者合起来被解释成"道路上发生了一件正直的事。所谓正直的事，在殷代有特定的含义，即指奴隶主牵系奴隶作犬、马一样的牲口。殷周奴隶主用绳索捆缚奴隶牵起来走，视之为'最正直'和'最道德'的行为"①。应该说德字的原形表达的是正直，这是人们可以接受的。但是不是在道路上，是不是指奴隶主牵着奴隶这件事，这是有商量余地的。不能否认，在奴隶社会里，奴隶只是一个会说话的工具，所以奴隶主牵着奴隶是正常因而也是正直的。如果说用这样一个能代表奴隶社会的典型例子来说明德字，也还是情有可原的。第三种是说在十字路口眼睛照直向前看。在西周初期的金文中，德字就已经有了现代德字的形状：由彳、直和心三个字组成，即是在直下面加上了一个心字。这个心字意味着德的行为既要发自内心又要正直。无论德字是在殷代形成的，还是在周代形成的，它都有一个从"彳"加"直"到加"心"的过程，它的结构是一样的这个事实是不容置疑的，这也是学者们能够认同的事实。无论文字改革如何发展，这个字形在后来一直没有变化，这说明德的含义与字形之间的内在关联并未改变。

（二）作为政治概念的德

德的文字发展为我们理解它的含义虽然有帮助，但究竟还是不能代表对它的含义和属性的理解。所以，我们还必须继续进行讨论，找出它的属性和根据。

德首先和基本上是一个政治概念。我们说德首先和基本上是一

---

① 陈谷嘉、朱汉民：《中国德育思想研究》，浙江教育出版社 1998 年版，第 2～3 页。

个政治概念，并不意味着德仅仅是一个政治概念，而是说德在原初上是一个政治概念，在后来的发展过程中，它基本上是一个政治概念。"'德'既是统治阶级的自我修养和行为规范，又是一种统治手段。"① 作为政治概念，德主要有三层含义：一层是指能力。德的内涵有一个发展过程。作为政治概念，它的原初意义为"占有"。德表现为对奴隶和财富的占有，是占有奴隶和财富的象征。这反映在文字上，就是"德"和"得"的同义。"德者，得也"，得到了财富得到了奴隶，就是德的表现。从上面商代甲骨文和人们对德的解释中可以看出，德反映的就是统治阶级的一个统治意识。奴隶主牵着奴隶在当时是一件很正常和正直的事。奴隶是会说话的工具，奴隶主是奴隶的主人，奴隶主牵着奴隶是德，德在什么地方？德在对奴隶的占有上，德在能够对奴隶管制上，德在对奴隶的管束上，管束好自己的奴隶就是德。它的潜在含义是能够统治别人就是德，也即占有奴隶和财富就是德。"商代卜辞中是'德伐'连用，是获得与占有；西周的'德'，一是统治'国民'二是占有'疆土'，即谓'受民受疆土'。"② 看来占有和获得是德的第一意义是成立的。既然占有是德，那么占有的多少自然也就成了德的多少和大小的标志。所得和占有的越多，德也就越大，这也自然意味着一种等级意识。根据所得的不同，德的所有者的社会地位也就不同。正因为如此，德在相当长的时间里不涉及普通百姓，被统治者所垄断，只有统治者才存在有德与无德的问题，而被统治者不存在有德与无德的问题（这与西方德性原初的含义基本相同，我们在后面将要涉及）。

德作为政治概念在历史发展中的第二层意义是德的方法。德不仅仅是对财富和奴隶的占有和获得，而且还进一步发展为如何才能获得奴隶和财富的方法。这潜在的话语就是，获得奴隶和财富要有一个正当的方法和途径。这是周人总结商代灭亡教训的结果。一方

---

① 黄崇岳：《中国历朝行政管理》，中国人民大学出版社 1998 年版，第 60 页。

② 张锡生：《中国德育思想史》，江苏教育出版社 1993 年版，第 22 页。

面是统治者要维护自己的统治稳定，因而要考虑获得奴隶和财富的方法的正当性，另一方面对德也进行了抽象的思考，即德的正当性问题。这两个方面是统一的，在文字上相对应的是德字下面又加了一个心字。这同样反映出德也被统治者所垄断，即只有统治者才有一个占有获得和如何占有获得的问题。也就是说只有统治者才有德和不德的问题，普通人没有德的问题，而奴隶就更不能奢求有德了，因为奴隶和财富一样只能是统治者有没有德的标志和内容。不过，这也是历史发展过程中的一个进步，毕竟人类社会开始考虑何谓正当了，尽管是从统治者自身开始考虑。

德作为政治概念的第三层含义是治国方略。周的统治者讨论如何获得奴隶和财富问题的目的，是要稳定和稳固自己的统治。只有获得财富和奴隶的方法正当，才是有德，才能获得上天的保佑，才能达到稳定和稳固自己的统治目的。在周人眼里，周王朝所以能够推翻商王朝的统治，商王朝所以能够被周人推翻，是因为周人有德，而商王朝没有德，上天保佑了周人，周人"惟乃丕显考文王，克明德慎罚，不敢侮鳏寡[①]，""商代的'先哲王'是'有德'的，所以'天命'归于商，统治了好多年。后来商的'王人不秉德'，'不敬厥德'，于是'天命'就转移了。因为周的先王是'明德'、'敬德'的，所以，'天命'就转到了周"。[②] 德是什么？"他们所谓'德'当然是统治者的'德'。德的具体内容就是敬天保民，就是说，统治阶级为了维护他们的统治，一方面要'敬天'，借'天'的权威来维护统治阶级内部的团结和约束他们不要干危害统治阶级利益的事。另一方面还要'保民'，所谓'保民'，并不是真正地要保护老百姓，而是为了保护统治阶级的统治不被推翻而讲究统治和剥削老百姓的方法。"[③] 在周人眼里德包括十项内容：1. 敬天；

---

① 《尚书·康诰》。
② 张锡生：《中国德育思想史》，江苏教育出版社1993年版，第22页。
③ 冯友兰：《中国哲学史新编》上，人民出版社1998年版，第79页。

2. 敬祖；3. 尊王命；4. 虚心接受先哲之遗教；5. 怜小民；6. 慎行政，尽心治民；7. 无逸；8. 行教化；9. 作新民；10. 慎刑罚。① 从周人眼中的德可以看出，一直到这时，德还局限在对统治者的要求上。这种思想常常被解释为"以德治国"的要义，宋朝的朱熹在解释"为政以德"时就突出强调统治者自身的德，他说："为政以德者，不是把德去为政，是自家有这德，人自仰如众星拱北辰。……德修于己而人自感化，而天下归之。"② 统治者要想获得稳固的统治，就要实行德政。统治者有德，百姓自然"臣服"。从上面的分析我们可以知道，在周朝时期，德是专门针对统治者的，而统治者有德的表现主要是保民裕民，敬德保民。由敬德保民，进而发展为以德治民，以德治国，这在历史发展中不仅有过争论，而且也有一个过程。关于以德治国，这在先秦时期是有过争论的，有人主张用德治国，即强调用道德教化让老百姓来服从自己的统治，巩固自己的统治，它也包括统治者自身的德行在内，即统治者自己也要为百姓作出表率，这应该是以德治国的基本内涵。为老百姓作出表率，是德作为政治概念在周代的最基本含义。有人主张用法来治国，法在当时是既有规范又有酷刑的含义，也有人主张德法并举，韩非就是这种主张的典型代表。韩非力主一方面用刑罚来治理国家，另一方面主张用德来治国。在韩非那里，像法代表着刑罚一样，德则意味着奖赏。韩非告诫君主治国的《二柄》就是刑和德，"何谓刑、德？曰：杀戮之为刑，庆赏之谓德。"韩非是法家，但他并不是主张只用法来治理国家，而是主张德法并用。不过，韩非确实反对仅仅依靠"德"（道德）来治理国家。韩非认为，社会发展在民众朴实阶段，可以靠道德来治理，而一旦人发展得聪明了，就要靠刑罚来治理国家。韩非的观点中体现着发展的思想，也即法是社会发展到一定阶段的产物。

---

① 刘泽华：《中国政治思想史·先秦卷》，浙江人民出版社 1996 年版，第 24 页。

② 曹德本：《中国政治思想史》，高等教育出版社 1999 年版，第 182 页。

　　从西周到春秋战国时期，德的内容还都是对统治者的要求。而到了秦汉时期，德的要求就不仅是对统治者即国王的要求了，它已经发展成对统治者和普通百姓的普遍要求了。期间，春秋战国是德由统治者的垄断、对统治者自身的要求向对普通百姓提出要求的过渡阶段。不过，这时由于对德的要求同样是从稳定统治地位的角度提出来的，所以还非常重视对统治者自身的要求，这表现为统治者强调教化。教化的含义是教育感化，也就是统治者要用自己的行动来教育感化百姓。在汉代以后，尽管也强调德政，但德的要求已逐渐由突出强调对统治者的要求变成对普通百姓的要求了。"道之以德，齐之以礼，有耻且格。"①　在孔子看来，用德和礼教导人民，人民就会知耻而守规矩走正道。"养之以德，则民合。"②　管子以为，人民如果被培养以德，就会融洽。"以德服人者，中心悦而诚服也。"③　孟子认为，以德服人，服在内心。统治者用德来作为统治手段，可以达到好的效果，也就是说普通百姓如果都有了德，不仅百姓之间团结和睦，而且也会遵守社会规则。春秋战国时期关于德的讨论，为秦汉时期尤其是汉代的以德治国奠定了理论基础。商、周和秦的灭亡，为汉代的统治者如何巩固统治提供了经验和警示。由此，德的政治含义丰满起来。所谓丰满，就是说德和德治在政治视界中的意义完整了。

　　德作为政治概念是统治者代表国家提出的集政治和道德品性于一身的要求和行为标准。与治国方略的内涵相对应，德获得和成为了一个标准，一个由统治阶级根据自己统治需要而提出的集政治要求和品行要求于一身的标准（这个标准中有道德要求）。德从占有奴隶和财富到如何占有进而发展到保民裕民，从统治者独享发展为对普通人的要求，又从政治发展到对品性的要求，这是一个漫长的历史

① 《论语·为政》。
② 《管子·兵法》。
③ 《孟子·公孙丑上》。

过程,是人类认识发展的一个过程,也是政治社会化的一个过程。其实,德是一个政治概念的观点是被学界认同的。刘泽华在他主编的《中国政治思想史》中指出,德在《盘庚》中就已是"一个重要的政治和道德概念",包括"恪谨天命,遵顺先王,信用旧人,唯王之言是听,不聚敛宝货,勤劳从事"[①]。彭继红在《德育价值新论》[②] 中指出:"从我国历史上看,'德'意相当广泛。中国文化经典的解释是'德者,得也'。既有'内得于己,外施于人'的含义,也有'得于人','得天下'的意思。它是一个成功的统治者所必备的主观条件。因此,对德的教育灌输实际上就是统治者治国安邦平天下的灌输和修炼。"在曹德本主编的《中国政治思想史》中论证了西周"明德慎罚,敬天保民"[③] 的政治思想,它把德也视为一个重要的政治概念。因此,说德首先是一个政治概念,这是历史上的客观事实。

不能否认,德也是哲学概念。德作为一个哲学概念形成于老子时代(因为老子的年代难于确定所以用了这样一个说法)。德和道这两个概念在老子之前已经存在,德是占有和获得的意思,"德者,得也"。道是道义的意思。老子根据其建立哲学体系的需要,分别赋予它们以哲学的意义。"古时所谓道,均谓人道;至《老子》乃予道以形上学的意义。以为天地万物之生,必有其所以生之总原理,此原理名之曰道。"这即是说,"道为天地万物所以然之总原理"[④]。德是什么?"在老子的哲学中,'德'的意义是物的'不变的本性'或物的属性。'德'是'道'的体现。'道'因'德'而得以显现于物的世界。"[⑤] "德者得也,得之于道谓之德。道指事物的规

①　刘泽华主编:《中国政治思想史·先秦卷》,浙江人民出版社 1996 年版,第 12 页。

②　《湖南师范大学社会科学学报》1992 年第 3 期。

③　高等教育出版社 1999 年版,第 16 页。

④　冯友兰:《三松堂全集》第三卷,河南人民出版社 2000 年版,第 478 页。

⑤　杨子顺:《中国古代哲学家老子及其学说》,科学出版社 1957 年版,第 50 页。

律，德指这规律之表现于具体事物而言，即物的属性。"① 现在道的意义还存在于哲学之中，如规律，而德之得的意蕴已不明显。

（三）德与道德是两个不同属性的概念

德和道德这两个概念，绝不只是单词和复合词的区别，它们在含义和来源以及在所包容的范围上都有所不同。德来自于统治者的要求，它由统治者对自己提出的要求，进而成为对普通百姓提出的要求，德是用来调整国家和个人之间关系的准则。西周王朝在总结殷纣失败的教训时，懂得了统治者要想维持和巩固自己的统治，重要的条件是自身的德性，它表现为敬天，保民，表现为自己对自己的严格要求和对百姓的爱抚。西周的灭亡又使后来的统治者思考如何统治的问题，经过西周灭亡和春秋战国时期的混乱局面，人们认为仅仅是统治者自身的德性是不够的。当然，统治者自身缺德也是不能巩固统治的，可它只是维持统治的必要条件而非充分条件。经验证明，仅有统治者自身的德性是不能够稳定统治的。从春秋战国的混乱局面到秦汉时期的统一，统治者吸取了西周灭亡的教训和春秋战国的经验，形成了以德治国的思路，即不仅是统治者自身要有德性，更为根本的是如何使百姓能够服从统治。严刑不行，这会逼反百姓，德政不行，这会使百姓无所畏惧。因此，必须设法让百姓循规蹈矩。于是，就有了统治者把自己的要求变成一种标准，通过教化的手段让百姓认同接受的事实。自秦汉以后，历代统治者都把向百姓提出德性标准作为巩固自己统治的手段。尽管不同时期统治者的要求标准有所不同，但它是统治者提出的要求这一点是共同的，而且同一社会形态的德性要求也是基本相同的，虽有差异但并不大。经验向我们证明的是：人类越是发展进步、作为国家提出的德就越能代表多数人的意志和利益。这一方面反映出更多的人进入了统治者的行列，另一方

---

① 任继愈：《中国哲学发展史·秦汉卷》，人民出版社 1985 年版，第 156 页。

面也反映出,只有体现自我利益的思想政治品德标准,才能为人们所奉行。现在社会中所主张的德性标准,都是国家对百姓提出的标准。我们所倡导的德、智、体中的德,是我们社会主义国家向所有公民提出的标准。我们可以说社会主义国家是人民当家做主的国家,公民既是统治者又是被统治者,可这个德性要求是为了国家生活健康发展提出的,它的目的也是为了"统治",为了实现大家的利益和愿望要求。无论对普通百姓的德性要求还是对政府官员的德性要求,都不仅仅是道德上的要求,并且在维系的手段上也不同于道德。可见,德是调节国家和个人之间关系的行为标准。"占统治地位的思想不过是占统治地位的物质关系在观念上的表现,不过是以思想的形式表现出来的占统治地位的物质关系;因而,这就是那些是某一个阶级成为统治阶级的关系在观念上的表现。因而,这也就是这个阶级的统治思想"。① 马克思无意单独解释德的含义,但他不经意地道出了德所反映的内在关系的本质。

　　与德不同,道德不是由统治者提出的,它来自于社会和世俗,是用来调节个人和个人以及社会与个人之间关系的准则。道德的产生与德作为政治概念一样,也有一个过程。道德是用来调节人与人以及社会与个人之间关系的准则,只有在社会生活中具有明确的人与人之间关系的现实,道德的存在才会成为可能。同时,也只有人的意识发展到能够意识到这些关系存在的时候,道德的产生才有可能,这二者是统一的。人与人之间关系的形成是一个历史过程,它是伴随着人的意识完善过程由不明确到逐渐明确的过程,人的意识对人与人之间关系逐渐明确的过程,事实上也就是人与人之间关系在学习中逐渐明确的过程,这也是人类文明形成的历史过程。与人类现实的人与人的关系相对应的是调节这些关系的规范产生。就历史事实来说,道德的概念产生比德的概念产生要晚,但是道德在社会生活中的实际存在要比德早得多。有了人类和社会生活,就有了

---

① 《马克思恩格斯选集》第1卷第2版,第289页。

道德的事实存在。原始的人类，由于自然条件的恶劣和自身能力的低下，不得不以群体活动的方式来谋取物质生活资料，也不得不采取平均分配的方式来处理生活资料以维持群体的生存和发展，这就形成了人与人之间简单的社会关系。这种简单的人际关系逐渐形成了道德的原形——风俗习惯，它直接体现在共同的生产活动和相互交往之中。这些"道德"是以维护大家共同利益为目标的，是以传统的力量来维系的风俗习惯。原始社会所以只靠道德来调节人与人之间的关系，道德所以能够成为调节人与人之间关系的准则，这是由原始社会的生产力发展水平和人自身发展水平决定的。一方面，人与集体的关系使他只能服从这种调节，因为人认可了集体生活，也就必须认可调节集体生活的准则。另一方面，人们也不会想到有其他调节方式，人自身的发展和社会的发展限制着人们的思维。生产力的发展和社会分工使人与人之间的关系逐渐明朗化，私有财产的产生导致形成了阶级社会和国家。在进入阶级社会之前，风俗习惯对社会关系的调节就由利益关系的明确程度而逐渐减弱，并且个人利益逐渐获得肯定。在历史进入阶级社会和国家产生以后，这些风俗习惯的内容一部分被法律所吸收靠国家强制力实施，另一部分则以舆论和信念的方式存在于世俗和社会之中。国家产生于社会的发展，是社会发展到一定阶段的产物。生产力的发展使私有制产生，进而导致阶级和国家的产生。国家不仅是私有制的产物，而且也是为了维护私有制和私有财产而存在的。国家的公共职能不过是为了维护诸多私有财产条件下的公共职能。

下面一些学者的论述证明了道德先于国家的论断。"道德在逻辑上先于政府和法律。没有道德不可能有社会生活，没有政府却可以有社会生活"。[①] "哪里有社会生活，哪里就必定有道德的存在。但是，在每个地方都存在道德的同时，并不是每个地方都存在同样

---

① [英] A.J.M 米尔恩：《人的权利与人的多样性》，中国大百科全书出版社 1995 年版，第 44 页。

的道德。""道德和习俗的共同特征是，它们都不由某种人为的立法、行政或司法行为所建立或改变；它们的制约力不是物质力量或由物质力量所造成的威胁，而至多不过是褒贬一类和其他诸如赞成或反对的口头表示。"①

"假如它由共同体内一个或一群特殊的人掌握,这样的人已相当于法官的头衔,被选出来专门按照国家主权即最高统治权的意志职司其分配,那么它便可被说成是来自政治约束力。假如它由共同体内偶然的人掌握,这样的人作为当事者在自己的生活中碰巧与之有关,而且所依据的是每个人的自发意向,而非任何业已确立或共同商定的规则,那么它便是可被说成是来自道德的或俗众的约束力。"②

"原始法律的性质——原始法律不过是由舆论所裁定的风俗而已，故可以解释为'任何社会规则，犯之者由习惯加以刑罚'。但这种不成文的法律其标准化与拘束力并不比创法者所立的法为差。"③"原始的道德——道德无论在野蛮人或文明人都不过是对于风俗和传说的符合而已。道德的实施不是普遍的，而是部分的。原始人也各有其行为的规则，由社会制定以约束其中的个人。这种规则是很详密的，无蹉跎的可能，因为在原始社会中风俗与法律是合而为一的。在文明人，法律不过是将一部分最重要而不得不服从的风俗规定起来，至于其余的风俗则略能容许个人的自由，这在原始社会是不同的。"④"原始人有一种固定的是与非的标准，这是无可怀疑的。他们的这种行为的规则很有秩序地包括个人一切的行动。'风俗是国王，这句话还不够，风俗实是神圣的国王。他不容许个人有自己判断行为的余地或考虑的机会。对于这种道德律的遵从，为社会的惯例或宗教的规则所要求……原始人在各方面都是畏神的

---

① 美国弗兰克纳：《论理学》，三联书店 1987 年版，第 14 页。
② ［英］边沁：《道德与立法原理导论》，商务印书馆 2000 年版，第 82 页。
③ 林惠祥：《文化人类学》，商务印书馆 1991 年版，第 206 页。
④ 同上书，第 210 页。

人，这使他不敢不服从风俗。还有一种拥护道德律的东西便是舆论。个人要想在众人面前站得住，便须畏惧舆论。舆论是一致的势力，而社会对于个人的安排是无可避免的。社会的称奖为个人所希望，而社会对于不合习俗的个人加以讥嘲或斥逐等刑罚，这又为个人所惧"。①

如上可见，这些区别于靠强制力维系的继续存在于世俗和社会的舆论和信念，就是社会和世俗的道德。这些以社会舆论和信念形式存在于社会和世俗之中的道德，是对如何处理人与人之间关系的应然态度和准则。虽然其中分为统治阶级的道德和被统治阶级的道德，但是，它是从社会和世俗中提出的，根据是社会生活的存在，调节的是人与人之间的关系，道德由于它是产生于社会生活，又是调节社会生活的准则，因而只要人类社会存在就会有道德的存在。而德由于产生于国家生活因而必将随着国家的消亡而消亡。

道德在人类社会相当长的历史阶段中，必然表现为德的一个内容，道德成为德的内容，有一个用德来同化道德和道德皈依德的过程。这个过程实际上是两条不同的路线，这两条不同的路线最后进入的是同一条河流。其一是政治社会化的过程。统治者为了统治的稳定稳固，从统治者自身开始考虑德的问题，由占有获得到如何占有获得，由自身的敬德保民到对人民群众提出要求，由外在的约束管制到对内心世界的控制，这可能是中国德治文化发展的历史特点。统治者为了使自己的意志变成现实，不仅要把自己的意志升华为德让人们遵守，而且为了方便统治的缘故也要顾及被统治者的利益，还要在表面上或多或少地考虑普通百姓的利益。这样，道德就进入德的视野。如果不是这样，人们就不会尊奉它提出的德，他们提出的标准和他们的利益也没法实现。二是把风俗习惯提升为德的内容并归入"德"的过程。人们基于社会共同生活需要形成的社会风俗和习惯具有普适性，只要社会生活存在，这种被称为风俗习惯

---

① 林惠祥：《文化人类学》，商务印书馆 1991 年版，第 212 页。

的道德就会存在。由于它是维系社会生活的道德，而国家生活不能超越于社会，对社会生活的维系必然也会有助于国家生活的维系（如社会生活中的基本行为规范），因而国家自然会把道德纳入德的范畴之中，成为德的内容的一部分。道德的这种皈依，是道德在社会发展进程中即阶级社会中生长的一种方式，是国家提出的德对社会生活准则的一种认可和让渡。由上可见，一方面国家生活提出的德需要向社会普及，另一方面社会生活中的道德也有助于国家统治者的统治。没有这样两个条件，就不会被统治者接受为德的内容。道德的内容是有利于国家统治的。

引用前面几位学者的几段论述，是在证明我们这里的论点，即德与道德的区别以及道德皈依德的事实。他们虽然没有使用德的概念，但是用法律与道德的区别代替德与道德的区别，也可以说明问题。其一，它说明了道德是产生在原始社会，其二，法律产生于阶级社会，而德也是阶级社会的产物。我们不能说所有在阶级社会产生的事物都属于政治范畴，但是德则是与政治密不可分的。

考察德和道德的区别，还必须思考的问题是，为何在古代社会既使用德字又使用道德，而现在我国现代社会也是如此，这些问题仅仅用语境来解释是缺乏说服力的。我们知道，我国西周时期的金文中已有了完整的德字，但是道德概念却是形成于春秋战国时期。从现有的文献看，春秋战国时期使用道德的有四个人，即老子、庄子、荀子、韩非子，至于他们谁先使用了道德概念，为什么使用道德概念，当时的道德所指是什么，这还是值得认真考虑的问题。

老子著有《道德经》，可这个道德经的内容却不是讨论道德的，它分为道经和德经两个部分，主要是讨论哲学问题的。所谓《道德经》不过是后来的编者根据书中的内容和编者的背景给加上的，因为它的别名是《老子》。不仅如此，《道德经》里的道经和德经，有的版本把道经编在前边，有的则把德经排在前边；有的称为德篇道篇，有的称为道经德经。在老子那里，究竟是道德还是德道，还真是一个谜。按照老子的本意，得道为德，道德则是道体现为德。但无论如何道德作为一个词汇在老子那里是不存在的，可以判定是编纂者根据后来的理解集合的词。在庄子的文章中，也是既使用德字又使用道德，约有上百处，是诸子当中使用道德二字频率最高的。但是庄子主要以论述德为主，少有几处使用道德。在庄子的文字中，德有本性和能力的意义，道德还是道和德的合成词。如"夫帝王之德，以天地为宗，以道德为主"（见《天道》）。荀子在其《强国》中说："威有三：有道德之威者，有暴察之威者，有狂妄之威者。此三威者，不可不熟察也。礼乐则修，分义则明，举错则时，爱利则形，如是，百姓贵之如帝，高之如天，亲之如父母，畏之如神明，故赏不用而民劝，罚不用而威行，夫是之谓道德之威。"在他看来，礼乐制度完善，上下等级关系明确，各种措施适宜，爱人和利人就会表现出来，这样，百姓就像尊敬上帝一样尊敬君主，就像重视上天一样重视君主，就像亲近父母一样亲近君主，就像敬畏神明一样敬畏君主。因此不用奖赏，人民就勤奋努力，不用刑罚，君主的威势就能流行天下。这就叫道德的威势。可见，荀子的道德是指礼乐制度完善，上下等级关系明确，各种措施适宜，爱人和利人都表现出来这样一种情境和状态。看来，在荀子那里的道德是指统治阶级所需要的理想的秩序。韩非在他的《五蠹》中，有"上古竟于道德，中世逐于智谋，当今争于气力"。在他看来，在上古时人们竞争用道德，在中古时期人们角逐用智能，当今的人们争夺靠勇气和力量。他的上古是指西周，中古指春秋，而当今是指战国。这里的道德如果说与今天的道德有些相同之处，还是可以理解的。在《韩非子》的五十五篇文章中，既有用道的地方，也有用德的地方，还有用道德的地方。道在韩非那里有三层意思，一是指事物的根本，二是原则，三是方法。德是事物本质，恩惠好处。韩非在《奸劫弑臣》中有这样一句话："圣人为法国者，必逆于世而顺于道德。"这里的道德被有的人解释成社会发展规律，有的人解释成依法治国的法术。因为韩非是反对用道德来治国的，怎么可能主张顺于道德呢？假如是治国之术，那么就是指德，因为韩非把德理解为奖赏。奖赏是君主治国的两个把柄之一。荀子和韩非不可能看到后人把《老子》编纂成《道德经》的事实,而使用道德的概念。在庄子和荀子之间是谁首先使用道德概念的,现在很难确定。不过,根据年代和师承关系可以断定是庄子首先使用了道德概念,但是他的道德不是行为准则,到了荀子那里,道德才有了行为准则的意义。因而,我们可以说实际上是荀子最先使用道德的概念。事实上,谁先使用并不重要,关键是它的含义。在以后的历史进程中,同样是有人使用德的概念,有人使用道德的概念,但可以断定二者的意义不是一样的。

德是什么?我们可以把德概括为:一定社会对人的思想、政治、法纪和道德等品质的标准和要求。这里,一定社会对人的要求也就是承认社会发展的不同阶段有不同的要求,不同的阶级有不同的要求。这些要求既有人类共同性又有社会差异性和阶级差异性。这也就是说,德的内涵根据社会发展的不同阶段和不同的社会主导者,它有不同的要求和内容。显然,德并不仅仅是道德,它包括政治思想法纪和道德品质,道德只是德的一部分。

社会的发展,并没有改变中国对德格外关注的传统,德的内涵依然非常丰富。在现代社会中,德最根本的含义仍然是治国的方略。以德治国被认为是中国的传统,德政,就是这个传统的典型概括。我国现在主张以德治国,强调在坚持以法治国的同时要坚持以德治国。以德治国可以有两种解释,一是靠德性教育和感化来治理国家,一是靠统治者自身的有德的行为来治理国家。无论我们如何认识和把握以德治国,但以德治国确实还是治国的一种方略。除治国方略的意义外,德的意蕴就是统治阶级代表社会对人提出的标准。这个标准包括道德上的要求但不只是道德,除道德之外还包括政治上、法律上、思想上的要求。道德是德最狭窄的意义,它是社会对人提出的通过舆论良心机制评价的行为标准。据《中文大辞典》解释,德有如下十种意义:一、修养而有得于心也。二、行为也。三、谓贤者。四、通乎神鬼会乎阴阳之修养也。五、真理也。

六、始生也。七、四时之旺气也。八、善教也。九、恩惠也。十、感恩也。《汉语大词典》对德的解释有十六种，最为典型的意义是：1. 道德；品德。2. 行为；操守。3. 善行；仁爱仁政。4. 恩惠；恩德。可见，文字上的概括支持德不只有道德的观点。理论上的探讨如果不足以让人认同，那么实践中的举措会有助于我们的认同。

我们可以从现行的德育标准和德育内容来分析，我们现在"德育的目标是，使学生热爱社会主义祖国，拥护党的领导和党的基本路线，确立献身于有中国特色社会主义事业的政治方向；努力学习马克思主义，逐步树立科学世界观、方法论，走与实践相结合、与工农相结合的道路；努力为人民服务，具有艰苦奋斗的精神和强烈的使命感、责任感；自觉地遵纪守法，具有良好的道德品质和健康的心理素质；勤奋学习，勇于探索，努力掌握现代科学文化知识。"德育内容："1. 马克思列宁主义、毛泽东思想和邓小平建设有中国特色社会主义理论教育；2. 爱国主义教育；3. 党的路线方针政策和形势教育；4. 民主法制教育；5. 人生观教育；6. 道德品质教育；7. 学风教育；8. 劳动教育；9. 审美教育；10. 心理健康教育。"[①]从德育目标和德育内容上我们可以看出，道德只是德育目标和德育内容中的一个部分。任何时候的德，任何国家的德都不会只是道德。

由上可见，道德不是德的同义语，德不只是道德。德作为一种治国原则和对百姓提出的思想政治品德标准包含着道德准则，而道德则只是德的内容的组成部分。德在不同时代不同社会发展阶段有不同的内容要求，这是由德的阶级性所决定的。在我国现代的社会中，德这一个概念在使用中兼有道德和德这样两个被认为是广义和狭义的意义。有时德是指道德，有时是指作为思想政治品德标准的德。平时使用的"缺德"多半出自于百姓之口，它是指道德。而当

---

① 《中国普通高等学校德育大纲》。

说德政，德智体时，就是指政治属性的德。唐代孔颖达在《五经正义》和《曲礼上疏》中特别强调德和道的区别。[1] 比如，德包含着对政治的要求，对政府国家的态度。政治范畴中的德包含着对道德的要求，而道德则只是指善恶、应该和不应该等问题，不包括政治问题诸如对国家的态度。尽管道德在国家存在之后也涉及个人与国家的关系问题，但就道德的产生和它调节社会关系的特点来看，它是有别于德即国家所提出的治国方略和做人标准的。在现实社会生活中，人们在使用德与道德时，是能够区别二者的意义的。

德在西方文化中的意义。讨论德是什么，有必要联系西方文化中德的概念。一方面，这是一个借鉴和参考，另一方面也是应对现实的需要。我们在对待德育的问题上，希望与西方接轨。西方的德育被我们有些人仅仅解释为道德教育，到底道德教育是不是德育的全部，这也与对德的理解有关。因此，讨论西方德的概念，也成为不能缺少的内容。

西方世界中德的概念是从希腊开始的。在希腊文化中，与我们的德的概念相对应的是 arete（相对应的中文是德性，英文是virtue）。不过，arete 包含的并不仅仅是德。在希腊文中 arete 是指任何事物的特长、用处、功能。人、动物和任何一种自然物都有自身所固有的，而他物却没有的特性、品性、用处和功能。马的奔驰能力是鸟所没有的，而鸟的飞翔能力也是马所缺乏的，所以马的arete 不同于鸟的 arete。不但自然物有各自的 arete，人造物也有，房子能住人，船能在水上行驶，椅子可以供人坐，这些就是它们各自的 arete。可见，在希腊人那里 arete 就是事物的本性，事物具有自己的本性（德性）就是善，没有了自己的本性（德性）就是恶。按照德性的本义，古希腊人在描绘人的品性、特长、优点、技巧和才能的时候就自然使用了 arete。在希腊人看来，既然 arete（德性）

---

① 刘泽华：《中国政治思想史·隋唐宋元明清卷》，浙江人民出版社 1996 年版，第144 页。

是每种事物固有的天然的本性，那么人的才能、优点、特长当然就是人的本性和德性。这里，德性是从人的优点和特长方面去看的，所以德性是指好和善。没有了自己的本性和德性，也就不是好和善而是坏和恶，人如果失去人的德性和本性也就不成其为人。这就是古希腊人只有人性善而没有人性恶的观念的原因。希腊的 arete 获得德性的本义，经历了很长一段时间。希腊人在思考客观世界的事物的同时，也开始考虑人自身的德性。人不同于动物，他需要依靠共同体生活，而有社会共同体就要有共同的规范，就要有共同体所需要和赞赏的品性。这样，德性就从人的天然本性、天然功能、特长转向了人的社会本性。人的德性不仅指自然功能，而且主要指人在社会生活中的品德和优点。但是，在相当长的时间里，人们对德性还是从功能和优点的角度来理解的。到古希腊后期，人的德性才包括才和德即自然本性和社会本性两个方面。① 应该说，西方国家中德性的概念范围要小于中国德的概念内涵。它就是指人的品德和品性，而不像中国品性和品德只是德的次要内涵，它的主要意义是政治上的含义。中国是一个有着政治伦理传统的国家，尚德。西方国家尚智尚力，例如古希腊时期对美德的理解依次是智慧、正义、勇敢、节制，因而德就只有品德的含义。希腊时期关于德性的传统，一直影响西方国家的社会风尚，德性始终是指人的品德。这可能就是他们把德育称之为道德教育的理由。德可以理解为遵循着道，按照道即规则去获得就是德。"道是德的依据，德是道的实践，外化，是得道的具体表现。"② 德是一种力量，这种力量是获得的力量，就道德的层面来说，它是指人获得了人的本性，所以是有道德。在得的过程中，按照规则去获得就是有德的表现。

---

① 汪子嵩等：《希腊哲学史》第 2 卷，人民出版社 1993 年版，第 168～170 页。

② 刘泽华：《中国政治思想史·隋唐宋元明清卷》，浙江人民出版社 1996 年版，第144 页。

二 追问"德"的意义

"意义"一是指概念的内涵所指，二是指概念的内容，三是指作用价值。前面的讨论是在前两个含义即德的内涵和内容的意义上进行的，这里我们讨论第三层含义即德的作用和价值。"德"有没有价值、有没有用？从价值论的角度说，德的价值包括这样三个层面的问题：一是说社会需要德吗？二是说德有哪些功能属性？三是说德能满足社会的哪些需要，即它有哪些价值？

（一）社会需要德吗

如果我们提出"社会需要德吗"这样的问题，人们一定以为这是提出了一个令人发笑的问题。其实不然，一方面在社会生活中确实有一些人否定德的价值和作用，尤其是在市场经济发展的过程中，有人以为德没有什么价值了，这一是说市场经济不需要德，市场经济是法制经济，有法即可，不需要德。二是说德没有用，市场经济只有法才有用，德管不了什么。另一方面，我们的论题需要回答这个问题，德如果没有价值、没有用，那么德育的价值也就不复存在。怎样证明社会需要德呢？方法可以有两个：一是理性的方法，即通过理性分析确证社会对德的需要。一是经验的方法，即从人类的经验中找出社会需要德的根据。

从理性上分析，社会生活需要道德，国家生活需要德。道德是什么？从概念上，我们可以说道德是调节人与人之间关系的行为规范准则，这种准则与人类永远相伴而行。也就是说，只要人类存在，社会就需要道德，道德就会存在。为什么是如此呢？因为道德作为一种准则，它也是人对人、人对社会生活的一种认可和承诺，甚至是人对人的一种妥协。人认可了他人的存在，就要承诺一些关于人与人之间的行为准则，否则社会生活就没法维系。人对社会和他人没有认可和承诺，人类的一切都没法进行也没法存在。例如，勿偷盗，讲诚信，己所不欲，勿施于人等都是这些认可和承诺的体现。从这样的意义上说，道德是人类存在的一个前提条件，即没有道德的存在，人类社会生活就没法存在。米尔恩关于道德的几段论述有助于我们对它的理解："道德怎么样呢？它贡献于人类生活的是什么呢？究竟为什么必须有道德呢？简而言之就是，没有道德就不会有任何社会生活。略微思考一下财产制度和履行承诺就足以说明为什么。无论社会结构和社会组织如何，财产制度和履行承诺都是人类共同体所必不可少的。假如没有某种形式的财产制度，各种物质财富就不可能被拥有、使用或保持，社会成员就不能生产和分配他们共同生存所需要的东西。假如没有对承诺的履行，就不会有任何协议，从而也不会有任何联合的事业和系统的合作。但是，财产制度和承诺都是由道德规则构成的。假如没有道德及其构成规则，就不可能有任何财产制度，也就不可能有任何对承诺的履行。因为两者在人类共同体中都是必不可少的，而人类生活又必须在共同体中进行，所以，假如没有道德，就不会有人类共同体，从而也不会有人类生活。"①"没有信任这样的东西，人类社会就根本不会存在，就此而言，信任是社会生活的一个必不可少的先决条件。"②"假如没有道德，也就不会有义务，不会有做正当的事的功能，从而信任也就毫无基础。"③"没有信任人们就无法共同生活。人们通常需要能够相互信任，讲真话，守协议，抑制暴力、盗窃和欺诈，更一般地说，就是不相互获取不公平的利益。尽管如此，这种相互信任只有在其中每一个人都承认如此行事是正确的并相信其他人也承认这一点的人们中间，才有可能。也就是说，他们必须是一些有

---

① ［英］A.J.M.米尔恩：《人的权利与人的多样性》，中国大百科全书出版社 1995 年版，第43页。

② 同上书，第46页。

③ 同上书，第34页。

道德的主体，对于正当和非正当的行为，他们具有共同的观念，并意识到这一点。这说明了道德在人类共同体中的根本作用是什么。道德为社会成员间的信任提供了必要的基础，没有它，社会成员就不能进行各种不同形式的合作，而这类合作恰恰构成了他们共同体的共同生活。……要成为共同体的一员，除了其他条件以外，还应该是一个道德主体。随着人们在共同体中成长并成为共同体的成员，他们也就成了道德主体。在生活的早期，他们就认识到不能为所欲为。"①社会需要行为标准，社会需要调节人与人之间关系的准则，道德不仅是一种构成性的准则，而且也是一种保护性的准则。道德在进入阶级社会以后，尽管它自身增加了政治的色彩，具有了阶级性，但它不是德的全部内容和要求。国家生活需要德。德作为国家提出的做人的标准，尽管它也调节人与人之间的关系，可它根本的是调节个人与国家之间的关系，通过调节个人与国家的关系而使国家代表的统治阶级巩固统治。国家需要把自己的意志变成人的行为标准，用这些标准来约束人，使人们的行为符合自己的意志。德与法都是国家实现统治的工具，都是统治阶级意志的反映，国家需要法也需要德。社会越发展进步，国家越能代表多数人的意志，因而德也就越能代表多数人的意志，这既是人类社会发展的一个趋势，也是人类社会发展的规律。或者说，现代社会中国家提出的德就是多数人的意志反映和体现。一个现代民主国家的人可以都是国家的主人，也可以都是统治阶级，还可以都是被统治阶级。统治阶级说的是国家的主人，被统治阶级说的是要接受国家的管理和统治。我国现阶段可以说消灭了传统意义上的阶级，每一个人都是统治阶级的成员。但是，即便如此，这里也有需要德存在的两个根据：国家的存在使维护国家安全和利益成为德所要求的内容；国家管理中有国家生活对国家秩序的需要。这是现代民主国家需要德的

---

① 〔英〕A.J.M.米尔恩:《人的权利与人的多样性》，中国大百科全书出版社1995年版，第45页。

根据，尽管不同国家对德的要求和表征方式不同，但国家生活需要德，需要有一个维护国家生活的做人标准。只要我们不被某些表面现象所遮蔽，国家生活需要政治视界中的德这个事实是不能否认的（关于这一点，在后面的论述中还会有所涉及）。

从经验的角度看，社会生活需要道德，国家生活需要道德。从纵向说，道德与人类相伴，有人类社会生活，就有道德的存在。从横向说，现在各国都有自己的道德。就道德的角度说，由于它是社会生活的要求，因而人类的道德也有某些共同性。所谓全球伦理，就说明了这个道理。我们知道，德是统治者向社会提出的做人做事的标准，这个标准集统治需要、社会需要和个人需要于一身，集政治、法律、思想、道德要求于一体。人类社会从国家存在开始起一直到现在，就有德的存在，尽管德的内容有所不同。从先秦的西周，到秦汉以至唐宋元明清，尤其是现代社会，都有对德的需要，都有德的存在。在社会发展的不同阶段，由于生活的内容不同因而德的内容也有所不同，社会文明的程度不同，德反映统治需要和社会需要以及个人需要的程度不同，进而德在体现政治、法律、思想、道德要求的分量也会有所不同。西周时期，德字在形式上获得了完善并被大量使用。无论是"三德教国子"的至德、敏德、孝德，还是"教民以六德"的知、仁、圣、义、忠、和，抑或是敬天、敬祖、尊王命，尽心、无逸、慎刑罚，都证明德是被需要的。西汉董仲舒主张"任德"，以德治天下，他提出的三纲五常就是德的标准。隋唐时期的帝王重视修身，主张君道君德，"宽大、平正、威德、慈厚、礼仁、孝恭、勤劳、德义、诚盈、崇俭"是君德的内容，孝是臣子德的具体表现。这说明中国历史上一直存在德。我国现在主张以德治国，市场经济呼唤道德。我们主张的德、智、体全面发展，德能勤绩，无论是教育中还是对人的评价中，都缺少不了德的存在。德作为思想政治品德方面的标准，体现在对祖国和国家的态度，体现在对世界包括自我的态度，体现在对社会对他人的态度上。热爱祖国，对国家制度的认可，这是德的首要内容。这里，祖国是一个空间概念，国家是一个政治概念。热爱祖国和认可国家制度，这是德的内容的核心部分。我们强调德与道德的区别，最为根本的一点，就是在这里。对世界包括自我的态度，也是德的内容的重要组成部分。一个人能否正确对待世界和自己，关系的不只是一个人自己，因为个人是国家的成员。对社会和他人的态度，反映的是规范规则问题。规范和规则反映和调节的是人与人之间的关系，对规范和规则的态度一般表明对他人和社会的态度。德的内容还可以做其他划分，但这三方面是基本内容。德在社会生活中存在，证明德是被社会需要的。社会不需要的东西，也就不会存在，最起码不能是光明正大地存在。当然，有些东西社会不需要也会存在，比如犯罪，它存在着并不是社会光明的需要，而德是既存在又是社会光明的需要。从理性上分析，只要有人类社会的存在，只要有国家的存在，就会有国家和个人、个人和社会之间的关系，这些关系的调节既需要法律也需要德。德作为一种标准，既是人们行为的标准，也是对人的行为进行评价的标准，同时又是社会对人进行奖励、选用的标准。这样一个标准既有正当的意蕴，又是国家进行管理和控制的工具。这就是德存在和被需要的理由。

（二）德有哪些功能

社会生活需要道德，国家生活需要德，这意味着社会（国家）需要德。那么德能做什么，这就是德的功能和属性问题。德的功能是指德在社会和国家生活中的作用，它既不是德育的功能，也不是指德的价值。关于这一点，我们将在德育价值中进行讨论。

德的首要功能是它把人和动物区别开来，使人获得人之为人的内在本质。人是一个既有理性又有德性的动物，人没有理性不能战胜自然，人没有德性就不能组成社会。人之为人，就在于人有理性和德性，理性和德性不仅是人之为人的根本，而且也是人区别于动物的根本标志。亚圣孟子在讨论人性的时候曾经指出过人有"仁、义、礼、智"的善端，他认为这善端就是人之为人的本质，是人与动物的根本区别。只有人才有善端，动物有的是本能。孟子的善端是指人之为人的本性，而人的本性也即人的德性。德使人和动物区别开来，德把人从动物提升为人。在现实社会生活中，如果有谁缺德和没有德的话，人们总是会说："不是人"是"畜生"，这也是说德是人区别于动物的标志，是人之为人的本质。关于这一点，达尔文和舍勒具有非常深刻的认识，不同的是，前者看到的是区别，后者看到的是本质。达尔文指出："道德感也许提供了一个最好而最高度的差别，足以把人和低于人的动物区别开来；种种社会性本能——而这是人的道德组成的最初原则——在一些活跃的理智能力和习惯影响的协助之下，自然而然地会引向'你们愿意人怎样待你们，你们也要怎样待人'这样一条金科玉律，而这也就是道德的基础了。"① "在人和低等动物之间的种种差别之中，最为重要而且其重要程度又远远超出其他重要差别之上的一个差别是道德良心。……在人的一切属性之中，它是最为高贵的，它导致人毫不踌躇地为他的同类去冒生命的危险，或者在经过深思熟虑之后，在正义或道义的单纯而深刻的感受的驱使之下，使他为某一种伟大的事业献出生命。"② "不论任何动物，只要在天赋上有一些显著的社会性本能，包括亲慈子爱的感情在内，而同时，又要一些理智的能力有了足够的发展，或接近于足够的发展，就不可避免地会取得一种道德感，也就是良心，人就是这样。……任何有社会性的动物，如果它的一些理智才能会变得像人那样的活跃，像人那样的高度发达，就可以取得同人完全一样的那种道德感。"③ "所谓有道德性的动物就是这样的一种动物，他既能就他的过去与未来的行为与动机做些比较，而又能分别地加以赞许或不赞许。……人，我们既可以

---

① ［英］达尔文：《人类的由来》（上），商务印书馆 1984 年版，第 190 页。
② 同上书，第 148 页。
③ 同上书，第 149～150 页。

肯定地把他列为一种有道德的动物，则某一类的行动或行为，无论是通过了内心的动机之间的斗争而深思熟虑之后才作出的也好，或通过本能而出乎冲动的也好，或由于逐渐取得的习惯的影响或成效也好，我们一概称之为合乎道德的。"① "野蛮人对行为的判断，哪些行为是善，哪些是恶，完全要看他们是不是显然地影响到部落的福利，而不是整个人种的福利，也不是部落中个别成员的福利；看来当初原始人的判断善恶，大概也是如此。这个结论和认为所为道德感原本是从一些社会性本能派生发展而来的信念很相符合，因为这两样东西，社会性本能和道德感，起先都只是和社群发生关系的。"② 在达尔文看来，人是有道德良心和社会性本能的一种动物，这种良心和社会性本能表现为"你们愿意人怎样待你们，你们也要怎样待人"，这种社会性本能和道德感是人最高贵的属性，正是它把人和动物区别开来。

舍勒针对有人"以为德行对有德行之人本身毫无意义，似乎德行只对另一种为数不少的人才存在"指出："在古代，人们乐于谈论德行的'光辉'和'装饰'，并将之比作价值连城的宝石。……德行的善和美并不基于人对他人的行为，而是首先基于心灵本身的高贵和存在，德行对他人而言，至多不过是顺便具有意义的可见范例而已。"德行"是自发地从我们的存在本身之内涌现出的力量意识"，"德行具有内在的高贵"，"德行是位格本身的一种品质……这并非'表现于'预定举止和行动方面的品质，更不是指造福于人，而是有德之人的一种自由的装饰，犹如帽子上的羽毛。一切行动和举止均出自位格；品质就融于这些行动和举止之中，绝对抹除不掉。"③ 在舍勒的语境中，所谓位格，就是指人之为人的内在品质，即人所以为人的本质。他认为社会对德行的忽略就在于人们只把德

---

① ［英］达尔文：《人类的由来》（上），商务印书馆 1984 年版，第 168 页。
② 同上书，第 180 页。
③ 《舍勒选集》（上），上海三联书店 1999 年版，第 711~712 页。

行看成是对他人的有用性，而有德的人总是把自己具有德性与自己占有人的本质联系在一起，我有德行，因为我获得了人之为人的本质，这会使自我感到高贵起来。得道为德，人按照良心做事，用良心约束自己的行为，就是占有了人的本质。道德发展理论把道德发展作为人的发展的一个水平，它不只是告诉人们道德的发展是与人的认知发展水平相适应的，而且更为根本的是它为人的道德水平发展确立了一个独立的位置。也就是说，人的德性水平发展与否，是与人占有自己的本质多少正相关的。"道德是文化上的确定目标以及指导这些目标实现的准则；它或多或少是外在于个人的，是强加给个人作为习惯灌输给个人的。……也就是说，个人把它们当成了自己的东西，并用它们来调节自己的行为，从而他产生了一种'良心'或'超我'。这个内在化的过程也许完全不依赖于理性，正像我们将要看到的那样，道德的典型特征是伴随少量理由说明的反复灌输。所以，我们往往在儿童刚刚达到懂事的年龄，就向他们提出了我们道德指令的理由，甚至让他们感到询问理由是应该的。"①

舍勒的观点是清楚的，德性外在的表现是对他人的有用性，而根本的是人有了德性，就是获得了人之为人的本质，它自身就有内在的高贵性。尽管这里谈及的是道德，但是道德是被德所包含的，就阶级国家产生之前的社会来说，道德的划分和本质意义是不能否认的。

德为人的行为提供标准和准则。德（道德）无论在社会生活层面还是在国家生活层面，就做人的标准这一点是共同的。社会和国家提出做人的标准，这个标准是统治者的意志反映和张扬。国家和社会提出做人的标准，目的在于把这些标准变成人们的行为，因而这些标准就成为人们行为的准则。国家和阶级产生之前的社会，道德与风俗一起约束人们的行为，是人们行为的准则，这时的行为准则由于具有法律的性质，因而具有强制性。房龙笔下的无知山谷

---

①　美国弗兰克纳：《伦理学》，三联书店1987年版，第15～16页。

里，古老的东西总是受到尊敬。对于敢于离开山脚的人，等待他们的是屈服和失败。因为他违背了守旧老人的意愿，犯了弥天大罪，必须接受审判。在守旧老人的叫喊声中，人们举起了沉重的石块，杀死了那个漫游者。这就是原始社会风俗。强制性的体现。① 在阶级和国家产生之后，德与法律一起都成为人们行为的准则。这时由于法律的存在，德的强制性基本消失。但是强制与否，并不能代表准则性质的有无。德无论是否具有强制性质，它都是人们行为的一个标准和准则。法律作为行为准则，它的维系力量是社会和国家的强制。德的维系机制是舆论和良知以及社会的褒奖机制，尽管它本身不具有强制的性质，但是国家和社会事实上都以特定的高明于法律的方式维系德的实施。"在别的国家，法律用以治罪，而在中国，其作用更大，用以褒奖善行。若是出现一桩罕见的高尚行为，那便会有口皆碑，传及全省。官员必须奏报皇帝，皇帝便给应受褒奖者立牌挂匾。前些时候，一个名叫石桂（译音）的老实巴交的农民拾到旅行者遗失的一个装有金币的钱包，他来到这个旅行者的省份，把钱包交给了知府，不取任何报酬。对此类事，知府都必须上报京师大理院，否则要受到革职处分；大理院又必须奏禀皇帝。于是这个农民被赐给五品官，因为朝廷为品德高尚的农民和农业方面有业绩的人设有官职。"② 这个事例说明国家总会采取措施保证德作为行为准则的意义获得实现。也就是说，德作为行为准则在社会现实中是发挥作用的。德的行为准则价值能否实现，与社会的保证机制的有无和强弱成正比。法律保护德的实施，德为法论证并且可以补足法律所不能的角落。德作为一种做人的标准，既是人们的行为准则，也是调节人与人之间关系的准则。"道德就其本质而论，应该是人们在一定历史条件下，为维护自身生活，实现人生价值，完善人的本质，协调或消解人性内在及外在矛盾所形成的，通过内心信

---

① 见房龙《宽容》序言，三联书店 1985 年。
② ［法］狄尔泰：《风俗论》，商务印书馆 1995 年版，第 217 页。

念、评价态度、行为规范、公众原则等方式起作用的观念——行为（或实践）系统。这里所谓人性内在及外在矛盾，指的是人与人之间，社会与个人之间，个体自我内部及人类与自然之间的矛盾关系。将这种关系合理引向和谐、融洽与统一，从而促进人性的完善和最后解放，便是道德所欲达到的最高境界。而所谓道德价值，就是这种道德本质通过道德实践的实现。"[①]

德作为行为准则，也是对人的行为进行评价的标准。人们包括自我可以根据这个准则来对自己的行为进行评价。就准则来说，它是指行为规范，规范体现对行为的约束。而就标准来说，它不是规范的意义或者它不只是规范的意义。标准的作用在于为行为提供目标和外在的动力。因而也可以说，这里的准则和标准，既有规范的功能又有目标的功能。规范、准则和标准的内涵是有区别的，一般来说，标准包括规范和准则，而不能说规范准则包括标准。

德为人和社会的发展确定方向。德在现实中表现为社会提出的关于政治思想品德方面的标准，这些标准具有历史流变性和时空差异性。表现在人们身上的德，就是社会对思想政治品德方面的标准的体现。人的德不是先天就有的，只能是后天社会要求的内化。没有社会生活和社会的要求，就不会有德的存在。社会的政治思想品德标准，一旦内化为自己的"德"，就成为一个人灵魂的内容，对人的行为具有约束规范作用，确定着人的发展进而也是社会的发展方向。首先，德约束社会向符合统治阶级意志的方向发展。德是统治阶级提出的人在政治思想品德方面的标准，这个标准是统治阶级意志的反映，目的是为了维护统治阶级的利益。但是，历史上任何国家提出的德，都要代表社会其他成员包括被统治阶级成员的意志。这个代表是有前提条件的，这就是它不违背自己的意志和利益，并且有助于自己的利益和意志的实现。统治阶级的意志中包括被统治阶级的意志和利益，一方面是为了实现自己的统治，因为在

社会提出的标准中如果一点都不包括被统治阶级的意志，那么就很难实现。而国家提出的德，在相当的历史阶段中，是让被统治阶级来实施的。另一方面，统治阶级自己的意志在不违背自己根本意志的前提下，包含着被统治阶级的意志，也会使自己的意志具有"合法性"和全民性。历史的进程是，作为国家提出的德越来越具有全民性。一是历史进程的本身要求统治阶级的德要具有全民性，有时它就是德的合法性根据；二是民主化的进程使统治阶级的队伍不断发展，社会主义国家是人民当家做主的国家，它的德代表人民的利益属于正当，资本主义国家的德在形式上具有全民意志性。德作为统治阶级意志的体现，在现实中是成立的，它保护着统治阶级意志的实现。因为人们按照德的要求去做，就是按照统治阶级的意志去做，就是在实现统治阶级的意志。其次，德约束社会向符合社会发展规律的方向发展。德的内容在历史进程中是不断变化的，就总的趋势来说，每一次变化都意味着发展，都意味着向社会发展规律要求的趋近。德作为社会提出的思想政治品德标准，它的内容反映着现实社会发展中的要求，它与社会发展的要求是相适应的。可以说，德不仅以自身的内容符合社会要求而体现社会发展规律，而且还以它对内容的维护来使社会符合规律的发展。由于德的内容本身就是社会现实中符合社会发展要求的体现，因而，它对德的内容的维护，就在事实上约束着社会向符合社会发展规律方向发展。当德的内容落后于社会生活要求的时候，它对自身内容的调整，就是为了使自己符合社会的发展规律。德的这种功能，是德能动作用的体现。"经济的前提和条件归根到底是决定性的，但是人们思想意识对经济基础也不是无能为力的，它是要起一定的作用，虽然不是决定的作用。"[1] 最后，德约束着社会向符合人性的方向发展。我们这里所说的德，虽然不只是道德，但它包含着道德的内容，德在任何国家生活中必然包含道德的成分。社会越发展，这种成分在德的

---

① 《马克思恩格斯选集》第4卷，第2版，第732页。

界面占有的份额就越大，而到了人的全面自由发展的理想社会中，德的内容也就会是道德的内容。德是人之为人的本质，它要求社会按照符合人性的方向发展，它的最后目标是人性的自我完善。社会发展的任何维度，都要接受人性的检阅。德的信念是，社会只有按照人性的方向发展，才能发展。社会应该向符合人性的方向发展。德是社会的灵魂，是人的大脑，它以标准和应该不应该的方式审视社会的发展。一个社会的发展，只有将统治阶级意志和社会规律以及人性统一起来，才可能是符合德的内在精神的。尽管社会发展是一个历史过程，在三者统一的过程中常常不能同步有时甚至是冲突的，但它将约束社会逐渐趋近于三者的统一，并且也以三者的统一为目标。德的功能虽然具有区别人与动物、确立人之为人本质，为人们德性提供准则的功能，但最为根本的则是它为社会发展确立方向，约束社会健康发展。最近一段时间人们讨论德与智的关系，实际上是在论证德的功能。有人把德比作方向盘，而把智力比作发动机，实际上都是在证明德在把握方向中的作用。无论你的发动机提供多大动力，速度有多快，但是如果方向错了，动力越大速度越快，则带给人们的危害也越大。在讨论人才标准时，有人总结说，能力不行是残次品，而人的品行不好，则是危险品。这些，都说明德在把握方向上面的作用。

（三）德有哪些价值

德的功能和德的价值是两个不同的概念，德的功能说的是德能做什么，德的价值是说德有什么用。能做什么和有什么用是既有联系又有区别的两个概念。区别是说二者说的不是一个问题，联系是说价值必以功能为基础。关于功能和价值之间的关系，我们将在下一章进行讨论。前面，我们把德的功能归结为三个方面，那么德的三个功能有什么用即有什么价值呢？这既是前面论述的结论，也是后面问题展开的必然要求。从历史和现实的角度审视我们视界中的德，它有如下价值：

社会秩序价值。德是国家提出的思想政治品德方面的行为标准，这个标准的原始和首要价值就是秩序。我们所说的德，就道德来说对社会生活具有秩序价值，而就德来说则对国家生活具有秩序价值。德不只有秩序价值，除秩序外还有其他价值。同样，具有秩序价值的也不只有德，其他事物也有秩序价值。但是，这都不能否认德所具有的秩序价值。前面所说的原始是就道德的角度来说的。道德是调节人与人之间关系的行为准则，它是社会生活的产物。只要有社会生活，就要有道德的存在。道德作为准则，一方面为人们提供行为标准，一方面协调人与人之间的关系。它以告诉人们什么是应该做的，什么是不应该做的方式，来调节人与人之间的关系。道德调节的目的是秩序，道德调节的手段是内心信念和良知。作为规范的道德，它是有层次的，它的第一个层次就是不伤害别人，也就是说在自己追求目的行为时，不能伤害他人；第二个层次是互助的，互相帮助互利互惠；第三个层次是奉献。它的基本内涵是遵奉准则行事，它的直接目的就是秩序。奉献只是在社会和他人需要时才构成道德价值。这并不是说社会不需要奉献，也不是说奉献不具有道德价值，而是不能把奉献作为一个人的经常性行为。如果社会和个人要求人们总是奉献，那么这种要求就是不道德的。让一个人没有自我的道德是不道德的。相反，总是奉献于一个人在正常的情况下也是不道德的，这同样也会使人丧失人格。道德在一般的意义上说，就是一种规范，规范的价值就是秩序。社会生活需要秩序，因而需要规范和道德。国家生活也需要秩序，因而也需要规范。它把道德纳入自己的领域并规定了做人的标准，目的也是为了秩序。社会生活的秩序在国家的范畴中也同样具有秩序意义。我们知道，德也是有层次的，政治思想品德依次就是德的层次。无论是政治还是思想抑或是品德，都具有秩序的价值。德和道德一样，不只具有秩序价值，可秩序确实是道德和德的原始的、首要的价值。

巩固统治价值。德在本质属性上是政治概念。德这个概念从产生开始起，就与政治不可分。它是治国的方略和手段，它的目的就是要稳定和巩固统治。道德调节的是人与人之间的关系，德调节的是国家与个人之间的关系。道德的目的是社会生活的秩序，德的目的是统治的稳定和巩固。道德是社会概念，德是政治概念。道德是社会提出的，德是国家提出的。德包含着道德，道德在国家生活中只是德的构成内容之一。道德的社会属性并不影响它在国家生活中的政治视角，即可以从道德的角度审视政治，德的政治属性也不妨碍从政治的视角看道德，也就是说，道德也可以进入政治视界。就德和道德二者的关系而论，可以有两种不同的解释路径：一种路径是，道德在自身的发展进程中，由于进入国家生活而着上了政治的色彩，政治给道德打上了自己的烙印；第二种路径是，德在政治领地把道德招在自己的麾下，使道德为自己所用。历史的事实是后一种情境，即德在自己的政治视界把道德纳入了自己的囊中。实际上，这两种路径是不矛盾的，道德既可以审视政治，政治也可以把道德为我所用。无论在历史还是现实中，"德"泛政治化是不对的，但是这并不意味德可以改变自己的属性，即改变它实现统治稳定、政权巩固的价值取向。德作为统治阶级提出的做人标准，为了实现自己的目的，在发展的过程中也采取了两种不同的策略改变自己：一方面是努力使自己的意志能够代表多数人的利益，以保证自己的意志获得实现；另一方面是不断扩大统治者的队伍，使社会成员的多数进入统治阶级的行列。在现代民主进程中，这两种策略都是存在的，它们的区别在于前者是纯粹的策略，而后者则体现着社会进步的方向。无论如何，德或者是统治者自己约束自我，为社会成员作出表率，或者是让社会成员按照国家提出的思想政治品德标准行事，这都有助于统治的稳定和巩固。一个国家提出思想政治品德标准，目的是政权的巩固，当社会成员都能够按照社会的要求去约束自己，必然会带来统治的巩固和政权的稳定。

德可以使人获得利益。德最初有得和如何得的意义，后来是国家提出的集政治、法律、道德于一身的行为标准。按照这个标准行事，就被视为有德。这种有德的行为对行为者本人有什么用？可以假想，德作为德，不应该对行为者本身不利，如果那样，德也就不称其为德，德也不会获得实施。我们还可以假想，作为德之行为者本人，他必定不喜欢做不利于自己的事情，因为人是一个自保性的动物。德更多的表现是不做自己不应该做的事，不该得到的东西不去得，只是在很少的时候才是对自己的牺牲。德如果意味着必然的付出和损失，一定不会维系下去。"人们行善是有弹性的，而且是为政治需要服务的；也就是说，善行是符合自己、家庭和当时同盟的最高利益的。"①"一个民族所遵循的道德，其目的在于使该民族能够生存下去。""道德纪律不是为了上帝的利益而制定的，而是为了人的利益而制定的。"② 斯宾诺莎对此一直深信不疑，他说："一个人愈能够寻求他自己的利益或保存他自己的存在，则他便愈具有德性，反之，只要一个人忽略他自己的利益或忽略他自己存在的保持，则他便算是软弱无能。""一个人愈能够保持他的存在，则他便愈具有德性，而且，只要他忽略了保持他自己的存在，他便是软弱无力。""绝对遵循德性而行，在我们看来，不是别的，即是在寻求自己的利益的基础上，以理性为指导而行动、生活、保持自我的存在。绝对遵循德性而行，不是别的，只是依照我们固有本性的法则而行。但唯有当我们能理解时，我们才能主动。所以遵循德性而不是别的，即是以理性为指导而行动、生活、保持自己的存在，而且这样做是建立在寻求自己的利益的基础上。"③ 德行和利益之间不是对立的，绝不是有了德行就一定要损失利益，如果是这样，那么德行也就会消失了。在尚德的社会环境中，德和利益的关系是直接的，而在尚力的社会环境中，德和利益的关系则是间接的。"一个人之所以做善行，是因为他有由行为所得到的名誉价值和道德满足

①　[英]威尔逊：《论人性》，浙江教育出版社2001年版，第141页。

②　[法]涂尔干：《道德教育》，上海人民出版社2001年版，第385、10页。

③　[荷兰]斯宾诺莎：《伦理学》，商务印书馆1983年版，第185～187页。

感的价值之和，大于他为别人或社会作贡献因而所受的损失。"①
比如诚信是道德要求，是有德的表现，诚信会给人带来利益。讲诚
信的人如果就是吃亏，人们有理由相信诚信也会不复存在。从这一
点上说，对德的奉行也是一种精明的算计。有德的行为不一定就是
为了获得利益，但是多数人对不德行为的规避，却是为了不损失利
益。"整个伦理可以定义为这么一种艺术：它指导人们的行为以产
生利益相关者的最大可能的幸福。"② "一个高标准的道德，就一个
部落中的某些成员以及他们的子女来说，比起其他成员来，尽管没
有多大好处，或甚至没有好处，而对整个部落来说，如果部落中天
赋良好的成员数量有所增加，而道德标准有所提高，却肯定地是一
个莫大的好处，有利益于它在竞争中胜过另一个部落。"③ "人们都
抱有希望，在对别人进行了写同情的获得而有惠于别人之后，迟早
会收到一些友好的报答，而通过习惯，同情心所得到加强得分量，
亦复不少。"④ "当部落成员的推理能力和料事能力逐渐有所增进之
际，每一个人会认识到，如果他帮助别人，他一般也会受到旁人的
帮助，有投桃，就有报李。"⑤ "虽然人们的感激并不总是同他的善
性相称，但是，公正的旁观者对他那优良品德的看法，以及那种表
示同感的感激，总是同他的善行相称。其他人对某些卑劣的忘恩负
义者的普遍愤慨，有时甚至会加深对他的优良品德的全面认识。一
个乐善好施的人从来没有全然得不到他善行的结果。如果他并不是
总是从他应当得到它们的人那里取得它们，他就很少忘记以十倍的
增量从他人那里得到它们。好有好报；如果被同道热爱是我们热望
达到的最大目的，那么，达到这个目的之最可靠的方法，是用自己

---

① 陈小平：《面对道德冲突》，中央编译出版社 2002 年版，第 91 页。
② ［英］边沁：《道德与立法原理导论》，商务印书馆 2000 年版，第 348 页。
③ ［英］达尔文：《人类的由来》（上），商务印书馆 1984 年版，第 204 页。
④ 同上书，第 161 页。
⑤ 同上书，第 202 页。

的行为表明自己是真正热爱它们的。"①　人有德行会被给予一种荣誉，这种荣誉是社会和政府给的。人是一个具有精神需要的高级动物，人不仅有物质需求还有精神需求，获得荣誉就是这种需求的表现。由于社会和国家都鼓励人们按照德的要求去行动，因而往往给予有德行的人或者做出德行以荣誉表示肯定。"每个人都是社会的一员；他作为社会的一员的价值是以他的社会荣誉来衡量的。社会地位主要是由出身、财富、经济上的成就决定的。社会荣誉总是试图把自己变为政治荣誉，或者进一步说，使自己获得国家的认可。国家通过授予头衔和勋章来满足这种愿望。国家只是承认头衔并使公众注意到受衔人的社会重要性和社会地位。"②　"荣誉是道德的卫士；对荣誉的爱首先推动着意志去发展自重的德性，然后又推动着它去获得社会的德性，或者至少是避免不公正的行为、谎言和犯罪。""对荣誉的尊重和对耻辱的恐惧甚至在最坏的情况下也产生了一些好的结果：懒惰的本性由于害怕蒙受贫困的耻辱而行动起来，胆怯的气质也因为害怕被指责为怯懦而被激励得勇敢起来；好斗的和固执的性情由于害怕惩罚和丢脸而屈服。我们也不能设想那些伟大的业绩可以没有对荣誉的强烈的爱的情况下被完成。那些没有什么荣誉可以丧失因而也不再有任何对于耻辱的恐惧的人们最为堕落。每一个大城市中都存在这种为社会所排斥的人群；职业犯罪和娼妓构成了它的相互补充的两个方面：他们是再没有名望可以丧失也没有希望挽回名望的人们。"③　荣誉可以满足人的精神需要，荣誉也可以事实上给人带来利益。1995 年 9 月 29 日《中国青年报》以《道德的力量》为题，记述了这样一则故事："济南一位老人走了好几家银行，想兑换一张残破的两角人民币，屡遭冷脸吃白眼。终于，他在一个储蓄所得到了应得的礼遇。于是，他拿出早准备好

---

① 　[英] 亚当·斯密：《道德情操论》，商务印书馆 1997 年版，第 292 页。
② 　包尔生：《伦理学体系》，中国社会科学出版社 1988 年版，第 490 页。
③ 　同上书，第 492 页。

的一笔巨款，决定悉数存入。"这是一个并不突出的，能够证明德有用的事例。德就占有者来说，会使人获得利益，而就整个国家来说，对德的拥有和需要，目的也是为了利益。排除德所具有的利益价值，既不是对德的客观态度，也不是对人自身的科学态度。因为，人毕竟不能生活在伊甸园中，像神仙一样地存在。

德还具有享受价值。德的享受价值来源于人是一个有理性和德性的高级动物。人作为一个存在物，需要物质生活的保障，因而必然追求利益，这是人作为存在物存在的基础。没有物质利益的保障，人就没法存在。但是，人绝不仅是一个存在物，他还具有理性和德性，这就使他不仅追求物质需要的满足，而且追求精神需要的满足。在人的精神需要中，对德性的需要是高层次的需要。人有了归属于人的德性，不仅使自己成为完整和真实意义上的人，而且也会使人享受到人作为人的满足。鲁洁先生主张德育具有个体享用之功能，尽管她混淆了价值和功能的区别，混淆了德和德育的区别，但是她所要表达的意义还是具有现实意义的。德作为人所具有的本性的一个标志性属性，对人来说，不应该是负担。换句话来说，德对人来说应该而且在事实上也是有积极意义的。假若德对人仅具有否定意义，一方面人就不会需要德，另一方面，如果人有了德也就会陷于毁灭的境地。人有了德，会有一种超然的体验和享受，我占有和获得了人之为人的德性，会体验到人的高尚和伟大，会享受到德和人性的光辉。

人类的历史走着这样一条曲折的道路：人的发展包括人性的发展是这样的，在人还处在低级和野蛮阶段，人对人的占有表现在对物质的占有，采取的手段是野蛮的武力或暴力，在人发展到人对物的依赖阶段，人对人的占有表现为精神上，采取的手段是智力上而往往不是暴力，而当人类进一步的发展，进入人的自由全面发展阶段，人对人的占有会发生戏剧性的变化——施舍性地掠夺，即给予并不是真正的施舍，却成为掠夺的一种方式。施舍掠夺的是人的尊严。现在社会已经不同程度地出现了这种局面，即帮助人需要获得被帮助对象的接受和同意，否则也成为不道德，也不会为人们所接受。说人占有德性是一种享受，在现代来说，绝不是对别人施舍后获得的快感，而是人在占有自己本质后的体验。

德使人获得人的本质。德作为国家和社会提出的做人标准，有三个趋势在发展：其一是这个标准面对的人越来越多，其二是它代表利益和意志的人越来越多，其三是它的内容越来越具有普适性，这使德越来越朝着人的本质方向发展。德反映的是社会现实中的人对自己本质认识和实现的程度，人类对德的需求，是对人的本质的追逐，人有了德，也就有了人的本质。

三 探究"德"生长的途径

德是有价值的，德所以有价值，是因为社会生活需要，是因为德能够满足社会包括个人对德的需要。那么德性何以可能？德性何以可能，它包含着两个问题，一是德从何而来也就是德是如何获得的？二是德是如何实现的，它实现的条件是什么？德是不是像人的吃喝等本能那样是人生来就有的，如果不是先天的而是后天的，那么人后天是如何获得德的？是社会习惯和风俗的自然感染，还是社会系统有计划教育的结果？是社会有目的地利用环境和生活本身进行的影响，还是人自身学习和模仿的结果。尽管我们说德的获得和实现是不同的问题，可就根本来说，还是一个问题。因为德获得没获得，最终还要体现在实现即行为表现上面。

（一）德即德性是人后天获得的

德是社会意识的有机构成，它是先天的还是后天的，马克思主义给了我们科学的答案："生产关系的总和构成社会的经济结构，即有法律和政治的上层建筑，建立其上并有一定的社会意识形式与之相适应的现实基础，物质生活的生产方式制约着整个社会生活、政治生活和精神生活的过程。不是人们的意识决定人们的存在，相反是人们的社会存在决定人们的意识。"① 社会存在决定社会意识的论断演示着德是人后天获得的道理，但是人的德性是后天获得的道理是需要证明的。第一，从德是准则和标准的视角看，德无论是作为国家提出的做人的标准还是调节人与人之间关系的行为准则，都是后天获得的。因为无论是国家提出的做人标准还是行为准则，都是在社会生活和历史背景中提出的，没有参加社会生活是不会接受这些准则和标准的。只有参加到国家和社会生活中来，才能接受这些标准和准则。第二，从德在纵横的历史时空的差别看，人类社会发展的不同时期有不同的标准和准则，不同的国家有不同的做人标准和行为准则，如果是先天就有的，那么天下的人就不会有标准和准则上的差异了，德也就不会有历史和现实上的差异了。第三，如果人的德性是先天就有的，人类就不会有进行德育的必要了，人与人之间也就不会有德性水平上的差异了，进而由于有德的人是先天就有的，因而也没有褒扬的必要，没有德的人也就不会受到他人指责，因为先天造就的无可指责。有德的人受到褒奖，没有德的人受到指责，就是由于德是人后天获得的。在有德和无德之间，主要取决于自己的主观能动精神。德不仅是知识问题，因为它重要的是实践，可不能因此就否认它的知识性问题。如果我们承认知识是后天获得的，那么德也必然是后天获得的。其实，人们对德的疑惑并不是对做人的标准和准则是后天获得的本身的疑惑，而是对接受这些标准和准则的可能性的疑惑。为什么有的人有德，而有的人没有德？为什么有的人品德高尚，而有的人品质低下？根源在什么地方？这涉及的是人的遗传性和后天习得的关系和德性是否可教的问题。这两个问题其实是一个问题的两个方面，不过它回答的却不是一个问题。前者要回答和面对的是人性的可能问题，后者要回答的是德性是否可以传达的问题。这里，先讨论人性的可能性问题，关

---

①　《马克思恩格斯选集》第 1 卷，第 2 版，第 83 页。

于德性是否可教的问题将在后面适当的地方讨论。

人的遗传素质中具有亲社会性。我们承认人的德性是后天获得的，是在后天的社会生活中获得的。但是，人后天获得的德性是离不开人的先天遗传素质的。没有先天的遗传素质，后天的社会生活也会无所作为。所以，严格来说，人的德性是人的先天素质和后天社会生活共同作用获得的。人的先天遗传素质就好比是一种"形式"，而后天的社会生活为这种形式填充了内容，这就形成了人的现实的德性。尽管这里的形式和内容的比喻并不科学，但它有助于我们理解先天因素和后天社会生活在形成和获得德性中的作用。这里的先天遗传素质，实质上是人的向善和向恶的可能性问题，也可以说是人的天性善恶问题。现代社会有不少学者试图在人的社会性遗传中为人类的德性找到根据：威尔逊认为"人的生物性中就包含合作和自我牺牲的倾向；人是热爱生命的天使；人在最原始的内心深处就有一种要与'人相联系'的感觉。也就是说，人的这种要与人相联系的社会性是与生俱来的，或者说人的道德学习的潜能是与生俱来的。伽德那通过实验发现，道德中最重要的两个观念——尊重和公正，在人脑中都有生物学的基础，因此他把它称为'人的第九种智能'，也就是道德智能（道德学习的潜能）。丹尼斯在1994年就提出，人有'将内在知情欲的精神潜质现实化'的真诚冲动，并且由于人的这种精神潜质和自我、时空、环境发生各种关联，或得以彰显，或受到压抑和挫伤导致功能失调。也就是说，人的道德意识和道德动机存在精神上的根基。"① 社会生物学家马丁和克拉克认为，儿童生来就具有亲社会利他倾向，新生儿听到其他婴儿的哭声会表现出不安，而对录音机中所放出的他们自己的声音和黑猩猩的哭声则不会表现出不安。许多研究证明了类似的观点。最新的研究资料表明：儿童亲社会行为和反社会行为的比例是3:1，有的甚至高达8:1，这说明儿童平均每出现一次消极行为，就有可能出现

① 载《中国教育报》2003年6月26日。

3～8 次积极的亲社会行为。①

　　与人的亲社会行为对应的就是反社会行为，争斗和攻击是反社会行为的集中表现。"习性学认为，争斗和攻击是人与动物的本能；驱力论者认为，攻击是个体遭遇挫折后产生的；社会学习理论者认为，攻击是通过观察和强化习得的；社会认知模式者认为攻击是攻击者对于社会信息的错误理解而引起的；社会生态学模式则认为个体行为的每一个影响源都可能促成攻击。"② 关于儿童攻击行为的影响因素，在卢乐珍组织的调查中，人们基本上认为人的攻击性是由于遗传和环境因素的影响共同造成，儿童没有攻击性行为也是由于遗传和环境影响所致。上面的证明和论证说明，人的德性是有先天遗传因素影响的，即有亲社会行为，这个先天遗传因素是人获得德性的基本前提，这个前提是人的德性发展的一种可能性，它如何发展，怎样发展，取决于人后天的社会生活。"说人本质是社会动物，这并不是说他们天生爱好和平，乐于合作、诚实可靠，因为很明显他们常常很粗暴、好战，而且往往骗人。相反，这是说人有发现和对付欺诈者的特殊能力，有愿与合作者和遵守道德准则者进行交往的倾向。"③ "一些德行的倾向或多或少、或强或弱地可以遗传这一点，在事理上是完全没有什么不可能的。"④

　　人的先天遗传素质是有差异的。人类对人的先天遗传素质的研究，既注意到了整体性和共同性，也注意到了个体的差异性。这样的研究为人的德性获得的研究提供了材料。根据人格学和犯罪学的研究，人的先天遗传素质是有差异的，这些差异对后天的发展具有相当的制约作用，有时被认为是具有决定作用的因素。人的遗传素质的差异性对人品德形成有怎样的影响，现在对人类来说还是一个

　　① 卢乐珍主编：《幼儿道德启蒙的理论和实践》，福建人民出版社 1999 年 7 月版，第 182～183 页。

　　② 同上书，第 207 页。

　　③ 福山：《大分裂》，中国社会科学出版社 2002 年版，第 235 页。

　　④ 达尔文：《人类的由来》（上），商务印书馆 1984 年版，第 186 页。

黑箱性质的问题。也许随着人类基因密码的破译会解开这个谜，但是现在还是无能为力。人格心理学者认为："人格的形成离不开个体的遗传基础。一个独特的个体是父方的精子成功地与母方的卵子相结合形成受精卵之后产生的。父母亲各给予受精卵 23 对遗传的基本单位，即染色体。这些染色体中，每一对都含有两万个基因，它们是决定和影响个体特征的物质。染色体与染色体结合，基因与基因结合，按数学上的概率计算，总的可能组合数为 16777216 种不同形式。因此，两个人要具有相同遗传因素是不大可能的。"① 20 世纪 90 年代，媒体曾经报道济南市四胞胎男孩的事实，报道配发了几张照片，其中那个最小的与其他三个不同的地方是，躺在床上时他手舞足蹈，洗澡时他乱踢乱动，而其他人则显示出秩序安定。可以肯定现在他们四个的个性差异也一定非常明显。这些差异性，这些具有不同遗传素质的鲜活的个体，就是对象的背景和教育的基础。

犯罪是与亲社会行为相对的极端的反社会行为，犯罪心理学的犯罪遗传决定论学派认为：犯罪是由遗传因素决定的。支持这个理论的根据是双生子说和染色体异常说。"双生子论者认为，只要双生子中一个人犯罪，那么，由于遗传的原因，另一个也必然犯罪。""染色体异常说认为，犯罪心理的癖性能子染色体中传给下一代，甚至后几代。他们认为染色体为 XYY 型的人犯罪的比例是一般人的 6 倍，染色体为 XXY 的人犯罪的比例是一般人的 4 倍。XYY 型染色体的人多犯盗窃、暴力行凶和伤害罪。"② 我们不能承认犯罪遗传决定论的理论，但我们不能无视人的遗传素质的差异性对人后天的影响，我们应该把握遗传因素对后天影响的机制，尤其是特殊的遗传素质对后天的影响，尽管现在还不能把握。

历史表明，人类的亲社会行为是主导的和基本的方面。人类社

---

① 黄希庭：《人格心理学》，浙江教育出版社 2002 年版，第 16 页。
② 罗大华、何为民：《犯罪心理学》，浙江教育出版社 2002 年版，第 52~53 页。

会总是和平多于争斗，和善多于攻击。如果不是这样，人类社会也就不会有今天。就社会生活中的人来说，也是发展恶的倾向少于善的倾向的发展。就社会舆论来说，没有人主张恶。人的先天性遗传因素是社会长期发展进步的结果，人类亲社会行为倾向，说到底，是人类亲社会行为的反映。人的社会性遗传是存在的，随着社会的发展，这种遗传的因素会越来越多，这是社会发展通过人的生长过程体现的。我们可以假设，将一个原始社会的婴儿拿到现代社会与现代社会生长的婴儿一起抚养，给以同样的条件，我们有理由相信现代的婴儿的接受能力和理解能力会高于原始社会的婴儿。这就是社会性遗传因素影响的结果。

先天遗传抑或是社会性遗传，对人的德性发展来说，都是一种可能性。"先天性指的是一种特征在一个特定环境里发生的可以测定的可能性，而不是指在所有环境都会发生的确定性。"① 这种可能性既可能向亲社会方向发展，也可能向反社会方向发展。到底向哪个方向发展，最终取决于社会生活。人不在社会中生活即便有先天遗传素质，也没有意义。只有在社会生活中人的社会性遗传素质才能获得实现。狼孩的事实告诉我们这样的道理，同样，猪狗石头即便在社会中生活，也不会有人的德性。狼孩告诉我们的是，即便有遗传素质，有亲社会遗传，没有社会生活也没有意义。猪狗石头向我们说明，即便在社会中存在，没有遗传素质，也不会获得德性。这种遗传只有在社会中才会显示出差别，如果没有社会生活，他们的差别就没有意义。假如把遗传因素比作土地，把遗传的因素多少比为土地的肥沃程度，把后天的社会生活比作种子、适宜的气候条件，那么再肥沃的土地没有种子，没有后天适宜的气候条件，也不会有果实。再假如，我们把先天的遗传素质比作种子，把后天的社会生活比作土地，同样，种子的生长状况与土地的肥沃程度有正相关联。

---

① ［英］威尔逊：《论人性》，浙江教育出版社 2001 年版，第 100 页。

社会生活需要德性。人是社会中的人，人离开社会就没法存在。人对社会生活的依赖被我们解释为人有社会性。人本身就是一个社会性动物，人需要在社会中生活，人有对人的需要，人最需要的是人。人自身的能力和人的情感使人必须以社会的形式存在。"人并不是情愿地成为一个政治动物。男人们纠合群党大多是由于习惯、模仿与环境的迫使，少数是一种欲望。他之喜爱社会并不及他恐惧孤独的程度。他与其他人的结合，是因为孤单足以危害自己，也因为一个人的力量有限，不及人多好做事。在他心目中，他是勇敢地与世抗衡的强人。如果每个人都我行我素，则国家无从诞生。即使今天，人们愤恨政府，各阶层为苛税所苦，没有不希望政府管得越少越好。如果人们要求法律规章，那只是因为他深信这是他的邻居们所需要的。"①"男人和女人不是生来就有道德的，因为他们偏向合作的社会本性并不如他们自发的个体冲动一般健全，所以这些冲动必定要予以控制，而那些本能得借法律来表彰团体的意志和权力，借道德规范，透过家庭、教会、学校、舆论、习惯和禁忌的传达而加强。"②"道德是行为规范，一个社会借此而劝诫（法律是强制的规范）其成员与社会团体在行为上应与其社会秩序、社会安全与社会成长相协调。历史知识缺乏的人强调道德规范的变化性，而且下结论说，道德规范不必重视，因为它们随时间与空间而异，有时，甚至彼此相矛盾。历史知识丰富的人，强调道德规范的普及性，而结论是绝对的需要。"③ 这是说，人需要社会生活，而社会生活需要人有德性。没有德性，社会生活就没法存在。没有社会生活，也就无所谓对德性的需要。我们可以假设一个人能够独立生存，与谁也不发生关系，可以随心所欲，独来独往，这种情境还会需要德性吗？显然不会。事实上人是不会独立存在生活的，尽管

---

① ［美］威尔杜兰：《世界文明史》第 1 卷，东方出版社 1999 年版，第 27 页，
② 威尔杜兰：《世界文明史》第 11 卷，东方出版社 1999 年版，第 252 页。
③ 威尔杜兰：《世界文明史》第 1 卷，东方出版社 1999 年版，第 1154 页。

不同的社会可以有不同的德性标准，同一社会在不同时期会有不同
的德性标准，可没有社会生活就不会有对德性的需要。

社会生活是获得德性的途径。社会生活不仅使人有对德性的需
要，而且它还是人获得德性的根本途径。没有社会生活，离开社会
生活也就不会使人具有德性。德性是什么，德性无非就是一定社会
对人的品德和行为提出的要求。这种要求是在社会中提出的，只有
在社会生活中才能获得。不在社会中生活既不知道社会对德性有什
么样的要求，也不会有机会获得德性。退一步来说，即便获得德
性，但是不在社会中存在，不与别人发生关系，德性也就没有用武
之地。不同社会生活的人有不同的德性要求，不同社会生活的人有
不同的德性水平，这是德性在社会生活中获得的最好证明。可见，
没有社会生活，既没有对德性的需要，也没有获得德性的途径，进
而德性也就没有施展的机会。

我们知道，社会需要人的德性，但是社会并不是只有德性就可
以维持的，除德性以外，还需要其他力量。"社会是由两种权力来
管制，平时用言语，战时用刀剑。武力仅是在教化失败时才使用。"
"一个国家若全凭武力，是不会持久的，虽然人们易于上当，同时
也是难于控制的。因此一个国家为了维系其存在，即须使用并设置
许多教化的机构诸如家庭、教堂、学校，借此将爱国心与个人的自
尊感，像习惯般地树立在每一国民的心中。这样就可以省去上千的
警察，培养国民在战时不可缺的同仇敌忾心。"[1] 德性是一个社会
维系存在的精神法律，除它以外还需要物质法律。平时用精神法
律，战时或者精神法律不足以解决问题时，必须用物质法律。"人
类古代社会的生活方式，被视为神的意志时，风俗习惯的拘束力就
比法律强而有力，因之减少了原始社会的自由。违反法律，会受到
一半以上的人们的羡慕：因为他们暗自嫉妒能哄骗了古代的敌人的
人。但冒犯了风俗，就会招来了普遍的敌对：因为风俗来自人民内

---

① 威尔杜兰：《世界文明史》第 1 卷，东方出版社 1999 年版，第 32 页。

心信服，而法律是经由上级对下级的强制执行。法律一般来说是统治者的法令，但风俗是在团体里经历长久，在最感方便的行为法则中自然选择出来的。当国家取代了家庭、家族、部落与村落组织等自然体系时，法律即部分地取代了风俗。"① 人类社会确实有过风俗包括道德执掌权力的时期，当国家产生之后，法律就取代了道德的地位，道德的强制力量变成了真正的精神法律。韩非曾经对此有过论述，他对上古中古和今世道德的论述，说明的也是同样的道理。

理性是人有德性的逻辑上的根据。"人有一个心灵也即在他内心有一两个真的而非潜在的导师，这就是理性和良心。有时良心被看做是以平静语调说话的理性。"② 人的社会生活使人有德性，而人所以有德性则是因为人有理性，理性是人之为人的本质之一。关于人的本质，这在哲学理论界是一个争论较为突出并且没有统一答案的问题。人的本质是自私的理论被指认为错误是有道理的。为什么？因为人的本质不能用是不是自私的来界定，它需要的回答是决定人之为人的最根本的东西是什么。又因为人的自私与否确实是社会历史发展阶段的产物，在原始社会的群体生活里，是没有私有观念和私有制的。同样，在人类进入未来理想的大同社会，私有或自私的行为就可能会消失。正像过去有许多事情在当时看起来是不可能而现在都变成了现实一样，私有制和私有观念的消灭在未来是完全可能的。关于人的本质的答案，实践说和理性说在我看来是具有代表性的两种观点。现在看来理性说有显得传统的嫌疑，因为实践说被认为是现实正统的观点。我以为，不能以为理性说的传统就失去了真理性，也不能因为某些观点现代被推崇就具有真理性。一种理论或一种观点，是否具有真理性，并不在于它的现代和传统。在理性和实践之间选择人的本质，似乎理性更具有真理性和客观性。人有了理性，才能认识社会生活的意义，人才能组成社会。理性使

---

① 威尔杜兰：《世界文明史》第 1 卷，东方出版社 1999 年版，第 34 页。
② ［英］赖尔：《心的概念》，上海译文出版社 1988 年版，第 330 页。

人认识到自己能力的不足，因而需要组成社会。情感使人离不开人，渴望组成社会。在人的情感和理性之间，从总体来说，是情感服从理性。人在社会中存在生活，产生了对德性的需要。人没有理性，既不会知道什么是德性，也不会有对德性的需要，更不会有德性的行为。人的行为是受思维控制的，动物的行为是条件反射。"人是有意志自由的，是可以对自己行为负责的，是可以通过合乎情理的思维来控制自己的行动的；而动物只有生物学意义上的机制和简单的自动化动作，动物的行为是受条件反射和本能控制的。"①人有德性，是因为人有对自己的行为进行反思的能力，动物不能对自己的行为进行反思。"道德、道德感是人类特有的一种天性。它与特殊的意识联系在一起，比如，这种意识允许我们用一种批判的眼光看待我们自己以及我们其他同类的过去。动物就不了解什么叫熟悉过去。如果一个人的祖父是杀人犯，这个人因此可能要面对很多重大问题。相反，对于一只牧羊狗来说，它的某些祖先是否咬死过某只猎獾狗则无关紧要——它对此也根本就没有概念。"②达尔文也认为人与动物的区别是道德良心，但是他认为道德和良心是由于人的理性。动物没有道德良心是动物没有理性。"达尔文早就明确指出，'就人与动物的区别而言，只有道德感或者说良心才是意义最大的。'但他也认为，只要拥有和人一样的智力，动物就很有可能发展出辨别道德的能力，尤其是过着群居生活的动物。这时，人们不可避免就会想起猿人，尤其是黑猩猩和矮种黑猩猩或称倭黑猩猩这两种黑猩猩身上，我们发现有 98% 的遗传物质与我们人类的相同，尽管如此，剩下的 2% 却划清了它们与智人之间的界限。'具有所有的这些……认知智能、情感和合群的能力，这些东西使人的行为具备了道德的特性。'所以我们也不能要求动物——

---

① 施良方：《学习论》，人民教育出版社 1994 年版，第 26 页。
② ［奥］弗朗茨：《恶为什么这么吸引我们?》，社会科学文献出版社 2001 年 11 月版，第 11 页。

即便黑猩猩也是如此——对它的行为负责。动物不可能有道德感。它们的生命历程已经注定，只需要成功地繁衍延续，并为此搞到足够的空间和食物就够了。"① 是的，人对社会生活的需要是由于人的能力和情感，但是人能够认识到自己的能力不足和情感的需求，这是理性的力量。动物没有德性只有本能，是因为动物没有理性。皮亚杰和科尔博格的道德发展学说，强调的是随着人的智力能力的发展，人的道德理性也会不断发展，他的观点说明理性是人的道德发展的基础。实践是人实践理性和发展理性的途径，人不通过实践不能发展理性。人类实践的历史也是人类理性发展的历史，没有实践，人的理性就不会得到展现，也不会得到发展。但是，无论如何，实践不能代替理性在人的本质中的作用。正如庄稼要在土地里生长不能把庄稼说成是土地一样，人离不开实践也不能把实践说成是人的本质。理性不仅是德性的基础，而且还是德性在逻辑上的根据。

概括起来，人的德性是后天获得的。人的先天遗传因素是人获得德性的基础，社会生活是人获得德性的根本途径，而人的理性则是人有德性的根据。那么，有理性有着先天社会遗传素质的人在社会生活中是如何获得德性的？在理性的旗帜下面，人在社会生活中是通过三种途径获得德性的，即自我学习、社会环境影响和社会教化。

（二）自我学习对人获得德性的重要作用

自我学习是人获得德性的基本途径之一，也是人获得德性的首要途径。

学习是有机体适应环境的手段。学习有两种，一种是学习主体

---

① ［奥］弗朗茨：《恶为什么这么吸引我们？》，社会科学文献出版社 2001 年 11 月版，第 13 页。

接受社会有意识有目的的教育，一种是学习主体在无教育的情境中主动向社会学习。人是一个能够学习和接受外界影响的高级动物，能够学习是说人具有主动向社会学习或学习的能动性，能够接受外界影响是说人能够接受外界的刺激而做出积极反应。这里的学习是指作为一个具有理性和能动精神的主体，主动向社会学习。人作为一个主体，不仅在教育过程中的学习有主动性问题，而在非教育过程的学习也有主动性问题。作为有理性的主体，他自己在生长和社会适应中会主动学习。这种学习的内容是没有人告诉什么是要学习的，什么是不应该学习的，学习什么完全靠自己的知觉和认知判断能力进行选择。人类有许多东西不是靠遗传也不是靠教育获得而是靠自我学习获得的。比如，小孩们聚在一起做游戏，模仿大人们的行为，过家家，有人当爸爸，有人当妈妈，有人当孩子，有人做饭，有人做菜。还有，小孩子虽然不理解接吻和拥抱的社会含义，也没有人教他们如何拥抱接吻，但是，他们自己却学会了。可能正是因为如此，人们才不允许幼儿看一些言情片。有的家长发现自己的孩子在家里"训人""惩罚"人，感到很奇怪，后来知道了原因，是幼儿园老师行为的翻版。人在特定时期是最善于模仿别人的，比如说话的腔调、走路的姿势、写字的风格等等。中学阶段最善于学习和模仿老师的行为，有很多人模仿了老师的字体。到了大学，学生学习老师的行为就不是写字了，而是进入学习老师的为人和做事原则和治学方法了。还有，骂人和打人，这些行为都是人们自己学的。我们强调为人师表，强调父母是第一任教师，为什么，就是因为教师和家长的行为会成为孩子和学生的学习和模仿对象。自我学习的内容就德性范围来说，有社会肯定的内容如规则的遵守，也有社会否定的内容。但是从整体来说，社会否定的内容基本上是通过自我学习的途径获得的。攻击性行为或反德性的行为，社会的正常途径没有进行教育的，因而基本是通过自我学习获得的（尽管不能否认有一些人也在进行教唆活动，也不乏小规模的培训，但是这不能称之为教育）。这是我们关注自我学习的深层次理由。

　　反德性行为到底是因为自我学习的原因，还是教育的失败，抑或是人性的原因，这是值得我们认真研究的。人为什么会学习社会反对的内容，是因为教育没有这些内容，还是因为教育中反对的行为易于为自我学习。这些问题是值得我们认真思考的。从出生开始人就开始了自己向社会学习的历程，学习的对象首先是家庭的成员尤其是自己的父母亲，而后是在学校向老师和同学，进而向社会成员学习，大众传媒也是自我学习的一个途径。学习的方式是通过观察，想象，模仿，创造。自我学习德性理论的意义在于，不仅告诉人们自我学习是人获得德性的一个途径，更为根本的是它警示我们，在社会教育的过程中如何注意关注自我学习的因素，如何注意非教育因素的影响。人的自我学习是随着理性认知能力的发展而不断发展的，它由最初的简单模仿到为获得或避免奖惩，再到为了实现自我意志的选择和创造。人的自我学习是有选择的，人选择什么作为自己学习的内容，这在现实中是有差异的。前一种学习的内容都是被社会所认可的，而后一种学习的内容则未必都是为社会所认可的。

　　班杜拉在承认学习可以由直接经验发生的同时，强调学习可以通过观察他人行为而发生。这种不是直接强化的操作学习，被称为替代强化的观察学习。观察某人的行为操作的儿童更有可能以类似的方式产生行为。儿童可以通过并且仅通过观察就可以习得行为。班杜拉的研究已经表明，观察攻击行为和暴力行为的儿童比那些没有作这样观察的儿童更可能出现攻击行为。他的理论针对的对象是儿童，其实不仅儿童自我学习，成人同样更注意自我学习。"教育可以分为肉体的和精神的，即身体教育和心智教育，而心智教育又可分为智育和德育，即理解力培养和情感的培养。一个人受到的教育，一部分得自别人，一部分得自他自己。因此，教育一词所能表述的，莫过于一个人所处的这么一种状态：它关系到那些一部分出自别人（主要是在他早年支配他的人）的安排筹划、一部分出自他自己的安排筹划的主要状况。属于他的身体教育的，有健康、体力、耐力状况，有时因为事故还包括身体缺陷，例如放纵或忽视使他受到不可治愈的伤害。属于智育的，有知识质量状况，或许某种程度上还有坚毅和稳定。属于德育的，有他的取向以及道德情感、宗教情感、同情心和厌恶心的质和量。"[1]　人作为一个主体，他在自己的发展历程中，必然会发挥自己的主观能动精神，去学习和选择。这是我们所希望的，我们强调人的自立、自主，强调要发挥主观能动精神，强调要学会学习、自主学习，都是为了达到这样一种结果。在自我学习中，必然会包括对德性的学习。

（三）社会环境的影响

人的自我学习是在社会中进行的，学习的对象是社会中的人和事。从这个角度说，人的自我学习也是向环境学习，环境对人的学习有影响。这种影响为人的自我学习提供了背景，没有环境就没有学习的内容。但是，这里的环境影响只是在选择的意义上成立，人的学习是自觉选择的结果。也就是说，在自我学习中的环境影响，不过是为人的自我选择提供了背景资料，是人的有意识选择的对象。我们这里所说的社会环境影响是指社会环境对人在不自觉中的影响，是人在不自觉的状态下潜移默化地接受的影响。德性环境是社会环境的组成部分，因而德性环境对人也必然有影响。人来到世界上，必须先面对和接受环境的现实。人总是在环境中生活的，人生活的时空构成了人生存的环境，这个生存环境即是人类社会。人类社会生活有经济生活、政治生活和道德生活，这些生活的内容就是具体的社会环境，这种环境对人的影响力量是强大的，在某种意义上具有决定作用。我国历史上的孟母择邻而居，名言中的"近墨者黑，近朱者赤，久在河边走没有不湿鞋"，这些话都是在强调环境对人的影响作用。西方人也同样看重环境对人的影响作用，甚至于由于环境的影响作用而不主张进行道德教育，而主张靠环境的自

---

① 边沁：《道德与立法原理导论》，商务印书馆 2000 年版，第 116 页。

然影响来形成人的德性。"在智者以前，希腊人的传统观念是：arete 是人的自然禀赋，只是各人程度不同而已。犹如马都能奔跑但快慢有别，船都能在水上行驶但质量不同：人能通过驯马使马跑得快些，但不能通过训练使马学会鸟的飞翔本领；物品可以想办法造得好一些，但不能通过精巧制品使这一物具有另一种事物的 arete。在他们看来，人也是如此。人的才能和品德是自然的，它是人在成长过程中由父母长辈的影响，范例的感染自然而然地成就的，是潜移默化的结果，而不是由别人有意识有目的地教育的成果。生活在公元前 6 世纪的麦加拉哀歌诗人塞奥格尼留下一封写给他的青年朋友库尔努斯的信，劝他要和好人在一起才能获得好的 arete，信上说：'出自好意我告诉你我从小时候就同好人在一起的经历，切不可同坏人在一起，永远要同好人在一起，同有力量的人一起吃喝，一起起居，共同作乐。因为同高尚的人在一起你就会获得高尚的方式，如果同坏人混在一起，你就会失去你原来拥有的东西'。"① 这种观念在智者时代仍旧很流行，"坏朋友使他的同伴变得和他一样坏，好的变得一样好，因此年轻人应该追求好的同伴。""一个人的大半生同谁在一起，就必然同他变得一样。""在当时希腊人看来，如果同高尚的人在一起，潜移默化自己便会染上好风尚好品德，反之就会失去自己自然有的才能和品性，变成缺失 areted 的人也就是坏人。"② 可见，环境对人的影响是潜移默化的。人接受环境的影响是不自觉的，有时是被迫的。环境对人的影响有时使你不得不服从环境的压力，即使你并不情愿去做某事也必须去做。腐败行为是不道德的行为，腐败行为的集团化固然有个人主观的原因，但不能否认个人在环境的强大压力面前的无能为力。在腐败的环境中，如果有谁保持廉洁是需要付出代价的，同时也需要有特殊的定力。久在河边走就是不湿鞋，坐怀不乱，出污泥而不染的事实

---

① 汪子嵩：《希腊哲学史》第 2 卷，人民出版社 1993 年版，第 171 页。
② 同上书，第 172 页。

是存在的，它否定了环境决定论的论调。这些事实告诉我们，人并不必然是环境的奴隶，人在环境面前可以有自我的能动性。但是，人的能动性必须以现实为基础，人对环境的改造是一个渐进的过程，并且是有限度的。现代的行为主义的社会学习理论推崇环境决定论，在他们那里把环境的作用抬到了绝对决定作用的程度。学界有人把社会学习论与行为主义学习理论归结在一起，我认为并不科学。社会学习理论突出的是主体向社会学习，是主体通过积极的观察和模仿而学习的，而行为主义强调的是社会对主体的强化，这种强化是通过社会的奖惩手段和反复训练达到对主体行为的强化。强化的理论是条件反射试验的支持，奖励和惩罚都可以获得强化的效果。行为主义学习理论者认为，有什么刺激，必定会产生什么反应，这使它生成了一个极端的环境决定论者。最著名的被引证最多的一段话类似于"给我一个支点，我能把地球撬起来"。"给我一个健康而又没有缺陷的婴儿，把他们放在我所设计的特殊环境里培养，我可以担保，我能够把他们中间的任何一个人训练成我所选择的任何一类专家——医生、律师、艺术家、商界首领，甚至是乞丐或窃贼，而无论他的才能、爱好、倾向、能力或他祖先的职业和种族是什么。"① 这里，对环境作用的估计有些脱离实际，没有缺陷的婴儿都能成为牛顿和华盛顿吗？显然不能，如果环境果然有那么大的力量和决定的作用，人类会省去许多麻烦。环境决定论是错误的，但是不能由此就否认人接受环境影响的现实。

　　为什么好人和坏人在一起许多时候是好人变坏而不是坏人变好呢？为什么人们都害怕好孩子与坏孩子在一起变坏，而不害怕坏孩子和好孩子在一起而变好呢？这是为什么？难道没有坏人和好人在一起坏人变成好人的吗？有，而且还不少（偷钱的小偷在与失主交往中改变自己的行为，抢劫的人与教授交往改邪归正）。当然，也有变坏的。这里的情况是很复杂的，既取决于好人的定力和能力，

---

　　① 施良方：《学习论》，人民教育出版社1994年版，第54页。

也取决于坏人坏的程度。应该说与坏人交往是有风险的，人们惧怕与坏人交往，只是对风险的惧怕。学者们对这些问题的解释有助于认识环境对人的影响作用。"在通常的情况下，我们在其中生长和受教育，并且在其保护下继续生活下去的政府或国家，是我们的高尚或恶劣行为可以对其幸福或不幸发生很大影响的最重要的社会团体。"① "过去的抢劫可能削弱政治约束借以防止未来的抢劫的效力，其方式可以这样设想：这种约束宣告对任何犯有抢劫罪的人施加某种具体的惩罚，以此有助于预防抢劫，但这种惩罚的真实的价值当然会由于真实的不确定性而减小，如同其表面上的价值会由于表面上的不确定性而减少。每当得知一个犯了此罪而未受惩罚，这不确定性就是相应地增加一分。当然，每一项罪过在一定时间内都是如此；简言之，在应受的惩罚予以实施以前是如此。如果终于实施了惩罚，那么此罪造成的这一部分损害便终于被制止——只是到这个时候才被制止。过去的抢劫可能削弱道德约束借以防止未来的效力，其方式可以这样设想：道德约束提供了人类的义愤，它随时可以落到犯有抢劫罪的人头上，以此有助于预防抢劫。参与其中的人越多，这义愤就越可畏，反之就越不那么可畏。然而，表明一个人不参与到可能对某种做法所持的义愤中去的最有力方式，莫过于他自己采取这种做法。这不仅表明他自己对此不感到任何义愤，而且表明在他看来没有足够的理由要去畏惧别人对此可能感到的义愤。因此，凡抢劫多发并且不受惩罚的地方，从事抢劫便毫无羞耻感。"② "那些在真正的良朋益友而不是在通常所谓的良朋益友中间受到教育的人，他们在自己所尊敬的以及与其共处的人们身上惯常见到的，只是正义、谦虚、人道和井井有条，对看来同那些美德所规定的准则相矛盾的东西至为愤慨。相反，那些不幸在强暴、放荡、虚伪和非正义之中长大的人，虽然没有完全丧失对这种行为的

---

① 亚当·斯密：《道德情操论》，商务印书馆 1997 年版，第 292 页。

② 边沁：《道德与立法原理导论》，商务印书馆 2000 年版，第203～204 页。

不合宜性的感觉，但是，完全丧失了对这种可怕的暴行，或者它应当受到报复和惩罚的感觉。他们从幼年时起就熟悉这种行为，习惯已使他们对这种习以为常，并且非常容易把它看成是所谓世之常情的东西，即某些可能并且必然被我们实行，从而妨碍自己成为正直的人的东西。"[1] "一个主要与有智慧和有美德的人交往的人，虽然他自己既不会成为有智慧的人，也不会成为有美德的人，但不能不对智慧或美德至少怀有一定的敬意。而主要同荒淫和放荡之徒打交道的人，虽然他自己不会成为荒淫和放荡的人，但至少必然很快会失去他原有的对荒淫和放荡行为的一切憎恶。"[2] 环境对人有影响，环境对人的影响作用是很强大的，以至于人们认为加强青少年的思想政治品德教育，必须对社会环境进行综合治理。有人把社会环境对人的影响和看作与教育的影响有同等重要的作用，甚至认为环境的影响要超过教育的影响，以警示社会关注环境建设。所谓5 + 2 = 0就是形容环境对教育的影响作用。环境对人的影响作用是不能够忽略的。鲁洁在报端告诫人们："德育不能回避社会矛盾"，其实就是说社会环境对青少年的影响问题。社会环境对人的影响，是不自觉的潜移默化的。

（四）社会的教化是德性获得的主要途径

教化是教育和感化的意思。作为一个概念，教化就是指德育。一方面它指社会教化，一方面指学校教育中的教化，同时，它既有政治社会化的内容，也包括道德社会化的内容。德性是不是可教的？我国德育史上应该说承认德性是可教的，只是在西方德育史上有过争论。在现代的德育思想中，这种争论不仅在西方还在继续，而且我国也开始有这种争论。我国之所以引进了这种争论，一是对

---

[1]　亚当·斯密：《道德情操论》，商务印书馆1997年版，第254页。

[2]　同上书，第290页。

德育实效的怀疑，一是受西方思想的影响。这种争论无非有两种观点，即德性可教或德性不可教。主张德性可教的根据是把德性看作知识的一种，而主张德性不可教的根据是德性不是知识，因而不可教。就德性是否可教这个问题的讨论来说，西方有更长的历史。古希腊时期，希腊人就开始了关于德性是否可教的争论。据说在伯罗奔尼撒战争爆发之前，科林斯的代表在参加同盟大会，敦促斯巴达人下决心向雅典宣战分析双方优劣时说：雅典人在海军技术上占优势，但是我们靠天性具有的勇敢超过他们。"我们靠天性拥有的这些优良品性，他们决不能通过教育获得，而他们在技艺上的优势，我们却可以通过努力学习和训练得到。"这显然是德性不能传授观点的体现。在当时，主张德性不能传授的根据有三条：一是政治技艺或政治才能不像一般工艺那样可以传授给人，他们认为即使是最好的最有智慧的公民也不可能将他自己的政治 arete 传授给别人，即使伯里克利也没能将自己的治国才能传给他的两个儿子。二是有的人虽然学习了很长时间也没有什么收获，空耗一些时间而毫无所得。三是许多没有教师的人却是成绩显著的人物。"道德价值在于道德上的善或恶。道德在自己的整个历史中所关心的是特定品质或品格的培养，其中包含着'品格'和诚实、善良及良心这类德性。德性是品质或品格，它们都不是天生的，都只有通过教育和实践或感化才能得到。"①

　　主张德性可以传授的智者派以普罗泰戈拉为典型代表，针对德性不能教授的理由，进行了回答。他认为：技艺是可以传授的，但不是人人都能学会的，而政治方面的技艺 arete 是人人都有，但不是不经学习自然就会的，是通过教育和尽心学习才获得的，父母，老师，甚至保姆和法律都起过老师的作用，人们从小就在父母和老师那里受到教育，谁用心谁就有收获。他认为惩罚实际上也是一种教育，一个人如果缺乏本来可以通过学习和训练获得的 arete，而

---

① 　弗兰克纳：《伦理学》，三联书店 1987 年版，第 130 页。

行不义和作恶，或染上这些坏的品性就要受到惩罚。惩罚做错事的
人，不是为了他过去做错了事，而是为了避免将来同一个人或别的
人做同样的错事。因此，arete 可以通过灌输和教育获得。他认为，
才能突出的人的儿子不能学到父母的才能，是因为他们缺乏自然的
天赋。对于学习没有成效的人，是因为没有好的教师。至于未经学
习有才能的人，不是他们无师自通，而是人们都在用心教育自己孩
子的结果，只是没有把他们定名为教师而已。夸美纽斯对教师的责
任说得非常到位："倘若内心的灯没有点燃，只有奇思异想的火炬
在身外旋烧，结果便如在黑暗的土牢里的人身外有火光旋烧一样，
光线确乎可以透进罅隙，但是全部光亮并不能进去。""一个书法家
或画家倘若不是不懂得他自己的艺术，他便能在一块白纸上随心所
欲地写出，或者画出他所要画的，一个不是不懂得教学艺术的人容
易把一切事物刻画在人心上。倘若结果不成功，错处绝对不在纸身
上（除非它生来有缺点），而是因为书法家或画家无知之故。"① 可
以说，智者德性可教的主张在西方整个历史发展过程中，一直是占
主导地位的。

　　在我国德育思想史中，并没有直接讨论德性是否可教的问题。
但是在讨论人性问题时，事实上涉及了德性是否可教的问题。人们
可以对人性问题有不同的主张，但是没有人怀疑德性可教的问题，
这似乎是中国文化的一个传统。孔子的"性相近，习相远"，是说
人的本性是相近的，这相近的人性是先天的还是后天的，是善的还
是恶的，他并没有直接回答。在孔子的有关论述中，没有谈论善
恶，甚至连人性除相近相远说以外都没有论及。在他看来，人的本
性是相近的，只是由于环境影响和接受教育的不同，而使人性存有
差异。作为教育家，孔子的一切论证都在为教育的必要性做注脚，
都是在说人应该接受教育，能够接受教育。显然，他对教育的论证
间接地证明着教育的有用性。而我国古代的教育内容基本上是做人

---

① ［捷克］夸美纽斯：《大教学论》，教育科学出版社 1999 年版，第 16 页。

的教育，这样，教育有用或者是人的德性可以通过教育获得就成为自然之中的事情了。孟子认为人的本性是善的，其善的表现就是人有仁义礼智的善端，它是人生来就有的，是人区别于动物的标志，人性善就像水从高处往低处流一样自然。人有仁义礼智的善端，人才是人。但是人的善端如果不注意保护，把善性给放了，那么人的本性也就会灭失，就会变得和动物一样了。人要保持自己的善性，要使自己是一个人，就必须修养自己的善性即人性。人有善的本性，才能通过修养保存人的本性，人如果没有人的善端，就不可能修养成人。由人性善而主张修身养性，孟子得出了后天教育的必要性。因为人性是善的，才能通过后天的教育和修养保存人的本性。在孟子的论述中，人接受教育的可能性和教育的有限性形成了一种辩证关系。也就是说，由于人有善端即人有向善的可能性，后天的教育和修养才有价值，教育能使人成为人，但教育不能把没有善端的动物转化为人。孟子由人性善得出教育的必要性，也证明了教育对德性的必要性，教育能够使人性得到存放。人虽有善端，可把善端的可能变成现实要由教育来实现。这即是说人的德性是后天的教育和环境影响下获得的。荀子是性恶论的典型代表，有意思的是，孟子从性善论得出教育的必要性和可能性，而荀子从性恶论同样得出教育的必要性甚至是决定性。荀子认为人的本性是恶的，人所以行善，是后天师法教育的结果。"人之性恶，其善者伪也"是荀子的著名命题。他认为性是指人生来就有的自然本能，它是不用学习就有的。人生来就是好利多欲，人人都是饿了想吃，冷了想穿，劳而欲息，好利而恶害。人之性善，是由后天教育的结果。其善者伪也，也就是说人的善性是通过后天加工而成的。由人性恶而主张化性起伪，荀子意在强调后天教育的意义，意在强调后天学习和教育对人性的意义。因为人性恶，才需要教育，如果人生来就是善的，就不用师法教育，自然就会行善。人的善性不是先天就有的，而是后天获得的，是通过后天的师法教育获得的。人之性恶需要教育师法，教育师法也能使人有善性，人的善性是师法教育的结果。孔子的性无善恶论，孟子的性善论，荀子的性恶论，是中国历史上有代表性的三种观点，尽管他们对人性、对人性的内容认识有所不同，但他们都承认人需要教育，教育能使人有善性，人的善性是通过教育而实现的，也即人的德性是后天通过教育获得的。他们共同的特点是对教育价值的认同，孔子的习相远就是强调后天的学习导致人与人之间的差异。孟子和荀子虽然对人性的观点有根本不同之处，但对人需要教育这一点上是共同的。然而，孟子和荀子在强调教育的问题上实际是有不同的倾向性的，孟子突出强调人自己的主体作用即存心养性，荀子强调社会外在的教化。在汉代以后的性三品说，是对先秦的人性思想和现实中人性实际概括总结的结果。它直接面对的是教育中的某些无效性，即承认有的人是可以接受德育内容的，有些人是不用教育而就能够接受德育内容的，而有些人则是教也无效的。应该说，性三品说对教育和人性中的矛盾的解释也是有一定道理的，不足的是它只是看到了现象并且归因是错误的。

自我学习和环境影响，固然是德获得的途径，但是通过这两个途径获得的"德"，存在着正确与否、系统与否、自觉与否的问题。因此，还有接受教育的必要（在德育必要性上，还存在着学校生活秩序和指导的必要）。教即教育，是指有目的有计划的活动。这里不能回避的问题是，德可教吗？这涉及三个问题，一是德可以被教吗？二是说人可以教德吗？三是说人能接受教德吗？这三个问题集中到一点，表述为德是否可教？我们对德获得的三种途径的确立，已经明确了德可以教，即德可以通过教来获得。但是我们必须证明德为什么是可教的，况且，回答德不能教的观点更需要证明。"我们已经知道，知识、德性与虔信的种子是天生在我们身上的；但是实际的知识、德性与虔信却没有这样给我们。这是应该从祈祷，从教育，从行动去取得的。……人是一个可教的动物，这是一个不坏的定义。实际上，只有受过恰当教育之后，人才能成为人。……谁也不可相信一个没有学会按照一个人的样子去行动，即没有在组成一个人的因素上受到训练的人，真正能成为一个人。"[1]

首先，德作为一种知识是可以被教的。无论把德理解为国家提出的做人标准，还是社会生活中的规范准则，它都表现为一种知识。这种知识有两层含义，一是纯知识的含义，一是社会知识的含义。美德即知识的命题把德看成是知识，但是美德并不仅仅是知识，因为除知识以外它更多的表现是行为。然而，德最低还是知识。德的知识含义在于，它不仅是规范的内容，还包括规范的意义和根据。作为知识的德，不但要知道是什么，还要告诉为什么。正如赖尔所说："道德知识是关于怎样在某些场合规范言谈举止"的知识。[2] 而这些只有在对知识的系统讲授中才能获得。"一个在道德上受过教育的人不仅以某种特定的方式行动和感受，而且为了特定的理由才这么做。……要做到这一点，他就必须了解什么是正当的理由并坚信它们是正确的。但除非有人把这些理由教给他，否则他无从了解这些。[3] 难以想象一个儿童或任何成长中的理性的人，在掌握一定事物的好或坏的概念之前能理解为什么要遵从一个规则，更不用说是一个道德规则。"[4] 人类的理性和经验告诉我们，知识既可以被传授也可以被接受。自然科学知识可以被教，社会科学知识也可以被教，德既是科学知识也是社会知识，因而可以被传授也可以被接受。人们需要知识。如果我们把美德是知识的内涵扩大一点的话，即没有人故意作恶，作恶是无知，那么美德就没有不能教的道理。

其次，德作为规范和标准是可以被教的。德作为社会化的内容是由国家和社会提出的标准和准则，国家是从政治的角度提出的，道德是从社会的角度提出的，政治和道德的结合构成的德的内容。

①　[捷克] 夸美纽斯：《大教学论》，教育科学出版社 1999 年版，第 24 页。
②　[英] 赖尔：《心的概念》，上海译文出版社 1988 年版，第 331 页。
③　[英] 威尔逊：《道德教育新论》，浙江教育出版社 2003 年版，第 183 页。
④　同上书，第 77 页。

国家和社会提出的标准和准则，目的在于用它来规范和约束人们的行为，以实现社会和国家生活的秩序和稳定，进而使国家的意志获得实现。德在提出之后，总要有维系的手段，这就是社会的奖励和惩治措施和社会的舆论。一个人在社会中生活，必须接受社会生活中的准则和规范，不接受这些规范就不能适应社会生活甚至不能生活。按照社会的规范和准则要求的生活，就会受到社会的肯定。人们都希望被社会肯定，都有荣誉感。而要受到社会的肯定，获得社会的荣誉就必须遵守规范，遵守规范前提是要认识规范。这样，德就能够被教。也就是说，人们希望知道社会有哪些规范，遵守和奉守哪些规范才能够受到社会的肯定。皮亚杰的道德发展理论认为，幼儿道德发展的第二阶段，行为受社会的奖惩方向左右，即社会奖励的就去做，社会惩罚的就不去做。其实，并非只是幼儿这样，成人也是这样的。道德的理想阶段靠良心来维系的行为在社会生活中并不多见。善有善报，恶有恶报，不是不报，时候不到。这并不仅是人们的主观期待，而且是社会现实的反映。一个人在社会生活中会因为做了恶事而受到惩罚，一般不会因为做了善事而受到惩罚。恶的报应总是存在的，不报应只是侥幸或偶然，善报也是一样。恶得不到报应的社会是动荡的社会。

再次，德作为人之为人的根本可以被教。德是什么？德是人的社会本性，它是人之为人的一种质的规定性，人有德才能称其为真正的人。人有理性和德性发展的先天可能性，教育可以使人获得理性也可以使人获得德性。德不是先天就有的，但是人接受德性的可能性是先天就有的。人接受德性，不仅是为了打发社会生活，也是在获得人之为人的本性。人在社会中生活，在获得自然本质的同时，也在追求获得自我的社会本性。德性之教不仅是在教知识和规范，更是在把人之为人的社会本性的理性福音传达给被教之人。人追求自我的社会本性，这使德性之教成为可能。苏格拉底的美德是知识，认识你自己，是说人的德性出自人的理性和社会本性，认识你自己就是认识你自己的社会本性，认识人之为人应该具有的本性。正如有人所说："人没有上帝的思想，可以过日子。但是，人没有任何道德的考虑，过的是什么日子？一个人没有任何宗教信仰，可以很像模像样。但是，说一个人没有任何道德可以像模像样，是不可理喻的。"①

对"德性是否可教？"的回答，不仅是对自己活动效果的论证，也是对反对道德教育理论的回答。德性是后天获得的道理已经明确，人们对没有德性的人指责而对先天有生理不足的人抱有同情心，为什么，因为德性使人可以在后天习得而对先天的自然天赋没有办法。德性可以是自我学习的结果，也可以是环境影响的结果，同时也预示着德性可教的道理。因为教育既可以称之为环境影响，也可以是学习的内容。教育在广义上可以说是环境影响的一种，而且是有意识影响的环境影响。环境可以不自觉影响人，使人获得德性，自觉的环境影响同样可以是人获得德性的一个途径，这是说德可以被教。影响学习既可以是自我学习即无师之学，也可以是教育之中的学习即有师之学。无师之学可以接受德性，学习者有主动精神，有师之教也可以使人自觉，因而德性可教。

取消德育和道德教育的观点在中国有，在外国也有。主张取消德育的理由是：道德或德是行为中的问题，而不是知识问题，行为问题不能通过教授来解决，有知识的人不道德并不少见。德是在日常生活的习惯中养成的。社会的运行不需要德，决定社会发展的是知识和科技。教育没有效果。取消德育，不是德育没用，而是对德育内容本身的忽略，而对道德教育的呼吁证明道德教育还是有用。美国在经历了飞船事件的混乱之后，认识到了道德教育的价值，呼吁进行道德教育。他们用价值观教育带来的变化证明道德教育的价值，价值观可以教。人们对德育的渴求意味着对德性的渴望，这种渴求没有宽容德育的效果的欠缺。指责德育无效的是人们并没有因为被教授了德而有德的行为。我们可以检讨德育教育中的失败，但

① 黄向阳：《德育原理》，华东师范大学出版社2001年版，第41页。

我们无法理解的是，知识性的教学并没有使人都运用到实践中，同样是学习知识也是为了实践。学了创新的知识不会创新，人们可以接受，而人们学习了道德知识不能实践怎么就不被人们理解呢？况且，也并非是多数人不能实践，也不是多数时间不能实践。道德教授的有限性还受到社会环境的制约，教授的内容与社会的要求和社会环境适宜时，道德教育的效果就会好一些。但是，不能因此就得出环境自然决定人的德性水平的结论。中外道德教育缺失的教训已经证明了这些。

总结中外德育思想中的相关理论，我们可以把德性如何获得的主张做这样的划分和描述：人的德性不是先天就有的而是后天获得的，人具有获得德性的可能性即资质潜能，这种资质可能性是获得德性的前提，如果没有这种可能性，人就不会有德性。人的德性是通过后天的习俗获得的，这以亚里士多德为典型代表。亚氏认为，人有智慧德性和伦理德性。智慧德性靠教育获得，伦理德性靠习惯获得。这是与希腊智者派的观点相对立而与希腊时期的守旧派的观点相一致。生活即教育，是这种观点在现代社会的反映。生活有教育作用，这是不容怀疑的，早期的人类教育就是一种生活教育，在生活中进行教育。同时，教育也应该以生活为内容。但是社会发展到今天，如果有谁还在固守生活即教育的观念，就与社会发展的需要不相一致，也必然与社会要求不适应了。人的德性通过教育获得的，教育虽然不是人的德性获得的惟一途径，但却是德性获得的基本途径和主要途径。这是关于德育思想的主流派。智者是这样的主张，中国的学者们也是这样的主张。在主流派的观念中，人的德性是人在后天获得的，是人通过后天的教育获得的。这里的后天教育，既包括正规的学校教育，也包括家庭社会的非正规的有意识教育，还包括人自身通过社会现实接受的无意识教育，也即生活教育。人的德性是社会正规教育，风俗习惯影响和自我学习的结果。

我们之所以把人获得德的途径分为自我学习、环境影响和社会教化，并不是由于主观的偏好，而是对一种客观事实的尊重。就自我学习来说，个体在自身发展过程中，确实是通过与环境的接触和接受教育的进程中，有自己选择和创造的成分即自我学习。在某种意义上说，人所接受的一切，都是自我学习的结果，而环境影响和社会教化，都是自我学习的辅助手段。这三者的划分不过是在一定意义上的划分，它们的区别有着相对的标准。自我社会学习的实质是一种社会现实性原则，你教给我的并不一定就是我要学的，你要我做的却不是我所希望的。这话反过来说就是，我学的未必是你教授的，我做的也未必是你希望的。这种现象在现实中是不足为怪的。人作为一个理性存在物，他要生存，就要不断地学习。学习是人主动适应环境的表现。人的学习并不是没有失误的，在他失误的过程中，由于世界的强大，而不得不调整自我的行动和行为。人在必然的现实面前是一定要低头而改变自己的行为的，为了生存必须修正自己的错误。

人的自我学习并不是孤立进行的，而是与环境影响和社会教育过程同步进行的。"学生在接受学校教育的同时甚至之前，他已经在接受来自家庭和社会的教育的影响。由于家庭和社会的教育与影响是多元化、开放性、立体交叉、错综复杂的，故学生所接受的教育和影响既有正面的，也有消极负面的。因此，德育工作者研究小学德育不能脱离社会联系而孤立地进行。要把学校的系统教育与良好的家庭教育和社会教育紧密结合起来，实现学校德育的社会化"[1]。我们所说的环境影响，是指环境中的那些不被作为教育内容的自在因素，而一旦进入社会有效利用的范围，也就是进入了教育的范畴。自我社会学习突出的是德育对象的主体地位和主观能动性，环境影响强调的是客观世界对人的制约和决定作用，而教育则体现着社会的要求和理想追求，体现着社会对人的改造的一种能动精神。如果我们不是这样看待问题，我们就会无法解决那些社会没有教授的东西是从哪里来的，仅仅用本性来解释是缺乏说服力的。

---

[1] 《姚文俊小学德育探索与研究》，山东教育出版社1999年版，第14页。

教育是使人获得德性的一个基本途径，为使人获得德或德性的教育就是德育，有时教化也是德育的同义语。

德育是一个立体工程，它需要家庭、社会、学校、单位的共同培育，才能收到理想的效果。作为立体工程的德育它与智育是不同的。智育教授的是知识和法则，而德育传授的是价值。知识和法则认识了就可以在实践中奉行，只要是为了追求实践的结果，而德育的内容是需要自我约束和进行选择的，所以它需要立体化工程。固然立体化工程的内涵不仅于此，但毕竟它们体现着立体化的内容。

通过上面的论述我们知道，人的德性是通过自我学习、环境影响和社会教化获得的，也即通过教化获得的。并且，我们也必须承认社会教化即德育是人获得德的基本途径。我们之所以这样说，一是因为人是社会性动物，没有社会就没有什么德性的要求；二是因为人终究是有理性的高级动物，这就决定了社会教化是德获得的基本途径的现实性根据。我们这里所说的社会教化，实际上就是教化的代名词，是相对于自我学习和环境影响而言的。因而，这里的教化事实上包含了教化的全部内容，即所有有意识的培养人的德性的社会活动都属于教化。但是，在现实中，社会教化或者说社会教育，有时往往又指除家庭和学校教育之外的教育。我们在强调社会德育的时候，就是这样一种情况。这样，所谓社会教化也就可以分为广义的社会教化和狭义的社会教化。所谓广义的社会教化包括家庭、学校和社会所进行的所有有意识的培养人的思想政治品德的社会实践活动；而狭义的社会教化，是指在家庭和学校之外的培养人的思想政治品德的实践活动。我们这里使用的社会教化，是指相对于自我学习和环境影响之外的社会教化，因而必然是指在社会中不包括学校和家庭在内的有意识有目的培养人的思想政治品德的实践活动。这也就是说，培养人的思想政治品德的实践活动也即社会教化（并非完全准确），包括家庭、学校和社会（这里的社会就是狭义的社会了）。当我们说社会教育时，有时是指所有社会的教育，这个社会教育包括家庭教育、学校教育和其他教育；有时指的是学校教育和家庭教育以外的其他教育。从标题中，很明显就会发现，这里的社会教化就是狭义的社会教化也即家庭和学校教育之外的教化。

我们可以把德育分为家庭德育、学校德育、社会德育，事实上德育就是有家庭德育、学校德育和社会德育存在的。"在德育社会组织形式上，德育已不囿于学校范围，学校德育、家庭德育、社会德育逐步形成一体化的模式。特别是大众传媒、大众文化的发展，德育社会化的趋势日益明显，社会文化的发展，也使社会德育化。学校德育、家庭德育、社会德育必须综合一致才能取得良好的德育效果。封闭式的学校德育不符合现代德育的发展趋势。因此，学校德育、家庭德育、社会德育已逐步形成一体化的相互协调的综合化施教模式。"① 所谓社会德育为人们所重视，是因为社会环境对人的影响，是因为社会是德育的资源和力量。"影响学生思想行为的不仅是学校的各种因素，家庭和社会也是影响学生思想行为的重要阵地。而且，这些方面的影响因素比较复杂，有正确的先进因素，也有较为滞后的因素，甚至还有腐蚀摧残学生的因素。在现实生活中，有些学生产生了错误的思想，出现了违法乱纪甚至犯罪行为，查其原因，多是来自家庭，特别是社会。"② 关于家庭德育、学校德育和社会德育，我们划分的根据就是空间，在家庭中进行的德育为家庭德育，在学校中进行的德育是学校德育，而除此之外在社会中进行的是社会德育。这三种德育它们的特点是什么，这不仅是研究德育价值的必需，也是更好实现德育价值的必需。教育和环境影响的区别在于，影响是无意识的，而教育则是有意识的社会活动。当我们说社会德育的时候，实际上它包含着单位和社会的德育。社会德育其实是指走向社会接受的德育，因为人离开学校，走向工作岗位，就意味着已经走向了社会，走向社会接受的德育就成为社会

---

① 黄济：《现代教育论》，人民教育出版社 1996 年版，第 445 页。

② 詹万生：《整体建构德育体系总论》，教育科学出版社 2001 年版，第 195 页。

德育。尽管这是一个现实，但还是有进一步区分的必要。因为单位德育确实是德育的一个内容，单位不能没有德育。并且单位的德育内容与社会德育还是有区别的。这样，社会德育在进一步的限定中，可以排除单位进行的德育。

家庭德育。家庭德育是家庭教育的内容。家庭教育是自家庭存在就已经存在了，无论古代还是现代都是如此。古代和现代在家庭教育的内容上有区别。在中国传统社会中，德育是家庭教育的基本内容，家庭教育就是德育即做人的教育，因而可以说中国传统的家庭教育就是德育。这种现实，一是家庭生活的特殊地位，它使德育在家庭受到格外重视，家庭生活占据的位置需要格外关注德育，同时由于社会对德育的关注促使家庭德育被关注。现代社会的家庭教育有过相当一段时间忽视德育的内容。进入现代社会，家庭教育的内容由德育为主转向了以智育为主。开发智力接受知识的早期教育，都是把智力教育提高到超越德育的位置。无论是自己家庭能力范围的家庭教育，还是聘请别人进行的家庭教育，都集中在智力开发上面。基本没有听到有谁花钱请人进行德育。造成这种现象的原因是，知识和能力在社会发展和竞争中的位置。在相当一段时间里，也许是一个必然阶段，知识能力成为成功与否的惟一标准。为了在充满竞争的环境中获得有利的位置，家庭教育不得不把重点集中在智力上面，造成对德育的忽略，尤其是早期教育。造成这种情况的另一个原因，也许是德育内容的复杂性。德育内容不像智育内容（早期智育内容）那样简单。它似乎需要人发展到一定阶段才能接受。再一个原因就是智力教育本身被重视的原因。当代社会，家庭教育又有回归到重视家庭德育的道路上来。不过，人们并不因重视德育，给德育以应有的位置就忽略知识能力教育，而是二者的统一，甚至是体育和心理健康教育的统一。这一方面是由于人们对家庭教育的认识引起的，人们逐渐认识到家庭教育应该是包括德育内容的全面教育，偏向任何一方面都是错误的。另一方面，由于忽略德育的家庭教育导致的不良后果，使人们猛醒。有多少只注意智力开发而忽略德育最终却导致了恶果，促使人们关注家庭德育。所谓危险品的说法就是人们猛醒的举证。再有，是当代社会现实竞争的秩序化，是德受到人们的关注。无论是从事什么职业，做什么工作，德性水平显得越来越重要，这也许是社会发展必经阶段的清醒。家庭德育走向正常轨道，体现着社会的发展和进步。

家庭教育在现代越来越受到人们的重视，家庭教育被人们重视一是因为早期教育受到了重视因而人们重视家庭教育；二是德育被关注因而人们关注家庭教育。显然，家庭教育被关注是因为家庭教育在教育中所占的位置，而家庭德育被重视也完全是因为家庭德育在德育中的位置。家庭德育在德育当中具有基础作用。教育德育的基础作用是未被人们所接受的"对人类社会每一个个体而言，当他来到这个世界后，就生活在一定的家庭环境中，接受家庭提供的生存所必需的物质支持，在家庭成员的关怀和爱的沐浴下，积累着成长必需的生活经验，建构日后发展的社会价值参照系，满足着人生所必需的生理需要和心理需要，获得生存和发展所必需的精神支柱，进而为人生观的形成和自身健康成长奠定坚实的基础"[1]。"家庭作为人降生后第一归属的社会群体，使未成年人初步掌握母语，形成生活习惯，自然地接受爱与主动地爱，从而奠定人格与个体社会化的初步基础"[2]。由上可见，所谓家庭教育的基础作用，实际上说的就是在德育中的基础，也即家庭德育在德育中的基础作用。说家庭德育在德育中具有基础作用，这是因为家庭是人出生以后进入的第一个群体，家庭是德育最先开始的地方。孩子的首席教养者、第一位老师，这就是母亲和父亲。孩子呱呱坠地来到世上最先接受的影响是家庭的影响，他最先接受的教育是家庭的教育，而在家庭教育中最早进行的内容就是德育的内容。人来到世界上最早打

上的烙印是家庭教育的烙印，即便是以公共教育为主的斯巴达教育，也不能脱离家庭教育这个基础。从先入为主的角度看，早期的德育是很难抹掉的。先入为主，也叫首因效应，它是说人最先接受的影响对人具有决定作用。这一点，人们通过试验研究获得了证明。试验者把被试分成不同的组别，让他们看同样或不同样的两组材料，最后得出结论，先看到的材料对人的影响最大，甚至具有决定作用。我们在人际交往中，特别注意第一印象，同样是由于先入为主的缘故。由于家庭教育的早期性，使它在德育中先天具有基础的位置。也由于这一点，使任何教育都必须面对家庭教育的现实，都必须关注家庭教育这一基础。我们在学校德育的过程中，常常要进行家访，为什么？一是请求家庭的配合，发挥家庭在学校德育中的作用。二是了解家庭的状况，了解学生接受教育的背景和基础，了解家庭教育和家庭对孩子的影响，这反映出对教育基础的关注，也证明家庭教育的基础作用。家庭德育在德育中具有关键作用。在教育学领域，关键期（敏感期）理论越来越受到人们的重视，奥地利科学家劳伦茨通过研究发现，小灰天鹅破壳出生时，第一眼看见什么动物就把什么动物当成妈妈。如果出生时老天鹅在眼前，它就跟着老天鹅走；如果是母鸡，它就跟着母鸡走；而如果孵出时看到的是劳伦茨就认劳伦茨为妈妈了，于是会跟着劳伦茨而不跟着它们真正的妈妈。劳伦茨又发现，如果这些孵出来的动物看到的是活动的鸡鸭玩具、风船、小球等，也会跟着这些东西走，一定的声音也能引起这种现象。劳伦茨把这种现象称为印刻现象，他发现印刻现象与普通学习有三点不同：其一，它只限于出生后一个短暂的特定时间才能形成，超过这一期限就不能形成；其二，印刻的效果是持久的，印刻现象一经形成就不再改变，具有一种不可逆性；其三，印刻现象的形成不需要食物等的强化；其四，各种动物的印刻有不同的敏感期。关键期理论的发现，对教育具有非常重要的意义。如果在特定时期的教育具有关键作用，那么抓好关键期就会为教育的有效性奠定基础。把握住对人教育的关键期，对人进行教育，会收到理想的效果。学者们的研究和教育的经验表明，人的品德发展有四个关键期，一是二岁至三岁，二是五岁至六岁，三是小学三年级，四是初中二年级。这四个关键期，从一定意义上说都是在家庭中度过的。显然，在一般情况下，前两个关键期都是在家庭中度过的，除非是接受特殊教育。而后两个关键期，实际上也是在家庭中度过的。因为小学三年级和初中二年级的学生一般都不会离开家庭，也就是不能住宿学习。我想，初中以下的学生不安排住宿生，保持与家庭的日常接触，可能与度过关键期有关。关键期的作用是人们都关注的，有多少家长，在孩子初中学习阶段之前拒绝外出，为什么，就是因为这是一个非常关键的时期，有时孩子一步走错就会影响他的一生。在四个关键期中，最受人们关注的是第一个关键期。有不少的学者都认为，孩子在三岁以前的教育甚至已经决定了他的一切。意大利儿童教育家蒙台梭利认为："儿童在出生后头三年的发展，在其程度和重要性上，超过儿童整个一生中的任何阶段。如果从生命的变化，生命的适应性和对外界的征服，以及所取得的成就来看，人的功能在零至三岁这一阶段实际比三岁以后直到死亡的各阶段的总和还要长，从这一点上来讲，我们可以把这三年看作人的一生。"法国著名儿童教育家洛朗斯·佩尔努说："孩子三岁以后一直到青春期，在他的生活中，再也不会有像第一次微笑、说第一句话、迈第一步这样值得注意的事件发生了，再也不会有像智力显露和自我发现这样重要的情况出现了。他的主要品质已经形成，基础已经打好，只要对他们进行精雕细刻和加以发展就成了。"关键期是否也包括人的思想政治品德的关键期呢，固然应该包括。因为教育的内容包括德育的内容，那么早期教育没有不包括的道理。在民间有三岁看到老的说法，那么三岁能够看到什么，这不只是做人的走向，而且也包含着人的智能发展走向。无论如何，家庭教育在人的品德发展和智能发展中具有关键性的作用。家庭德育决定人发展的走向。我们说过，家庭教育在传统中国甚至在近代以前的其他国家，都是指在培育人的品德方面也即德育。所谓家教好坏，指的就是人的品性如何，而绝不是指智力开发。现代社会家教有了新的含义，它既指家庭教育，又指从事家庭教育的职业。目前是指从事家庭教育活动，它多半由在读的大学生承担。从事家教开始时是师范专业的学生为了培养锻炼能力，给未来工作打基础，挣钱是第二位的。后来的发展尽管有锻炼的韵味，但是挣钱成为主要目的。这是满足社会发展需要的结果。然而，家庭教育在现在被重视，无论从社会的角度还是从家庭的角度，仍然还是注意着品性品行的发展。颜氏家教和曾氏家教被效仿和关注，说明家庭德育的重要性。家教好，人的发展会有一个好的前景。家教不好，不仅不会有好的前景，而且还会危害社会。2004 年 8 月 21 日《瞭望》的文章指出："家庭问题和失学辍学问题对青少年违法犯罪的影响明显。近年来，失和、失教、失德、失才等家庭逐渐增多。最新统计显示，父母离异家庭子女犯罪率是健全家庭的 4.2 倍。中央综治委在对全国 18 个少管所和监狱的调查中，有 26.6% 的青少年罪犯来自破碎家庭，有近一半的青少年罪犯没有完成九年义务教育。""客观上讲，家庭的不良环境往往是一些未成年人犯罪的最初原因。家庭是青少年活动时间最长、受思想影响最深、联系最紧密的地方，不良的家庭教育环境是形成青少年高犯罪倾向的重要因素之一。"没有家庭教育，家庭教育不好，忽略家庭教育，都会造成恶劣的后果。而那些有成就，有发展的人甚至是为人类和社会作出贡献的人，都与良好的家庭教育有关。在恋爱过程中，人们一般趋向于要了解对方的家庭背景，也即要了解家风家教情况，也体现出家庭教育对人生影响作用。人们有理由认为，家教不好和家教好的，对人的发展是有决定性作用的。家庭德育是个人接受德育的桥梁。桥梁具有连接、支撑和渡过的作用，家庭德育是这三种作用的集合。没有家庭德育对人的培育，人不可能接受社会德育和学校德育的内容。家庭把襁褓中的人哺育成能够接受社会德育的人，个人对社会的了解，对社会规则的理解，都是在家庭中开始的。家庭在这个意义上是一个小社会，它使人清楚知道自己在社会中的位置，使人认识到这个世界除自己之外还有其他人。没有对家庭的认识，没有对家庭的接触，当他突然面对社会时必然是惊恐和不适应。需要说明的是，在家庭德育中或者是家庭教育中，父亲和母亲的作用是不同的。一个人的品性发展如何，人们一般认为是母亲决定的，而人的才能发展如何，人们一般认为是由父亲决定的。母亲给予方向，父亲给予力量。不过，现在，人们更加看好母亲在家庭教育中的作用。一个人成才了，他的后面必然有伟大的母亲。母亲在孩子的成长中的作用是其他人没法代替的，现代社会尽管解放妇女的呼声不断高涨，但妇女的第一天职是教育子女的呼声也不断强化。

　　家庭德育之所以在德育中有如此重要的地位，这是由家庭德育自身的特点决定的。认识家庭德育的特点，有助于我们更深刻地理解家庭德育在德育中的地位。家庭德育首要的特点是早期性。早期性是说，人生来接受的第一个教育就是在家庭中进行的，从德育是一个系统来说，德育的起点是在家庭中。一般来说，家庭教育就意味着父母的教育，尤其是母亲的教育。母亲是孩子的第一任老师，家庭是孩子接触的第一所学校。前面我们讨论家庭德育的基础作用时，涉及过先入为主，说的也是早期教育的意义。不过，那是在强调家庭德育在德育中的地位，而这里是它的特点，家庭德育的地位是由它的特点决定的，没有自己的特点，也就没有自己的地位。无论家庭中的德育是不是由父母进行的，它的早期性是毋庸置疑的。其二是贯通性。所谓贯通性，是说家庭德育贯通人接受教育的整个过程，是说家庭生活过程贯通着德育内容。就一般的情况来说，孩子从出生到上大学之前，都是在家庭中度过的，就是在上大学之后，与家庭的联系也是非常紧密的。即便在独立生活以后，这种影响仍在延续着。这就使家庭中所进行的德育具有贯通性。家庭德育的内容取向在家庭生活中一直会得到贯彻，无论孩子是否成人，这种教育的影响都是实际存在的。其三是家庭德育的权威性。家庭德育的权威性来自于家长的权威，来自于孩子成长过程的特殊性和孩子对父母在经济和精神上的依赖关系。家庭德育的权威性，是说孩子没有走出家庭之前时，家庭德育的内容具有权威性。父母在家庭中具有权威性，家庭中的一切都是父母的奴隶。实际上家庭德育既可以指孩子没有走出家庭时所接受的家庭在德育方面的影响，也包括学生走向学校和社会时所进行的德育。一旦孩子走进学校的范围，父母的权威性就逐渐受到影响。为什么，因为，即使是孩子，也不能不考虑自己在生活中的位置，在家庭中父母主管着一切，具有绝对的权威性，而进入学校生活以后，老师就具有权威性了。为了在共同的生活环境中，给自己树立一个好的环境和地位，就必须服从老师的权威，老师的话具有圣旨的意义。这里除有老师的知识性趣味性因素外，起决定作用的就是老师的权威性。其四是针对性。由于家庭德育是在家庭中进行的，所以，他可以根据家庭生活的实际情况，针对某一件事来进行教育。这潜在的特点就是灵活性。由于父母与子女朝夕相处，对子女了解最深、摸得最透，因而教育更具有针对性。其五是随意性和广泛性。家庭德育不是系统的教育，尽管它也有一定的目标，但是在实施过程中总是表现出它的随意性。根据施教者的理解和孩子的实际，可以随意而广泛地进行。这是由家庭生活内容的广泛性和随意性决定的。其六是家庭的个体差异性。有人把家庭德育界定为把家庭的要求内化为孩子的行为，这也并不违背实际。因为家庭德育总有自己的特点和差异。不过，这种差异体现在概念的界定中就显得有些不合适了。个体差异性实际上包含两层意思：一是家庭德育都是个别进行的，二是今天德育的内容要求根据在家庭中的理解有所不同。家庭德育的内容基本上是社会规范和生活习惯的养成及对人生目标的启迪。例如，人们望子成龙的愿望在家庭教育中表现得非常充分。尽管有些脱离现实，但还是起到了一定的启迪作用。家庭德育有自己独特的地位和作用，但是它不是系统的、深入的，而是初步的、零散的。"遇物而诲"、"遇事而行"、"施教于常"（早期性、基础性、关键性）。家庭德育有一点必须引起社会的关注，这就是，家庭德育中的与社会主导价值观的冲突性。比如，有人不仅自己忽略德行的教育，而且还明确引导孩子不要做有德行的傻子。另外，家庭德育最大的问题就是父母说的和做的不一致，要求自己和要求别人的不一样，或者是让孩子做的自己不做，这会引起强烈的心理冲突。家庭德育的内容，一般有生活规则教育，生存志向和智慧教育，道德伦理教育，社会生活规则与社会适应性教育。家庭德育在德育中具有基础作用，如前面所说，这是由它的特点决定的。家庭德育在德育中还具有强化作用。当学校德育的内容在家庭中获得强化时，学校德育就会收到理想的效果。如果学校德育的内容与家庭德育的内容不一致时，就会受到弱化。尽管学校德育在学生进入学校后就占有主导地位，可家庭的这种作用不能忽视。学校德育过程中一再强调注意家庭环境，强调家庭的配合，就是这样的道理。学校德育要获得家庭的理解和支持才能收到理想效果。据《中国青年报》2004 年 8 月 18 日报道：学校家长互相抢孩子，家长强调 $2 + 5 = 0$，而学校强调的是 $5 + 2 = 0$，这里说明的就是家庭教育与学校德育的关系问题，它证明家庭德育对学校德育具有强化与弱化作用。当然，从家庭德育的角度看，会是相反的结论。

社会德育是指除家庭和学校以外所有意识进行的德育。由于学校德育包容的内容多，也由于德育在特定的语境中就是指学校德育，所以我们需要把学校德育放在后边论述。社会德育在实际上有两个含义，一是指人走向社会时接受的德育，一是在社会中所进行的德育。前者基本是指人在工作单位所接受的德育，后者是在家庭、学校和单位之外接受的德育。这里，我们需要澄清一种观念，即德育的对象只是未成年人，而一旦走向工作岗位的人似乎就没有必要接受德育了。这是把德育仅仅理解为学校德育的结果。其实，不仅教育终身化是一种趋势一种现实，而且德育也有一个终身化问题。终身教育中应该包括德育内容，实际上德育即做人教育在终身教育没有成为趋势的时候也是存在的，单位和社会甚至于社区从没有间断过德育。单位德育主要是指以单位为单位进行的职业道德、职业精神和单位规章教育。它的对象是单位成员，目的是为了培育职业岗位需要的职业精神和规范规则意识，以使单位的凝聚力、进取精神、规则规章意识得到加强，进而使单位获得良好的发展景观。单位德育固然是站在单位的立场进行的，但单位德育有助于社会德育要求的渗透，从一定意义上说，单位的德育搞好了，社会德育也就有了保证，因为社会是由各个单位构成的。此外，单位德育也是社会德育统一要求下的德育，它不能违背国家的法律和社会道德准则。不可否认，单位德育直接的目的是单位的利益和发展，但单位的发展如果和社会的发展形成冲突和对立，不仅会受到社会的制裁，而且也会在危害社会时危害到自己。因而，健康的单位德育时不会与社会要求的德育冲突的。单位德育是客观存在的，单位德育的存在无疑会有助于社会整体德性水平的提高。由于单位德育的存在，也由于单位德育的不可低估的作用，我主张在讨论德育构成的时候，应该给它一个空间。对单位德育的忽略会强化两种不良倾向，一是德育对象只是未成年人的倾向，二是单位成员德性水平被忽略的倾向。这两种倾向不纠正，对社会的思想政治道德建设是极为不利的。

那么社会德育到底应该包括哪些内容或者说哪些是属于社会德育呢？我以为，所谓社会德育就要体现社会性，它除掉家庭、学校、单位德育以外的德育内容都属于社会德育的内容。公共服务机构、政府机关、大众传媒、社区街道、群众团体以及承担德育任务的社会活动基地等，都是社会德育的主体。在这些主体当中，他们对德育的职责有专职和兼职之分。专职，是指专门以德育为内容的，如精神文明办公室等；兼职，是指在他们的活动中包括着德育的内容或者主要或次要地以德育为活动内容。社会德育的方式包括，对社会主导的思想政治品德标准的宣传，对社会主导的思想政治品德标准进行的论证，对先进典型的宣传和对不良现象的抨击，有目的的社会评比活动。社会德育具有自己的特点，这些特点有：

1. 广泛性。

首先是社会德育主体广泛。承担社会德育的人和组织机构有些是社会规定必须进行的机构，有些则是自觉进行的。社会不同的组织和社会群体，都可以进行德育。

其次是对象广泛。它不像家庭德育的对象是孩子，学校德育的对象是学生，它的对象是所有社会公民。尽管它也可以辟出一定时空考虑不同对象，如专门时间的专门内容的活动，但从总体上来说，是面对所有公民。

第三是内容广泛，内容广泛也是广泛性的内涵之一。社会德育的内容不像学校那样系统而是根据现实情况有选择地进行，它也不像家庭德育那样能够针对具体事具体人。这是由对象广泛决定的，它不能像学校德育那样，系统的有一定具体目标的教育，它只能根据社会现实的需要，开展有针对性的教育。

2. 时限性

社会德育内容的时限性比较强，这种时限性决定于社会问题和社会目标。由于社会德育具有对象广泛的特点，因而它的主要手段就是舆论宣传和社会评论。学校德育和家庭德育以及社会德育的目标是一致的，都是为社会培养具有一定德性的人，都是为了促进德育对象即人的全面发展。社会德育除指学校和家庭以外的社会环境对人的品德的影响以外，还指一定社会教育机构对广大社会成员施加教育影响的活动。

3. 开放性

社会德育具有开放性，它不像学校德育和家庭德育是封闭的。学校和家庭德育是集教育、管理和评比于一身，而社会德育则主要是教育和社会评论。它可以向社会成员即公民宣传宣讲德育的内容要求，可以就社会生活中的一些现象进行评论，但它不具有对对象的直接制约作用。人们接受或者是不接受，完全靠人们的自觉和舆论宣传的力度。而学校和家庭则是把教育和检查结合在一起的，家庭和学校甚至于单位提出的要求，都有维护的手段和管理措施。

4. 主观选择性

社会所进行的德育目的是使社会成员接受，可社会成员接受和不接受，甚至它接受不接受你教育的形式和内容都是自我选择的。一个从来不听广播的人，广播的德育内容对他就没有任何作用。同样，一个从不看电视的人，电视的教育作用也不会从他身上显现。与此相比，学校和家庭的德育则是没法选择的，而是必须接受的。就德育主体来说，它要进行什么内容的德育，它要采取什么形式的德育，完全可以根据自己的理解进行。社会德育是指社会有意识进行的思想政治品德教育，它与社会环境的自然影响是不同的，强调社会环境对人的思想政治品德有影响，与强调社会德育不是一回事，但是二者有关联。环境影响突出的是环境不能给人以不良影响，而社会德育则是强调对思想政治品德培育的积极关注。

学校德育。我们知道，德育有广义和狭义之分。广义的德育，是指社会中整个德育系统，而狭义德育是指学校德育。也有人把广义德育称为大德育，但却没有把狭义德育称为小德。狭义德育的根据是教育学或学校教育，按照某种原则，可以把教育划分为德育、智育、休育。德育似乎就是指学校的德育，这是从教育学的角度进行的划分。可实际上，就学校来说，德育也有这样不同的几个部分：马克思主义理论课和思想政治品德课；日常管理和思想政治教育。有的人不同意把教育划分为德育、智育、体育，指责"不知什么时候德育从教育中分离出去"，似乎教育不应该分为德育、智育、体育。按照这种观点，教育应该像原初那样，不分什么德育、智育、体育才好。如果照着这样的逻辑，教育似乎都不应该分科教学。像社会分工一样，教育分为若干科，这也是一种进步。德育所以和智育进行区分，单独列出，这是因为思想政治品德在人的发展中具有的特殊地位，是因为德育在社会结构中的地位。同时，也由于德育不和智育进行区分，一方面智育对德育的忽略，另一方面智育过程中的胜任能力。传统教育中是不分德育和智育的，这是因为传统教育或智育的内容往往就是德育的内容，都是做人教育，这种忽略智育发展的唯德育的教育，是中国的教育和科技的发展落后的一个原因。像今天的某些教育只重视智育忽略德育一样，都会影响社会的发展和人的发展。其实，在中国的国度里，并不是德育从教育中分离出去，相反倒是智育从德育中分离出去。这种分离反映了社会的进步，反映了人们对科技教育的认识和对科学技术的关注。无论是从社会进步的角度，还是从强化科技教育的角度，德育和智育的划分都是不容否定的。毕竟社会已经走过了混沌的年代。德育所以被强调并且独立存在，不仅因为它是社会结构的一部分，而且也使因为智育过程的渗透不能胜任德育的全部内容。德育要解决的不只是认知中的问题，甚至不是认知问题而是实践问题。这些问题完全由课堂的教学不行，而且德育关照学生生活和管理的任务不能靠智育教学解决。我们不能否认智育过程有德育内容和德育价值，可这与独立德育内容的效果是不能等同的。教育是可以分为不同内容的教育的，企图让教育这一个概念包容所有的内容，有不堪重负的嫌疑。不可否认，社会发展已经走到了由分析分化到综合的时代。但是，即便如此，综合也是以分化为基础的，没有分化就没有综合的可能和必要。教育可以包括不同内容，但任何内容的教育都不可能代替教育的容量。德育不能，智育也不能。德育在学校中具有的位置，以及学校德育在整个德育体系中的位置，使我们必须花费更多的笔墨来讨论它。

把德育分为家庭德育、社会德育和学校德育，既是一种现实也是一种理性，但是这种划分并不能改变学校德育是德育主渠道的事实。何以如此：这是由学校德育的特点所决定的。学校德育的特点自然是与社会德育和家庭德育相比较的特点。学校德育与家庭德育和社会德育相比较有哪些特点？

首先是学校德育的长期性。学校德育占据了人成长和发展的大部分历程，从孩子进入幼儿园开始，就已经进入接受学校德育系列，一直到小学、中学、高中乃至大学，大约有20年时间，都要不间断地接受德育。幼儿园是孩子接触社会生活的开始，是社会化的第一步。幼儿教育是不是学校教育，这是一个可以讨论的问题。从事实上看，它应该属于学校教育系列，它有系统的教育内容、目标和要求，有教育大纲，最低它是家庭教育向学校教育过渡的阶段。据《中国教育报》2003年6月25日报道，北京密云县已经将幼儿园划归小学管理，这也许是一个开头。这种做法，一方面反映幼儿教育走向正规化，一方面反映幼儿教育属于学校教育系列。某师范大学幼儿教育专业男性毕业生毕业后去幼儿园当"爸爸"，反映的不仅是社会观念的转变，而且也反映出幼教事业在学校教育中的地位。

其次是学校德育具有系统性。这里的系统性有两层意思，其一是说，学校德育的每一个阶段所进行的德育内容都是系统进行的，其二是说，整个学校德育是一个大的系统。家庭德育可以"遇物而诲"、"遇事而行"、"施教于常"而学校德育则不能这样。幼儿园的小班和大班，学校的低年级和高年级，初等教育、中等教育和高等教育，都要进行具有系统内容的教育。这些不同层次的德育内容，尽管有许多是由于强化的需要和阶段内容的完整性，有些重复和交叉，但基本上呈现的是一个系统。它的目标一致、内容衔接。

再次，学校德育具有完整性。家庭德育以规范和习惯养成为主，学校德育要有规范和习惯养成，但是不能没有知识、情感、意志和行为。不同层次和阶段的学校德育，都要关注德性养成的完整性。这即是说，知识的学习，情感的培养，意志的磨炼，行为的训练和养成，在学校德育系统中都要有所照应。

第四，学校德育具有渐进性。德育是随着学生的学业和接受能力逐渐深入的，它是一个由浅及深，由感性到理性，由具体到抽象的过程。

从总体看，学校德育和家庭德育的内容是一致的，因为其总体目标都是为了培养"有理想、有道德、有文化、有纪律"的"四有"新人，但学校德育的内容，是由国家教育机关依据教育方针、培养目标，按照各级各类学校的不同性质、任务、各学科本身的逻辑体系以及各学科间的关系，根据不同年龄阶段的学生的心理发展水平、认识能力来确定的，不同学校的德育内容是基本一致的，教学也是有层次、有序列的，教师要根据教学大纲进行教学，一般不能随意更改。但在家庭德育实施过程中，德育内容却往往由家长的主观意志所决定，和学校德育内容相比，受主体制约程度较大，差异性较明显，其内容的安排也往往是无序的、盲目的，经常是想起什么就抓什么：今天孩子说脏话了，就进行文明礼貌的教育；明天孩子撒谎，又进行诚实品质的教育。学校德育的内容主要由思想教育、政治教育、法制教育、道德教育等四个基本部分组成。而家庭德育的内容，无论是古代家庭教育，还是现代家庭教育，笼统地讲是无所不包、极其广泛。家庭德育的内容也体现出随意性的特点。如上面所谈，家庭德育的内容不像学校德育那样有组织、有序列，它的确定更多是和家长的主观愿望联系在一起的。每一个家庭的情况都是千差万别的，因此在确定每个家庭德育内容的重点时都带有每个家庭自己独特的色彩。

　　学校德育具有与家庭德育和社会德育不同的地方，那么学校德育中既有幼儿德育，又有小学德育、中学德育，还有大学德育，它们之间有什么共性和差异呢？这个问题看来是简单些，但是它却是不能忽视的问题。这不仅是一个工作任务划分的问题，而且是一个存在的价值问题。显然，如果某一阶段的德育没有自己的特色和存在的必要性，那么它就没有价值进而也就应该取消了。所以这是一个必须搞清楚的问题，也是关系某些德育命运的大问题。学校德育除对象本身的区别外，德育目标、德育内容、德育方法途径都是有区别的。学校德育的根本任务和统一目标都是为了培养德、智、体全面发展的社会主义建设者和接班人，但是它们的具体目标有所不同，具体目标是根据德育对象的接受能力和发展程度来决定的。学校德育的内容和方法途径，根据对象的不同也有所不同。

　　幼儿德育。幼儿德育是幼儿园根据幼儿的心理和生理特点，对幼儿进行的思想品德教育活动。幼儿德育是德育的早期阶段，就幼儿德育归结为学校德育的角度说，它又是学校德育的最初阶段。幼儿德育应该有怎样的目标？北京师范大学幼儿园德育大纲研究小组认为:"使幼儿的品德和性格有良好的开端,初步养成礼貌待人,尊敬长辈,友爱同伴,富有同情心,积极主动,活泼开朗,遵守纪律,诚实,文明,爱劳动,爱祖国的思想品质和行为习惯,具有初步的料理自己生活的能力,为幼儿接受小学教育做好思想品德和行为习惯的准备,为其一生的发展奠定基础。"[1] 幼儿德育内容根据目标的要求,一般应包括:文明礼貌、生活规则、行为品质教育;互助合作,关心他人、爱的情感教育;努力追求和进取精神教育。教育的方法和途径一般通过故事游戏、习惯养成,评比奖励和浅显的说理教育。幼儿教育具有看护和初步养成的性质,直接目的是为小学教育奠定基础,是家庭德育向学校德育过渡的桥梁。幼儿是不是必须进入幼儿园接受幼儿教育,这在现在还没有法律性质的规定。目前,尽管接受幼儿教育的幼儿越来越多,但也有相当一些幼儿是在家接受幼儿教育的,尤其是农村,这种现象比较突出,这既有观念因素也有条件因素。代表发展趋势的,显然是到幼儿园接受教育。

小学德育。小学教育是基础教育的最基础环节,正规教育的第一阶段。由于小学教育在教育和基础教育中的特殊地位,国家对小学德育的目标和内容要求等都有明确的规定。我国小学阶段的德育目标是:培养学生初步具有爱祖国、爱人民、爱劳动、爱科学、爱社会主义的思想感情和良好品德,遵守社会公德的意识和文明习惯;良好的意志、品格和活泼开朗的性格;自己管理自己,帮助别人,为集体服务和辨别是非的能力,为使他们成为德、智、体全面发展的社会主义事业的建设者和接班人打下初步的良好思想品德基础。[2] 就基础教育和义务教育的双重角度来说,小学德育的基础地位是不容忽略的。这个阶段,德育的基础性和智育的基础性都是非

---

[1]　黄人颂编:《学前教育学参考资料》下册,人民教育出版社1991年版,第48页。

[2]　国家教委:《小学德育纲要》,1993年版。

常重要的，基础打好了，会给未来的发展有一个好的基础和方向。就教育来说，它的基础性在相当的意义上说，具有重新开始的意义。《小学德育纲要》对小学德育内容要求的规定是：主要是以"爱祖国、爱人民、爱劳动、爱科学、爱社会主义"为基本内容的社会公德教育和有关的社会常识教育（包括必要的生活常识、浅显的政治常识以及同小学生有关的法律常识），着重培养和训练学生良好的道德品质和文明习惯，教育学生心中有他人，心中有集体，心中有人民，心中有祖国。笔者以为，这些内容要求都是客观和现实的，只是这些内容和要求的排列上有些问题。就这个阶段的学生来说，文明习惯的养成，道德品质的培养，对科学本身的热爱和追求，合作互助精神等应该是主要的，而其他内容应该摆在它们的后面。这倒不是摆在后面的内容不重要，而是在这个阶段重要的是基础的内容，而不是主观地拔高。在对德育进行系统总结时，人们发现我国的德育是倒置的，即高等教育进行的是低等的教育，而低等教育进行的倒是高等的教育。典型的说法，小学进行共产主义教育，而大学进行日常生活规则教育。这说明小学的德育必须实事就是，不能好高骛远。

中学德育。"中学德育工作的基本任务是把全体学生培养成为热爱社会主义祖国的具有社会公德、文明行为习惯的遵纪守法的公民。在这个基础上，引导他们逐步树立科学的人生观、世界观，并不断地提高社会主义思想觉悟，使他们中的优秀分子将来能够成为共产主义者。"[1] 中学包括初中阶段和高中阶段。在我国初中和高中的区分是非常具有现实意义的，虽然同属中学，但高中和初中却有不同的意味。初中和高中的划分，自然也使中学德育划分为初中德育和高中德育。

初中德育。初中阶段的教育，就目前的义务教育来说，是一个非常重要的阶段。尽管关于义务教育阶段延长到高中的呼声不断在

---

[1] 《中学德育大纲》1995 年 2 月。

现实生活中传出，这种呼声既代表了人民的心声也代表着发展的趋势，但在我国目前还有困难。不过，高等教育的大众化，会加快义务教育迈向高中阶段的步伐。理想代替不了现实，初中教育在义务教育中的终极位置，使德育内容在初中得到加强。这也就是说，初中德育的内容对学校德育内容来说，就带有了基本的意蕴。因为在这里走出的人，按照自然逻辑的发展，将直接面对社会生活。然而，初中德育内容目标要求的规定，又不能不考虑教育发展的现实和社会劳动力素质的现实要求，因而，它必须以现实和发展的态度来确立目标、内容和要求。《中学德育大纲》制定的目标内容要求，就应该是这一现实态度的反映。它规定的初中阶段德育目标是："热爱祖国，具有民族自尊心、自信心、自豪感，立志为祖国的社会主义现代化努力学习；初步树立公民的国家观念、道德观念、法制观念；具有良好的道德品质、劳动习惯和文明行为习惯；遵纪守法，懂得用法律保护自己；讲科学，不迷信；具有自尊自爱、诚实正直、积极进取、不怕困难等心理品质和一定的分辨是非、抵制不良影响的能力。"初中阶段的德育内容要求是，爱国主义教育，集体主义教育，社会主义教育，理想教育，道德教育，劳动教育，民主法制教育和心理品质教育。应该说初中德育的内容和要求，基本上包含了德育的基本内容和要求，尽管我们常常把这些内容说成是初步的。

高中阶段德育目标："热爱祖国、具有报效祖国的精神，拥护党在社会主义初级阶段的基本路线；初步树立为建设有中国特色的社会主义现代化事业奋斗的理想志向和正确的人生观，具有公民的社会责任感；自觉遵守社会公德和宪法、法律；养成良好的劳动习惯、健康文明的生活方式和科学的思想方法，具有自尊自爱、自立自强、开拓进取、坚毅勇敢等心理品质和一定的道德评价能力、自我教育能力。"① 高中德育的目标比初中德育目标有了更深入的发

① 《中学德育大纲》，国家教委基础教育司，1995 年 2 月版。

展，它的要求也比初中阶段更高，在内容上，它与初中也只有程度的不同。不同阶段所以有不同阶段的德育，一是因为这个不同阶段是整个德育体系的一个部分，二是因为不同阶段都有共同的需要。这个需要也有两方面：一是保证这个阶段学习任务的完成，二是维系这个阶段的生活和学习秩序。这个不同阶段的内容要求，又都是完成整个德育体系的构成部分。

高校德育。高等学校德育目标是："使学生热爱社会主义祖国，拥护党的领导和党的基本路线，确立献身于有中国特色社会主义事业的政治方向；努力学习马克思主义，逐步树立科学世界观、方法论，走与实践相结合、与工农相结合的道路；努力为人民服务，具有艰苦奋斗的精神和强烈的使命感、责任感；自觉地遵纪守法，具有良好的道德品质和健康的心理素质；勤奋学习，勇于探索，努力掌握现代科学文化知识。并从中培养一批具有共产主义觉悟的先进分子。""高校德育的内容是中学德育内容的深化和延伸，它要针对高校学生及各个学习阶段的特点安排内容，形成以爱国主义、集体主义、社会主义教育为核心的，相对稳定的教育内容体系。这个内容体系具体的表示是：马克思主义、毛泽东思想和邓小平理论教育；爱国主义教育；党的路线方针政策和形势教育；民主法制教育；人生观教育；道德品质教育，学风教育、劳动教育和审美教育，心理健康教育。高校德育的途径是马克思主义理论课和思想品德课，教书、管理、服务育人，日常思想教育工作，党团工作和学生会工作，以及社会实践和校园文化建设。"[1] 与中学德育内容不同的是，它突出德育的一些基本理论教育，并且强调对学生学习的所有内容进行理论上的阐述和深化。通俗地讲，对学生所接触的内容不仅要知道是什么，而且还要知道为什么。中学对有些内容的学习，停留在知识的层面而不是理论的层面。

从德育大纲当中，我们可以看到小学德育和中学德育以及大学

---

① 见《普通高等学校德育大纲》1995 年。

德育的层次差异，不仅如此，学校德育在内容上也有区别。这也就是说，幼儿德育、小学德育、中学德育和大学德育分别都有他们自己的独特价值。就大学德育及高校德育来说，它的价值更具有特殊性。这种特殊性来自大学德育的必要性。前面已经谈及，有人认为德育没有必要，有人认为德育有必要，但是学校德育没有必要，认为学校应该以传授知识为主，不应该费时间进行德育，德育的必要性由社会和家庭来完成。还有人认为学校德育有价值而高校德育没有必要，因为中学已经完成德育的内容了，还因为大学生的德性已经养成，没有必要再进行德育了。真的是这样吗？我们先从高校德育必要性的角度来看一看。就我国现在的学校体制来说，高校的教学和生活还要在学校中统一进行，为了使学校生活有一个好的秩序，德育就是必要的。从学生的实际生活和发展需要出发，同样是需要的。高校德育有相当的成分是与大学生的学习和生活息息相关的，它要指导大学生更好地学习和生活。主张取消高校德育的人可能有两种情况，一是不了解大学德育的内容，二是对学生的实际情况并不了解。过高估计现代大学生的能力和德性水平是不现实的，尤其是大学新生。2002 年 8 月 29 日，光明日报记者以"帮新生适应大学生活"为题，呼吁高校学生工作给以充分重视。大学生活是独立生活的开始，是自己面对世界的第一步，是向社会过渡，它与准备是不一样的，也与直接进入社会生活是不一样的。没有进入大学，人们或许还会给一点关照。如果你接受了高等教育，社会就会以另一种眼光来看待你要求你。高校德育与中学德育不同的是，高校德育重在理论建设。在关于小学德育和中学德育以及大学德育的区别中，人们一般地认可为小学讲故事，中学讲知识，大学讲理论。我倒觉得小学讲规范，中学讲知识，大学讲理论更合适一些。因为讲故事是一种手段特点而不是内容特点。虽然在内容上学校系统的德育都是政治、思想、道德等方面，可大学突出的是对规范、知识进行理论上的进一步理解。即不仅知道什么是，是什么，还要知道为什么。就对专业知识水平掌握的程度来说，也要求与之有相应的德性水平。这不仅是因为高层次人才对理论上的理解会有助于更好地行动，还因为高层次人才有一个更艰巨的历史责任，这就是在为普通百姓做榜样的同时，还有责任讲解宣传德性的责任。大学生思维能力的发展和接受教育的特殊背景，通过理论的学习，通过对为什么的追求，在理性假设上肯定会有助于对德性的实行。实际上，主张取消高校德育的根据即高中毕业就就业看来也站不住脚。教育大众化时代的到来，使进入高中的学生都有机会进入大学来学习。还有，以为进入大学的学生们的德性水平以及世界观、人生观、价值观已经成型，因此大学的德育没有意义了。这些观点虽然有些偏激，但它反映的是人们对德育的关注，对社会思想道德建设的关注。至于高校德育本身，不能因为有几个人的偏激观点就受到影响。它需要认真考虑的问题是，如何使高校更有效果，更有实际价值。

在讨论德育价值过程中，有一种现象不能回避，这就是人们认为大学生的德性水平不如中学生，中学生的德性水平不如小学生。而在每一个学段的情况是低年级的学生尤其是新生的德性水平比高年级的德性水平要好些。高层次高年级学生的德性水平比低层次低年级的德性水平要高，这才合乎情理。因为从接受教育的角度看，高层次和高年级的学生接受的教育比低年级和低层次的学生要多，应该好一些。可是事实却恰恰相反。问题在哪里？这实际上涉及德育的价值问题，试想，如果接受的教育越多而德性水平越差，那就要考虑德育的存在价值问题了。有人在学校门前故意撒了一些纸片，高年级同学视而不见，只有低年级同学注意到了并且捡起来。按照这种推理，人还是回到原始状态好，这和老子的理论却不谋而合。不道德才需要道德教育的观念，在这里也有发挥的地方了。

到底应该怎样理解这些问题？我想，这些问题反映出我们观察问题的方法，也反映我们对人的评价问题。就观察问题而言，我们看到的只是学生的不足，看不到学生的成长。就评价问题来说，我们的评价标准有问题。什么是我们所说的好学生，是不是听话就是好学生？是不是有主见的有独立性的学生就是不好的学生呢？我以为，与其说我们观察问题的方法有问题，说我们的评价标准有问题，不如说我们自身的主观世界有问题。这个问题就是，我们不能容忍学生的长大，不能容忍学生的独立，不能容忍学生的自主，我们害怕自己失去对学生的权威，失去对学生的控制。仔细想一想，是不是这样呢？学生越小的时候，越是新学生，对陌生的环境不熟悉，对别人有些恐惧。而一旦学生长大了，对环境熟悉了，尤其是自己有了面对问题解决问题的办法，不再依赖别人处理问题，就能够独立面对世界了。这不是我们希望的吗，我们天天盼着学生长大，盼着学生能够独立处理问题，能够独立面对世界，而一旦学生真是这样了，我们又很难接受。我们看到的不是他们的进步，不是他们的独立和自主，而是他们离我们而去。这不是学生的错，而是我们自身的问题，是我们怕学生成长，怕我们失去对学生的权威。不能否认，就个别学生来说，可能会存在问题。可我们是对学生进行整体的评价，看到的是学生全部，这就说明我们确实存在问题，而不是学生存在问题。这种大学生不如小学生的观点，老学生不如新学生的观点，是值得考虑的。

关于社会教化，相对于环境影响和自我学习，我们把所有有意识进行的以培养人的思想政治品德为目的的活动都归结在其中。这也许会引起歧义，甚至于对教化的进一步划分也是这样。我想，这应该宽容地被理解。

第二章 德育价值的基础

一 解读德育

（一）育 "德" 为德育

育德谓德育，这是没有疑义的（有人把德育解释为育他人之德，育德解释为育己之德，自我育德。实在是对育德的一种曲解）。但是，现实中由于对所育之德的内涵是什么有分歧，因而对德育的内涵是什么自然就有了歧义。这种分歧的基本表现可以归结为，是把德育理解为道德教育，还是把德育理解为思想、政治、品德教育。在这些分歧中，除把德育理解为道德教育的观点以外，多数人都承认德育不只是道德教育。这是共识。在承认德育不只是道德教育的主流派中，虽然也有分歧，但这里的分歧只是内容涵盖多少的问题，没有质上的差别。尽管对德育不只是道德教育的理解占主导地位，但是把德育理解为道德教育的呼声也很强烈。在把道德教育等同于德育的主张中，也有两种不同的解释：一是把德育理解为就是道德教育，这种解释的根据是德是道德概念的缩略语；一是把所有的德育内容都归结为道德教育，这种解释把德育的所有内容都归结为道德的内容。无论如何，我们必须对德育的内涵有一个明确的回答，一方面，论题本身需要有一个明确的内涵，只有在这样的基础上才能展开下面的讨论，所谓基础的意蕴就在这里。另一方面，研究德育价值，不能回避对德育内涵的理解上的分歧。在我国，有把德育理解为大德育的说法。大德育的说法是以承认德育是思想政治品德教育为前提的，这在内容、功能、主体上都可以解释。可这种说法让人费解。德育就是德育，还有一个大德育做什么？我以为这显然是对德育是对道德教育观点的妥协。这里，针对把德育理解为道德教育的观点，谈谈我们的主张。

德育是道德教育的观点，有三个结必须解开。首先是对德的内涵的把握，以为德即道德。在第一章对德这个概念的分析中，我们阐释了"德"和"道德"概念的区别和联系。对德不能归结为道德，道德是不是德的全部内容的讨论，目的不只是为了区分德和道德本身，而是为了证明德育不只是道德教育，道德教育不是德育的同位语，我们反对把德育仅仅解释为道德教育。德和道德是两个不同属性的概念，德是政治概念，它包括政治、法律、思想、道德等内容，是国家提出的关于人的德性方面的标准和行为规范，调节的是国家和个人之间的关系，这其中包括道德的内容。道德则是伦理概念，它是社会生活提出的调节人与人之间关系的行为准则。在高等教育中，有过把思想品德教育称为德育、把思想品德教研室称为德育教研室的历史。后来，在发展的过程中德育教研室改为思想品德教研室。这种变化有两方面含义，其一是说，品德教育代替不了德育，即德育不只是品德教育。其二是说，其他内容如政治教育，思想理论教育，管理教育，服务教育，专业教育过程的思想教育，都是德育。德既不是道德概念的缩略语，道德概念也不能包容德的全部内涵。相反倒是德的概念包含着道德的概念。因而，用道德教育取代德育的说法是不能成立的。根据对德的概念的把握，德育就是培养人们的政治、思想、品德的教育活动。可见，道德教育只是其中的一部分内容。把德育等同于道德教育，是在不顾事实地扩大道德的内涵。我们说德是国家提出的思想政治品德标准，在现实中也是有根据的。国家在招生中就有德的标准，教育部2004年高考备忘录规定，要对考生的政治态度和思想品德做出全面鉴定，思想政治品德考核不合格者是：反对四项基本原则和改革开放言行或参加邪教组织的；道德品质恶劣的；有违法犯罪行为，情节严重的。

这里的思想政治品德，无疑就是德的具体表现。

其次是对政治的回避，以为德育可以没有政治教育。政治是什么？政治是一个有多重内涵的概念，按照马克思主义者的观点，"政治是阶级社会中以经济为基础的上层建筑，是经济的集中表现，是以政治权力为核心展开的各种社会活动和社会关系的总和。"可见，政治的根源是经济，政治是经济的集中表现；政治的实质是阶级关系；政治的核心是政治权力；政治活动是科学是艺术。[①] 马克思主义同时也告诉我们，在阶级国家没有消亡的前提下，政治是不能消解的。政治不能消解就意味着德不能消失，同样德与政治的内在关联就不能隔断，因而，德育中存在政治取向就自然具有合理性。我们有过把德育等同于政治教育的历史，也曾经把道德教育作为封建主义的东西批判。在那个特殊时期，不仅德育是政治的工具，整个教育也成了无产阶级专政的工具。这是我们在历史进程中犯过的幼稚的错误。但是，历史进程中的错误并不能改变德育的政治属性，也不能改变道德教育的内涵。我们不能因为过去把德育等同于政治教育就否认德育的政治属性，更不能因为承认道德教育的合理性就否认政治教育的内容，甚至连它是德育的内容都不能容忍，这样就使德育偏离了轨道，脱离了社会现实。把教育完全视为政治思想教育是不对的，但是也同样不能否认教育中有政治属性，德育就是政治属性的标志。教育是社会生活的有机构成，在社会没有进入无政治的社会之前，说教育没有政治，就等于说教育可以超越社会现实。德育从一定意义上说，就是做人的教育，这里的做人教育不能脱离特定社会（国家）所需要的人这个现实。固然德育中的内容不能完全归结为政治，但是国家对德育的作用确实是在政治视角下关注的。政治虽然有多重内涵，它的表现方式在现代社会也有所变化，但是它本质的东西是不能变化的。正是这样的道理，德育才没有理由规避政治。

---

① 王惠岩：《政治学原理》，高等教育出版社 1999 年版，第 5 页。

第三是所谓与世界各国接轨。国外的道德教育在形式上没有标明没有政治教育，但并不是他们没有政治教育，而是他们的政治教育手段更高明。他们把政治教育的内容隐蔽起来，是教育的一种策略。陈桂生先生对这一点的论证分析极其深刻，令人信服。"西方国家一般标榜学校'政治中立'，而又不得不实施政治教育，旨在实现个体政治社会化。这种矛盾的存在，使得他们注重政治教育的立论根据，讲求政治教育的策略；反之，在中国，政治教育一直径情直遂。我们讲的是无产阶级政治，实施的是无产阶级领导的人民民主主义的政治教育。所以，我国的政治教育无所顾忌，无需在'政治'中立外衣下羞羞答答地实施政治教育。""……世界各国政治制度不同，政治教育的类型有别。一般讲，实行议会民主、多党制国家，标榜作为公共机构的学校'政治中立'。相应地要求教师与学生在政治上保持'中立'，但不是对于国家及基本政治制度的'中立'，而是对于政党的'中立'，所以，仍然实施政治教育。在不同资产阶级政党之间的'中立'，无损于资本主义制度，何况不干涉人们在公职之外的政治选择。所以，这种有限的'中立'，无论对整个统治阶级还是公民个人都无多大实际意义，但可防止学校内的政治纷争，并获得公正的外观；实行单一政党领导的国家，如以往的苏联，反对学校'中立'，实行旗帜鲜明的政治教育。以人民民主为核心内容的政治教育，是堂堂正正的事，本无须回避政治立场。""羞羞答答的政治教育不见得比公开的政治教育薄弱。……一些国家，既实行政治教育，又标榜政治'中立'，赋政治教育以'客观'形式，事实上其基本政治制度又不是真正'中立'的。这种矛盾状况迫使他们相当讲究政治教育策略。"[①]

美国有公民教育和道德教育，这在我们有些人看来，美国没有政治教育。在笔者看来，不把公民教育看成是政治教育，实在是对

① 陈桂生：《"教育学视界"辨析》，华东师范大学出版社 1997 年版，第 207~208 页。

公民教育也是对政治教育的天大误会。公民本身就是一个政治概念，它与政治密不可分。这也难怪，我们对公民概念的权威解释是与人民相对应的，认为人民是政治概念，而公民则是法律概念。其实，公民概念是地地道道的政治概念。公民是民主政治的产物，它与政治和政治制度是密不可分的。无论是形式还是实质上，公民都是与民主政治联系在一起的。可以说没有民主政治，就没有公民概念。公民的称谓就意味着它与政治联系在一起。用公民教育代替思想政治教育，可以使这种教育在形式和实质上代表更多人的利益和意志。说它不是政治，只能说它不是少数人的政治。说美国人的公民教育不是政治思想教育，就等于说美国人不讲政治，有谁能够相信美国人不讲政治。理解公民教育是政治教育的一个障碍是公民有没有权力。把公民概念仅仅理解为法律概念，就使公民与权力分别开来，因为法律是规定权利和义务的。实际上公民是有权利的，公民的选举权、被选举权、监督权和国家管理权，都属于公民的权利。不仅如此，公民还由于政治权力而承担政治责任。只不过现在还没有公民责任追究制度，但这不能否认公民有政治权力。说美国人在教育中不能有政治教育，是说他们不能进行党派政治教育，因为多党执政的关系因而不能进行党派政治教育。他们的党派不能代表全体公民的意志，因而不能允许进行党派政治教育。就国家政治教育来说，是不被看成问题的。在党能够代表全体公民利益的背景中，没有理由拒绝进行党派政治教育。

从社会学的角度看，德育是社会化的手段，它既是政治社会化也是道德社会化的手段。"所谓政治社会化，简单地说，是指社会个体通过接触和学习某种政治文化，培养政治立场和政治参与能力的过程。政治社会化对政治系统进而对整个社会系统的良性运行和协调发展具有两个方面的促进作用：从个体的角度来讲，它培养个体的政治参与热情和能力；从社会的角度来讲，它培养个体对某种政治制度和政治价值的认同、忠诚和责任感。""任何一种政治制度的维持和发展，都离不开人民的信任、支持和义务承担。人们承认某种政治统治是'合法的'，愿意服从，愿意对它承担义务，不仅可以降低政治治理的成本，而且能够有效地促进政治团结和社会整合。""道德社会化，是指社会成员通过社会互动学习道德规范，内化道德价值，培养道德情感的过程。道德是社会规范体系的一部分，具有重要的社会动员、整合和控制功能。"[①] "政治社会化的过程，是统治阶级通过传播政治文化，进行公民教育亦即思想政治教育的过程。"[②] 公民教育是政治教育这里又一次获得了证明。

如上可见，德育就是包括道德教育在内的思想政治品德教育，道德教育不过是德育的一部分内容。由此，也意味着道德教育不能取代德育的理由。德育包括道德教育，也包括法律教育，等等。无论怎样都不会影响德育和道德教育的效果。

（二）德育概念和德育的历史进程

考察德育概念演进的历史和德育实践的历史，会有助于我们对德育的理解。根据存在决定意识的原理，德育概念的形成与发展，显然是在德育的实践之后。而根据人的意识能动性原理，德育又是人们在意识指导下的实践活动。我们可以设想，自在的德育活动产生了德育的概念，而德育理念的指导就有了自觉的德育实践。德育始于何时？世界历史包括中国古代历史并没有德育概念和名称，但德育实践活动却存在于国家生活乃至教育活动之中。德育是近代历史上出现的新名词新观念，但究竟是由谁最早正式提出来的，至今还是个谜。西方社会于18世纪后半叶形成德育这一概念，但是这时所形成的概念是指道德教育。代表人物有两个，即康德和裴斯泰洛齐。康德把遵从道德法则培养自由人的教育称为道德教育或实践

---

① 郑杭生主编：《社会学概论新编》，中国人民大学出版社 2003 年版，第100～102页。

② 教育部社政司组编：《比较思想政治教育学》，高等教育出版社，第77页。

教育，裴斯泰洛齐似乎也使用过道德教育一词，这时人们把道德教育简称为德育。英国学者斯宾塞在他的《教育论》中把教育明确划分为智育、德育、体育。此后，德育成为教育世界中的一个常用语。[1] 但是，西方国家中涉及德和道德的概念有两个，一是 moral，二是 virtue。前者中文是道德的含义，后者中文是美德和德行的含义。根据这个实际，我们可以认定西方的德育就是我国的道德教育，而不是德育。因为英文的道德教育和德育都是指 moral education，只是翻译过程中的手法不同，有人翻译成道德教育，有人翻译为德育。文化的差异是，英文中没有与中文相对应的德字，因而也就不会有我们观念中的德育。即便用 virtue education，也不是中文德育的含义，问题的根源在德的内涵上。

由于 moral education 既可以被中文翻译成德育，又可以翻译成道德教育，因而造成了德育实践中理解和解释上的麻烦。德育从概念的形式上是 20 世纪初从国外传入我国的，因为当时中国还没有区分德育和智育概念，也没有道德教育的完整概念，所以既接受了内容的划分又接受了德育的形式。通过资料说明最早使用德育概念的应该是近代思想家王国维，1904 年他以"德育""智育"与"美育"三词，向国人介绍叔本华的教育思想，1906 年在论文《教育的宗旨》中，明确提出了"德育""智育""体育""美育"的概念，并把四者相提并论。《清史稿》中"化民成俗，基于学校，兴贤育德，责在师儒"的论述，虽然包含着德育的意蕴，但还不是明确的德育概念。蔡元培先生在 1912 年的《全国临时教育会议开会词》中指出："当民国成立之始，而教育家欲尽此任务，不外乎五种主义，即军国民教育，实利主义，公民道德，世界观，美育是也。五者以公民道德为中坚，盖世界观及美育皆所以完成道德，而军国民教育及实利主义，则必以道德为根本。"在他的《对于教育方针之意见》中，明确使用德育、智育、体育、美育并主张并举。在他的

---

① 黄向阳：《德育原理》，华中师范大学出版社 2000 年版，第 2 页。

影响之下，当时的国民政府颁布了注重道德教育即德育的法令。从此以后，德育的概念就开始在我国使用。从文字上看，德育就是指道德教育，但从中国德育历史和德育的内涵上，德育并不只是道德教育。

　　那么怎样证明德育不只是道德教育呢？中国历史和现实中的德育实践可以证明。[①] 把中国德育发展分为三个阶段，能够帮助说明德育不是道德教育的问题。"中国德育思想的产生，先后经过了原始人群时期的起步阶段，氏族公社时期的充实阶段，奴隶社会时期的形成阶段。伴随着这三个不同的阶段，中国德育思想在内容上也呈现出三个不同的主题。首先是没有阶级、没有压迫、没有剥削、共同劳动、团结协作、平均分配的原始共产主义教育意识的萌生；接着是在社会生活、交往方面伦理教育思想观念的出现；最后是统治阶级在政治、思想、道德规范诸方面道德教育思想的萌发和制度化。"他的论述告诉我们三条信息：原始教育和伦理教育与政治思想道德教育产生于不同阶段，最后形成的是政治思想道德教育；统治阶级的政治思想道德教育与社会交往中的伦理教育是不同的，它与原始教育的差异就更清楚了；德育是政治、思想、道德教育。在他的论述中虽然使用了道德教育，但是他的道德教育实质上就是我们今天的德育；因为他的道德教育包括政治思想道德教育三部分内容。仅仅用道德教育来解释政治思想道德教育，无论是内涵还是逻辑，都不能让人信服。

　　我国德育概念的产生和使用虽然是近代的事，但德育的实践则是自阶级国家产生后就有的。人类社会早期的道德教育不是独立存在的，而是与直接的生产活动统一进行的。人类在原始社会时期"人们在集体生产劳动和社会生活过程中逐步积累了一些经验，语言和思维也得到相应的发展，这就有必要和可能教育后代怎样制造和使用劳动工具，怎样团结互助进行集体采集和狩猎活动，怎样同

① 张锡生：《中国德育思想史》，江苏教育出版社1993年版，第24页。

毒蛇猛兽及其他自然灾害进行斗争，以保证社会生产的进行和集体生活的安全，于是产生了原始状态的教育，在劳动和生活实践中培养后代"。正所谓生活即教育，这是说教育包括道德教育是与生产劳动结合在一起进行的。教育是与人类社会同时出现的一种社会现象，而学校则是人类社会和教育发展到一定阶段的产物。社会生产日益发展，有可能使一部分人脱离生产劳动专门办教育和受教育。日渐复杂的社会事务需要专门的人员来管理，思维的发展、文字的产生和知识的丰富，为学习提供了便利条件和内容，为学校的产生提供了可能，于是就有了学校的产生。早期的学校是养老和教育在一起的，养老是氏族社会的传统，把富有生产经验和社会生活常识的老人集中养起来，他们自然接受起培养教育下一代的任务，养老的场所也就成为传授生产经验和生活经验以及传授知识的学校。在虞夏时代的学校是庠和序，而商代的学校有了发展，除了有养老的庠和习射的序之外，也有了学习一般文化知识、专门进行道德教育的"学"。这时，虽然已经有了比较完备的学校教育，但学校的教育内容仍与政治军事宗教等活动结合在一起，文化知识教育和道德教育还没有分化开来。这是说道德教育与生产知识教育是混沌在一起的。如果把道德教育也说成是德育，那么德育就必然是与原始教育同步产生的，并且也只能是在这样的意义上说。前面我们也讨论过德和道德的关系可以有两种不同的解释方法，一种是道德的发展在国家产生之后，道德有了政治即阶级的色彩；一种是国家产生之后出现了德，把道德纳入自己的麾下。以此来解释德育和道德教育之间的关系，也会有同样的效果，即一种是社会道德教育的发展经过国家阶段之后，道德教育有了政治色彩；一种是政治视界中的德育吸收了道德教育的因素，德育有了社会要求的内容。如果我们可以用充实来解释二者之间的关系的话，前者为德育充实道德教育，后者是道德教育充实德育。我们认为用德育教育充实道德教育的说法是不科学的，因为从道德教育到思想政治道德教育之间，是有质的区别的。前者是社会教育，后者是国家教育。

西周时期，已经有了比较完备的学校和学校制度，并开始了以"明人论"为核心，以六艺为基本内容的重视德育的教育模式和传统。西周不仅最先在完整意义上使用德字、不仅使用得多，而且是师氏"'以三德教国子'，'一曰至德以道为本；二曰敏德以行为本；三曰孝德以知逆恶'。"郑玄注云："国子，公卿大臣之子弟，师氏教之，而世子亦齿焉。"国子是上层统治者之子弟。以三德教国子，目的是使统治者具有德行。西周在乡学中的大司徒"教万民以六德"。六德即知、仁、圣、义、忠、和。[①]可见，西周时期现代意义上的德育实践就存在了，就开始了以师育德的活动。它与现代的区别在于，西周时期的德育对象主要是统治者，而现代的德育对象既有统治者也有被统治者。由春秋战国到秦汉尤其是西汉时期，德育有了比较完整的形态。一方面德育的内容增加了统治阶级意志所要求的秩序内容；另一方面，德的要求也由对统治阶级的要求变成了包括统治阶级在内的所有社会成员的要求。汉代统治者吸收了先秦以来治国和德育的教训，把德育作为治国的一条重要手段，这就是对德的要求不仅对上层统治者，而且也针对"万民"，这在教育实践中表现为德育的内容无论是中央官学还是地方官学，对德的要求没有什么区别了。汉统治者认为，无论谁接受了德的要求，都会对统治的巩固有好处。因此，德从统治者内部向外辐射，走进万民之中。这个过程的历史意义绝不仅仅是从统治角度的向外辐射问题，而是国家生活中对普通百姓地位的认可。作为风俗习惯存在的以调节个人和社会关系为目的的道德教育，是自从有了人类社会就存在的，而德育则是在统治阶级存在并且是在统治阶级意识到德的重要性和德育重要性时才存在的。一方面德育内容体现着统治阶级的统治要求，另一方面，德育被统治阶级作为维护统治的手段。从西汉开始的以育德为核心的教育（做人教育），一直是统治阶级用以维

---

① 李国均等：《中国教育制度史》第 1 卷，山东教育出版社 2000 年版，第 59、63 页。

持其统治的一个手段。到了近代，不仅是从国外传来了德育的概念，传来了德育和智育的划分，而且也传来了重视智育教育的教育理念。德育概念的传入和教育内容的划分，并没有改变德育的内容和地位，德育的内容依然是包括统治阶级意志和社会对道德的要求。这里有一个是德育充实了道德教育还是道德教育充实了德育的问题。如果，我们承认德育是从西周开始的，那么就必然接受道德教育充实了德育，道德教育只是德育的一个内容；如果认为与人类共生的道德教育是德育的话，那么就会同意德育充实了道德教育，道德教育无非是增加了统治阶级的内容。显然，笔者主张前者，即道德教育充实了德育。实践中德育的主导意识和德育内容，也证明德育不只是道德教育。从德和道德的源头上，已经说明了二者的区别。

（三）我国的德育

我国的德育是集思想政治法律道德礼仪于一体的，但在社会发展的不同时期，对德育的摆位和所强调的内容是不同的。"文化大革命"时期，我国的德育内容就是政治教育，用政治教育取代了所有的思想政治道德教育。"文化大革命"结束后，改变了德育唯政治教育的做法，使德育的内容逐渐恢复到思想政治道德教育的轨道上来。但是，这也经历一个由政治思想教育和思想政治教育的转变过程。把德育等同于政治思想教育，并不仅仅是政治和思想教育的摆位问题，因为政治思想教育虽然改变了过去的那种德育和政治教育等同的现象，但它完全可以被理解为德育是进行政治思想方面的教育，没有从根本上改变德育唯政治的现象。而思想政治教育则把思想和政治教育分别开来，即是说德育要进行思想教育和政治教育。这种转变实际上是我们实现了一种历史性的超越，即把德育从仅仅是政治教育的禁锢中解放出来。这个过程经历的时间并不长，而人们对德育认识的进一步深化是在德育中找回了道德教育。一方面人们对德育的应然认识，即德育不能只是思想教育和政治教育，它还应该包括道德教育。另一方面，德育实践的发展，产生了德育对道德教育的需要，这从某种意义上说，是对德育唯政治的清算和对以往的德育实践的一种总结。在德育的实践中，德育的内涵有一种不断扩大的趋势，逐渐加入了法制教育、心理教育的内容。鲁洁和王逢贤主编的《德育新论》，是主张不能把德育等同于道德教育的，他们指出："虽然从其迁移和引申意义上看，道德观念和广泛的思想观念、政治法制观念有着密切联系，甚至无不以道德观念为基础，但伦理学中所讲的道德，从古代的五伦说到当代的六伦说，毕竟仅从人际关系出发，局限于人我规范之内，靠儒家倡导的'克己'和柏拉图式的'善'的观念来维持。即使在马克思主义伦理学中，道德与世界观、政治、法制、心理素质的界限也是明确的，不容混淆的。就是说，不论从何种引申意义上解释'德育即道德教育'，都涵盖不尽现代德育的广泛而丰富的内容。何况在我国评价人的'德才兼备'标准中，这种广义的德，早已把其中的一般道德认识问题与政治问题、法制问题、心理问题、思想认识问题，从性质和程度上区分开来。""道德教育主要指个体与群体、社会，个体与自然的行为规范教育。虽然有些内容与思想教育、政治教育、法制教育关系十分密切，但由于道德规范的巨细无遗性和维护道德规范多靠内心的义务感和外在舆论的手段等特点，道德教育的目标、内容、方法也是其他德育部分不能代替的。关于道德教育的相对独立性，早已被古今中外的德育思想和实践所证明。以道德教育代替其他所有的德育内容，是不可取的。总之，把德育看做是思想教育、政治教育、法制教育、道德教育的总称，外延宽广，涵盖齐全，界限明确严整，可以减少歧义。"① 可见，我国目前把德育解释规定为思想政治品德教育，是有道理的，也是被人们所接受的，同时也是符合我国实际的。

---

① 鲁洁、王逢贤主编：《德育新论》，2000 年版，第 122、124～125 页。

二　破译德育价值

西方世界对价值问题的关注是从 19 世纪三四十年代开始，而我国价值哲学的研究始于 20 世纪 80 年代。哲学开始研究价值问题"这种变化，不仅仅是由于理论上和学术上实行改革开放政策的结果，从更深刻的原因来说，它是自开展关于真理标准问题的全国性讨论以来的一场伟大的思想解放运动的深入，是我国实行全面改革、探索走中国自己现代化道路的实践反映，是对这场伟大革命实践运动进行反思的一个侧面。"① 当时在人们的视界中，面临的问题是：对历史的反思，什么是好的，什么是坏的。例如具有代表性的猫论，猫抓不住老鼠是不是好猫。对现实的反思，我们可以有多种模式进行选择吗？是坚持改革开放还是继续坚守传统的模式？对发展的反思，什么是我们应当追求的，怎样的发展和追求才是好的。而这一切，都是与作为主体的人自身密切相关，因此哲学研究就由本体论、认识论，转入了对主体论的研究，价值论是对主体进行研究的一个侧面，是人对主体自身进行研究的具体表现。

（一）解读价值的真谛

研究德育价值，既要搞清什么是德育，又要弄懂价值是什么，这是研究德育价值的基础。只有把德育和价值搞清楚，德育价值的研究才有可能。德育是育德的社会实践活动，那么价值是什么？价值作为哲学概念从其产生时起到现在，就是一个颇具争议的概念。价值问题的讨论和人们对价值问题的关注忽冷忽热，可能就是价值问题本身所具有的复杂性造成的。关于价值概念，在我国有代表性的观点有：①认为价值是客体对主体需要的满足，适合、接近或一

---

① 李德顺：《价值论》，中国人民大学出版社 1987 年版，第 9 页。

致。价值的本质是主体本质力量对象化或主体性对象化。这被称为主体性价值论。②认为价值是客体与主体需要之间的一种特定的关系。价值来源于客体，取决于主体，产生于实践。这被称为主客体统一论。③认为价值是客体对主体生存、发展、完善的效应。价值的本质是客体主体化，是主客体相互作用中客体对主体本质力量的效应。这被认为是效应价值论。④认为价值是人所赞赏、所希望、所追求、所期待的东西。这被认为是人道价值论。⑤认为价值有外在价值和内在价值之分。外在价值是功用价值，内在价值是事物内在的优异特性。这被认为是二重性价值论。⑥认为价值是符合系统目的、有助于实现系统目的的东西。价值的主体不限于人，而包括一切有机生命系统在内。这被认为系统价值论。几种观点的作者都同意采用"价值是客体对主体需要的满足"来界定价值。① 我以为价值是主体的需要在客体功能属性上的对象化反映。客体对主体需要的满足，没有突出客体的功能属性。如果功能属性可以省略的话，那么主体的需要省略不可以吗？但是，在"价值就是客体能够满足主体需要的那些功能和属性"与"价值是客体对主体需要的满足"二者之间选择的话，我倒觉得属性说更接近于价值的本质。

价值是主体的需要在客体功能属性上的对象化反映。从价值概念上可以看出，价值是一个关系范畴。在价值关系当中，价值主体是人，只有人才有价值的问题，动物不存在价值问题。动物只有对主体的人存在有没有价值的问题，而不存在他物对它的价值问题，也不存在人对它的价值问题。没有人，就不会有价值问题，也就不会有价值主体的存在。这不仅说明价值反映的是主体的需要，而且也说明主体不需要的东西对特定的主体来说，就没有价值。"森林对于农民来说是树丛，对林务员来说是森林，对猎人来说是狩猎区，对漫游者来说是风凉的树阴，对被追捕者来说是藏身处，对诗人来说是诗兴之地……对于投机商来说是投机对象，对于战斗部队来说是一个地势，

① 王玉梁：《20年来我国价值哲学的研究》，载《中国社会科学》1999年第4期。

对于地质学家来说是一种研究对象,对于画家来说是一个题材。"①
价值是主体需要的反映,这意味着仅有主体的需要不能构成价值关系,还必须有能够满足需要的价值客体。客体凭什么反映主体的需要,凭自身的功能属性。客体没有功能属性,或者说客体的功能属性不具有满足主体需要或不能成为主体需要的对象,就不会成为价值客体。价值客体具有满足价值主体需要的功能属性,它能够满足主体的需要,因而才能够成为价值的客体。能够满足需要和满足需要是两个不同层面的概念,能够满足需要是说具有满足需要的可能性,而满足需要则是需要已经被满足。在价值关系中,主体的需要是决定价值的根本和主导,而客体的功能属性是价值的基础。如果要把人作为价值主体的根本和主导作用表示出来,可以概括为以下几点,这就是:①没有人构不成价值关系;②人的需要决定客体的功能属性能否成为价值客体;③人的能力决定着哪些功能属性可以成为价值客体;④人的选择性决定客体能否成为价值客体。价值一方面体现主体的需要,另一方面反映主体的能力。可以作为价值主体的只有人,只要是价值主体,就必定是人或由人组成的群体。而作为客体的既可以是自然物,也可以是社会事物和人。人不仅可以是价值主体,而且可以是价值客体。人作为价值客体,作为能够满足他人需要的客体时,是以人的知识能力或者是创造价值的能力满足他人的需要。人只有在很原始的时候和非常特别的情况下,才能以自己的身体来满足他人的需要。对人来说,它成为价值客体最为根本的是它能够创造出价值,具有创造价值的价值。平时我们说某物、某项社会事物或某人有价值,就是指它的这种属性。我们把价值说成是主体需要对象化的反映,从有关价值观的定义中也能够得到证明。"价值判断这种现象的特点就是以主体为尺子,因人而异。一切价值判断说的都是是不是适合于人,总是以人的需要和能力为尺度。""一个东西对你来说可能非常有用,可对他来说可能就非常没用,是否有用主要看

---

① ［奥］茨达齐尔:《教育人类学原理》,上海教育出版社 2001 年版,第 49 页。

主体需要什么和能够接受什么。由于人的需要和能力不同，人的价值判断就会是多元的。每个人关于世界上的什么事情怎么做，哪些东西是好的，哪些东西是不好的，都有一套想法和看法，以此为内容的这一套思想观念就叫价值观念。"①

（二）破译德育价值

人的需要是多样的。人既有对物质价值的需要，又有对精神价值的需要；既有对外界的需要，又有对人自身的需要。"人不仅需要没有理性的客体事物，而且更需要人；没有理性的客体事物具有满足人的需要的属性，但它代替不了客体人具有的满足主体人的需要的属性。18世纪法国唯物主义哲学家霍尔巴赫说：'在所有的东西中间，人最需要的东西乃是人'。"② 人对物质的需要通过改造自然的实践活动来满足，人对自身的需要通过对自身的改造的实践来满足。人对人的需要是什么以及人以什么满足自己和社会的需要是一个问题的两个方面。人以自己的知识能力和德性满足人的需要，人对人的需要就是人所具有的知识能力和德性，前者使人能够在自然界中获取价值物，后者使人在社会生活中能够获得善良本性。人的这些能够满足人需要的功能属性，不是天生就有的而是通过后天的学习获得的，是通过教育获得的。教育是人的一种实践活动，它与人的其他实践活动一样，都是为了使具有满足人的需要的功能属性获得实现。教育的意义在于使潜在于人自身的功能属性获得实现，以满足人的需要。教育是扩展和实现人的价值的有效手段。塑造人的实践，与改造客观世界的实践一样，只是把人所具有的可能性变成现实。在塑造人的实践中，人们一方面注意不断提升人的能力品行，一

① 王相成、李德顺教授访谈录：《解析我们的价值观》，《思想政治工作研究》2001年第7期。

② 袁贵仁：《人的哲学》，工人出版社1988年版，第463页。

方面注意把握社会对人的需要。"客体的价值,作为对主体人的特定关系,是人的实践在物本身的固有属性的基础上创造出来的。因此,价值既来源于客体本身的结构,又取决于人的实践活动。"① 提升人的能力品行是使人的特有属性获得实现,把握社会需要是为了使自己的实践能够更好地满足社会需要。这二者是有机的统一。

社会需要德育对象的思想政治品德,才有德育存在的必要。但是德育对象的思想政治品德不是德育的价值,德育能够培育德育对象的思想政治品德才是德育的价值。对象的思想政治品德是德育的间接价值,是德的价值,是社会对思想政治品德需要的对象化反映。德育的直接价值是社会对培育对象思想政治品德需要对象化的反映。这一点,是我们在讨论德育价值时必须弄清楚的。

德育价值隐含着三个必然前提,其一是德育主体能够通过有效途径和有效方法来培养培育德育对象的德性德行,其二是德育内容具有可教授性,其三是德育对象能够接受德育的内容要求并把它内化为自己的德性德行。这是德育功能这一问题的三重展开,实质是说德有无可教授性,即德能否像智那样可以通过教授传输获得。具体说也就是德育主体能否培养培育人的德性或者说能否把社会和个人所需之德"播种"或者"挖掘"出来,后者说的是德育对象有无接受的可能性问题。德育功能意即肯定德育主体能够教授德性、德性具有可教授性和德育对象能够接受德育的内容和要求。这三个条件是德育功能不可或缺的构成限定条件,缺少其中任何一个条件,德育的功能将不能成立,德育价值就更无从谈起。

在有关的德育理论中,不仅对德育是什么有分歧,而且对什么是德育的价值也存有不同的见解。造成这些不同见解的原因,既有对德育是什么不同理解的原因,又有什么是价值分歧的根据。了解这些不同的见解,对于确立我们关于德育价值的概念,具有一定的借鉴和参考作用。

---

① 李连科:《价值哲学引论》,商务印书馆1999年版,第96页。

关于什么是德育价值，我们可以把它们归结为以下几种观点：

1. 作用意义说

这种观点认为，"德育价值就是德育活动（德育价值客体）对于社会成员和受教育者（德育价值主体）的作用或具有的意义。"[①]"德育价值是指（德育）潜在课程在学生道德品质的形成和发展中的作用和意义。"[②] 显然，作用说是把价值理解为作用和意义。

2. 关系说

关系说认为"德育价值是作为客体的德育活动及其功能对作为德育价值主体的社会、个人的德性需要的满足与否、促进与否的关系。""德育价值主要反映的是德育活动的属性、功能与德育价值主体的需要之间的关系"，这种关系"主要是由社会、个人对德性的需要来决定的"。[③]

3. 需要满足说

需要满足说认为，"德育价值是具有一定需要的主体与德育发生的相互作用过程产生的、符合主体目的和满足存在与发展需要的结果。"[④]"社会主义学校德育反映社会主义发展的要求，具有社会价值；德育最终又要完善人的个性，则具有个人价值。"[⑤] 这种观点是价值是需要满足说的反映。

4. 效应说

张澍军在《德育哲学引论》中指出："德育价值问题是整个德育体系的逻辑起点和归宿。""德育价值论还处于无观照，无建构的探索阶

① 赵剑民：《试析德育价值与德育实效》，载《教育探索》2001 年第 7 期（总第 121 期）。

② 金亮贤、付丽珍：《论潜在课程的德育价值》，载《中学政治教学参考》2001 年第 4 期。

③ 李太平：《德育功能·德育价值·德育目的》，载《湖北大学学报》第 26 卷，1999 年 11 月。

④ 储培君等：《德育价值论》，福建教育出版社 1997 年版，第 43 页。

⑤ 胡守棻主编：《德育原理》，北京师范大学出版社 1989 年版，第 64 页。

段。"① 对于什么是德育价值,他没有直接回答,但是他认为德育价值与哲学价值"具有贯通性",哲学上"价值的本质,是客体主体化,是客体对主体的效应,主要是对主体发展、完善的效应,从根本上说是对社会主体发展、完善的效应"。显然,在他的理念中,德育价值是价值客体——德育活动内容对价值主体的效应。

关于德育的价值,有两位学者的观点在这里不能不论及。这些观点尽管不是在直接回答什么是德育价值,但却是对德育价值的更深层次的思考。鲁洁在她的著述中指出:"道德教育所扮演的角色绝不是让人们去遵守某种社会秩序、道德规范,使社会的发展得以按部就班地进行。它却是要促使人们去找回那个已经失落的世界、失落的自己,使人们重新拥有这个世界、拥有他自己。"②"道德教育的终极意义、归宿价值还表现在它要使人回归为一个真正的人。""它提高人的精神生活的内涵与层次,使人不断得到提升,人性得到充分弘扬。""道德教育意义的提升,还表现为道德教育展现了它批判的,指向于未来的本质,也就是说,它的功能不仅在为社会现实做出诠释与辩护,而且更重要的是它要引导社会发展趋向于更为道德更为合理。道德教育就其根本任务来说,就是要使教育者树立一种道德的理想,驱使人们去追求某种当前尚不存在的,却是更符合人性、人道的'现实'。这种现实一方面扎根于现实的社会于人性之中的,另一方面它却又是高出于现实的。""道德教育意义的提升,表现在第三个方面,就是它被赋予了社会发展动力因素的职能。"③"德育之价值,也主要表现于人自身价值的提升,人的各方面素质的提高,人的全面发展,人的本质力量之展现与增强。如果说,智育的价值主要表现为人们获得关于外部世界的知识,掌握一定的思维规律、认知的方法,使人在知性、理性方面获得发展,增

① 张澍军:《德育哲学引论》,人民出版社 2002 年版,第 183 页。
② 鲁洁主编:《德育社会学》,福建教育出版社 1998 年版,第 32 页。
③ 同上书,第 33～34 页。

强其改造客观世界的能力，从而扩展人的本质力量的话；德育的主要价值则主要表现为使人掌握自我和提升自我，是人用以肯定自我、完善自我的手段。""首先，德育使受教育者获得关于自身的知识，使他们正确把握自己的本质，了解自己在宇宙中的位置，作用和价值，使人成为一个主体。也就是说，道德教育所塑造的是一个具有主体意识的人。其次，道德教育净化人的动物本性，陶冶人的情操，使人不断得到提升，从而树立起某种信念、信仰与理想。第三，由道德教育所形成的理想与信念，它所追求的目标，是人从事各种对象性活动以及不断完善和发展自我，提高和扩展人的各种本质力量内在的动力。第四，道德教育是受教育者接受一定的价值规范体系，区分真善美与假恶丑，从而使他们得以据此与自然、社会和他人建立全面和谐的关系。"① 尽管她在这里也使用了道德教育的概念，可在实际上她是不主张用道德教育取代德育概念的。对于德育的价值，她的主张是德育要提升人，塑造人，发展人。

　　孙喜亭的主张与鲁洁的观点相近，他在谈到德育价值时指出："德育的价值问题，即德育的意义作用功效。长期以来，教育学界在谈德育的意义作用和功效时，多是从社会需求的角度来说明德育的必要价值。一时提出德育要'为阶级斗争服务'，说什么德育的价值就在于'造就无产阶级革命接班人'，使社会主义永不变修。一时又提出德育要'为发展生产力服务'，提出所谓德育价值的生产力标准。两种提法当然不同，但都是从社会需要的角度提出各自的德育任务内容和德育活动的准则。以此来规范约束学生的思想行为，以满足社会的需要。这样虽然有其合理性，现实性，然而不能不看到它的片面性。如果我们从人的价值与德育的角度来审视德育的价值，那么是否可以说，德育的价值就在于提高扩展人的价值，就在于使人活得更有意义，能最大限度地发挥他的创造才能，更有人的尊严，人格更高尚，意识到自我存在的意义。德育最高的价值

---

① 鲁洁主编：《德育社会学》，福建教育出版社 1998 年版，第 37 页。

应是使人的内心达到'至善'。道德也可以说是主体的人，在对社会历史发展的必然的认识的前提下，在对自己本体认识（自己的需要发展作用）的基础上，即在规律性、客观性、目的性、主体性相统一的要求下，规范自己的行为方式，以调节人际间的关系，达到实现自己的价值以及自身的发展和需求的目的。道德最终目的也是通过协调人际间的关系，规范人们行为的准则，维护社会秩序和安定，以使人生活得更安逸，快乐幸福。人是道德的最终目的。我们这样讲，并不排除德育的社会功效。德育对象是人。它是以完善人的心理结构（如良心）为目的，以形成人的道德的内心境界为任务，通过德育让学生自觉的体知人的价值，体知道德规范的必要性，自觉践履社会行为准则。德育实质是对人的启迪与内化过程，它的价值在于提高人的素质，形成学生的良好的道德内心境界。在此基础上，外化为人的自觉的行动，行为方式，外化为客观效果，以充分发挥其社会功能，表现为德育的社会功效。这种以人的价值为德育价值的价值观，较之以社会需求为目的的德育价值观，我以为更本质，更丰富，更切实些。"①

这些观点拒斥德育的单方面价值，既认为德育不应该只是社会需要满足的对象，也应该是满足对象发展的需要。这是我们在研讨德育价值时必须认真思考的问题。

有代表性的论述思想教育学原理的著作中关于价值的论述从另一个方面会帮助我们对德育价值的理解。教育部社政司组编的《思想政治教育学原理》中，没有使用思想政治教育价值的概念，而是使用了作用的说法。认为思想政治教育的作用是属于上层建筑对经济基础的反作用。这种作用具体是导向、保证、育人、协调和激励作用。陈秉公所著的《思想政治学原理》中，使用了价值的概念，他认为"思想政治教育的价值是说明思想政治教育的作用和意义的"。认为思想政治教育的社会价值是"两个文明的根本保证"、

---

① 孙喜亭：《人的价值，教育价值，德育价值》，载《教育研究》1989年第5期。

"社会治理的重要手段"、"塑造人格的主力量"。①

由上可见，德育价值问题确实是"处于无观照，无建构的探索阶段"。那么究竟应该怎样给德育价值定义呢？价值是主体的需要在客体功能属性上对象化的反映。可以作为价值客体的既有事物也有人。德育是社会事物，德育是培养人的思想政治品德的社会实践活动。作为社会事物的德育，它能够培养人的思想政治品德，具有培养人的思想政治品德的功能属性，并且这种功能属性能够满足社会对思想政治品德的需要，因而它有价值。根据德育价值与哲学价值"具有贯通性"的逻辑推演，德育价值的概念应该这样确定：德育价值是社会即价值主体对培育思想政治品德的需要，在德育即价值客体所具有的培育对象思想政治品德功能属性上的对象化反映。

（三）德育价值关系的构成要素

德育价值关系的构成要素有三个：德育价值主体，德育价值客体，德育价值的内容。价值关系的构成，三个要素是不能缺少的，缺少了任何一个要素，都不会构成价值关系。但是，构成要素之间的地位是不同的。

德育价值主体。德育价值主体是在德育价值关系中对德育需要的主体。德育价值主体对德育培育思想政治品德的需要，决定了它的价值主体地位。德育价值主体需要德的存在，才有育思想政治品德之德的德育的存在。德育价值主体需要什么，决定着什么样的德育有价值。德育价值主体的需要，既表现为对思想政治品德即德的需要，又表现为对培育思想政治品德的需要。德育价值主体对德的需要，是根据社会发展阶段和自己的实际需要提出的，而对德育的需要则是根据它所具有的育德的功能属性。对德的需要是不变的，但是对德的内容的需要是变化的，而对德育的需要也是不变的。德

---

① 陈秉公：《思想政治教育学原理》，辽宁人民出版社 2001 年版，第 85～93 页。

育价值主体是对德育进行价值评价的主体。德育价值是德育价值主体对培育思想政治品德的需要，在德育即价值客体所具有的培育对象思想政治品德功能属性对象化的反映。德育能否反映德育价值主体的需要，能否满足德育价值主体的需要，这实质上是说德育培育价值主体需要的思想政治品德的功能属性发挥得如何。德育以有这种功能属性为前提，德育价值主体要对德育的功能属性满足即反映自己需要的情况进行评价，也就是对德育价值实现的评价。德育价值主体有自己的德的标准，它对德育提出按标准培育德的需要，进而通过对德育培育思想政治品德满足自我需要的实际进行评价。德育价值主体是对德育进行控制的主体。德育价值主体在德育价值关系中处于主导地位，对德育这一价值客体即德育实践具有控制作用。不同的价值主体对德的需要内容不同，同一价值主体在不同时期对德的内容需要也有不同。德育价值主体总是根据自己不同的需要，对德育进行控制。同时，德育价值主体在需要不变的情况下，对德育价值实现情况进行控制。也就是说，德育价值主体根据德育反映自我对培育思想政治品德需要的评价，不断提出要求，控制德育实践。德育价值主体对德育的控制，既对德育功能属性的发挥进行控制，也对自己的需要进行控制。德育价值的主体是以国家为代表的社会。在阶级社会里的德育价值主体——社会以国家为代表，而国家又是统治阶级实现自己意志的工具，因而在阶级社会里的德育价值主体主要是统治阶级。为什么说主要是统治阶级，因为德育所育之德就是统治阶级以国家的名义提出的思想政治品德方面的标准。在这个标准中，也吸收了社会层面的道德要求。一方面社会层面的道德要求不会损害统治阶级的要求，损害统治阶级的道德要求是不会进入德的标准的；另一方面，统治阶级要想维护自己的统治，不能一点也不反映社会的呼声。所以，我们说德育价值的主体主要是统治阶级，并不意味着只是统治阶级，也包括社会的非统治阶级。一般说来，德的内容的大部分是社会层面能够接受的。这些内容的德对非统治阶级来说，也还是有意义的。比如爱国、诚信等。社会越发展文明越进步，德的内容和标准就能够更大层面上代表社会对思想政治品德方面的要求。在社会主义国家和民主制度的国家，德育价值的主体基本与社会成员平行。但是，这不意味着德的内容和标准就是道德要求，在国家存在的前提下，德的标准在任何时候都不会只是道德要求。因而把道德要求作为德的全部内容的假想不会成为现实。全球伦理可以存在，但是全球的德是不会统一的。德在产生时是国家提出的思想政治品德标准，在国家发展时同样是国家提出的思想政治品德标准。一句话，只要国家存在，德就不会降低为道德层面的要求，这是由德的政治属性决定的。尽管有些国家可能没有与德相对应的词汇来表示，但德作为一个思想政治品德标准和要求是存在的。德可以代表国家内社会成员的意志，可不会成为世界成员的共同意志。人们有理由相信，人类大同社会到来的时候，德可以成为普世的道德伦理；人们也同样有理由相信，只要人类大同社会没有变成现实，德就会是以国家意志为根基提出思想政治品德的标准。

德育工作者和德育对象也可以是德育价值主体。德育工作者和德育对象所以是德育价值的主体，因为在德育价值主体需要中包含着自己的需要，德育工作者和德育对象也是社会的一员，社会对德的需要包含着社会成员的需要，一个奉守思想政治品德标准的社会，是人人所期盼的。从这样的角度说，德育价值主体中包含了德育工作者和对象。尽管可以说，人既可以是主体又可以是客体，人可以自己把自己作为需要的对象、改造的对象，但是对确定价值关系中的人来说，不能随意说是价值主体或价值客体。德育主体是实施德育实践活动的主体，德育实践是培育德育对象的思想政治品德的活动，德育对象是德育实践活动中的客体。在德育理论中，有人主张双主体，其理由是德育对象是评价和学习的主体，是自我教育的主体。这尽管是为了提高德育的实效，尊重对象，但是缺乏科学性。根据哲学中的主客体的理论，在同一实践中，针对不同的活动，主体和客体是确定的。否则，实践的过程和效果是不可设想的。我们承认德育实践的特殊性，但是这种特殊性还不足以改变实践过程主客体的确定性。

德育价值客体。在哲学的视界中，认识主体和认识客体是认识关系，实践主体和实践客体是实践关系，价值主体和价值客体是价值关系。德育价值主体和价值客体也是价值关系，在这个价值关系中，德育价值主体是需要的主体，德育价值客体是能够反映和满足德育价值主体需要的对象。作为德育价值客体的德育实践活动，具有培育人的思想政治品德的功能属性。德育就是以这种活动来实现自己的功能属性的，就是以这种活动成为价值客体的，就是以这种活动来满足价值主体对培育思想政治品德的需要的。作为德育价值客体的德育，是人对人的实践活动，是人对人的改造和培育活动。德育主体在德育实践中是主导者，它通过自己与德育客体即对象的活动，实现着把社会需要的思想政治品德变成现实的功能，这意味着德育主体能够把社会对德的要求通过自己有效的活动变成对象的品质和行动，尽管这是一个艰难复杂的过程。德育客体即德育对象，是德育活动中接受社会对德的要求的人。我们可以说德育对象是接受教育的主体，是自我教育的主体，具有主体性，但在教育实践中的对象地位是不能抹杀的。德育价值成立潜在的话语也意味着，德育对象能够接受德育主体传输的社会对思想政治品德的标准，并且也能够把它变成自己的行动。德育对象在德育乃至德育价值中的地位是，无论德育价值主体的需要是什么，无论德育主体的活动是什么，都要通过自己的接受和行为反映出来。没有德育对象的接受，没有德育对象对德育内容的认可，没有德育对象的符合德的标准的行为，德育的实践没有效果，德育也不会满足社会对德育的需要。德育价值主体对德育的需要，是对德育功能属性的需要，更是对德育对象思想政治品德的需要。从这个意义上说，德育对象具有主体性。德育的内容是社会对思想政治品德需要的内容。它作为标准也好，作为行为也好，都具有可传授性。如果不是这样，德育不会成立，德育价值也不能成立。

德育价值内容。德育价值内容是价值主体对思想政治品德的需要与德育价值客体功能属性的契合。德育实践的内容是社会对思想政治品德的需要，德育价值的内容则不是这样。德育从本质上说，就是把社会所要求的思想政治品德变成对象的品质和行为的实践活动。在这里，德育主体和客体是实践关系，尽管是一种特殊的实践关系，而德育价值主体和德育价值客体是一种价值关系。德育价值的内容是社会需要的德育所具有的培育对象思想政治品德的功能属性的契合。德育价值主体对德育价值客体所需要的，永远都是它培育对象所具有的思想政治品德。这是社会的需要，也是它具有的功能属性。无论社会如何变化，只有德的内容的变化，社会对德的要求不会变化，社会对德育的要求永远是培育它所需要的德的功能属性的发挥。社会对德育需要的是德育能够培育社会需要的思想政治品德的功能属性，而德育能够以自己的功能属性满足社会的需要。这里的需要和功能属性，就是德育价值的内容。

"在每一个国家里，历史的教学总是要赞美国家：儿童学习和相信他们自己的国家永远是对的，差不多一切伟大的人物都是产生于他的国家里，而且在一切方面都比其他国家优越。因为这些信仰是颂扬性的，所以很容易被吸收，而且几乎从来没有被后来所得的知识把它从本能方面驱逐出去。""每一个国家要想促进国家的骄傲，而且意识到如果采用没有偏见的历史，就不能达到这样的愿望。"①

三 德育价值与德育功能

（一）德育价值与德育功能的区别与联系

德育价值是德育价值主体对德育培养德育对象思想政治品德的需要，在德育功能属性上的对象化反映。德育价值是主体需要和客

---

① ［英］伯特兰·罗素：《社会改造原理》，上海人民出版社 1959 年版，第83～87 页。

体功能属性的契合,既有主体的需要,也有客体的功能属性。德育价值突出的是主体的需要在客体功能属性上的对象化反映,即需要的功能属性才有价值,这是破译德育价值时已经讨论清楚的。德育功能是德育实践活动所具有的作用和效能,它突出的是德育能够做什么。在现实中,人们对德育功能的理解上是存在争议的,这种争议不仅是对德育有什么功能,有多少功能的争议,也存在着什么是德育功能的争议。笔者以为,导致对德育功能争议的根本原因是对什么是德育的理解。正是对德育是什么理解的分歧,才造成了对德育功能理解上的差异。问题的症结就在这里。德育是什么? 德育是德育主体培育德育对象思想政治品德的实践活动。这里,德育是德育主体的活动,是德育主体培育德育对象思想政治品德的活动。像人的任何实践活动离不开对象一样,德育实践活动也离不开对象。尽管德育对象与人类其他实践活动的对象有根本区别,但是它在实践中具有的对象的位置是不能改变的。不排除在德育实践中,有德育对象以自己的德性和行为教育了德育主体的事实存在,但这不是德育过程主客体关系的颠倒,而是德育特殊性的表现。德育功能是什么? 德育的功能是指德育自身所具有的作用和效能,它是事物自身就有的作用和效能,强调的是能做什么。当我们说德育的功能时,是说德育能够做什么,具体说也就是德育在培育人的思想政治品德上能够做什么。德育功能是德育主体对德育对象的功能,是德育主体培育德育对象思想政治品德的功能。德育不能离开德育对象,但是德育不是德育对象实施的活动,而是德育主体实施德育对象参加的活动。在德育活动中,德育对象是被实施教育的对象,不是实施教育的主体,尽管对象具有主体性。这样理解德育,理解德育的主体和客体,这样理解德育功能是客观的。可见,德育功能是德育主体对德育对象的功能,是德育主体通过自己的活动培育对象思想政治品德的功能。这既是德育实践活动对对象的功能,也是德育对社会的功能。德育功能是育德的功能,它与德本身的功能是不一样的。

　　德育价值与德育功能的联系。德育价值和德育功能的联系表现在两个方面：一方面是德育价值关系内的联系，即德育功能是德育价值的构成，是德育价值构成的基础。我们必须承认德育价值是一个反映主客体关系的范畴，在这样的关系当中，价值主体的需要占主导地位，因为主体不需要的功能属性就没有价值。但是这不意味着价值客体的功能属性就是可有可无的，没有价值客体，没有价值客体的功能属性，就没有主客体之间关系的构成，主体的需要就没法满足，因而同样构不成价值关系。从这个意义上说，价值主体的需要和客体的功能属性是平等的，是谁也离不开谁的。没有德育实践活动，没有德育的功能属性，德育价值不能成立。另一方面是德育理论范畴的联系，即它们在德育框架内的联系。德育功能不仅是德育价值的基础和构成，而且它本身也可以是德育理论和实践中的一个独立范畴。作为独立范畴的德育功能，它张扬的是德育自身能够做什么，有什么效能，它张扬自己功能的目的在于强调德育在社会生活中的地位，而德育价值中的德育功能则在于德育功能如何满足社会的需要。德育价值反映的是德育价值主体对德育的需要和德育怎样的功能才能满足社会需要，它突出强调的是社会对德育的需要与德育功能的契合。无论是德育功能还是德育价值，它们都属于德育理论的范畴，并且对它们研究和关注的目的，都是为了更好发挥德育的社会价值。

（二）德育功能与价值的证明

　　问德育有用没用与德育有没有价值在这里具有同样的意义。没有德育，人的德性不会自然生长出来，正像种子只有经过农民的辛勤耕作才会结出丰硕的果实一样。德育就像是那辛勤耕作的农民。如果把社会所需之"德"比作此岸，把对象应该具有的德性素质品行比作彼岸，那么德育就是把社会所需之"德"运过河的船。在第一章里，我们主张人的德有三个来源，即自我学习、环境影响、社会教化。由此，可以推断出作为社会教化手段的德育应该是有价值的。德有价值，德育是德的来源之一。但是，缺乏证明的结论是不能使人信服的，我们必须对德育有价值做出论证。问德育有用吗？这要回答两个方面的问题，一是社会需要德育吗？二是德育有作用（功能）吗？前者是说社会是否需要德育来培育社会成员的思想政治品德，社会需要德，是不是只有德育能够培育社会成员的思想政治品德。后者表现为德育是否能够培育社会成员的思想政治品德，这涉及的问题有三个：其一是德育主体能否通过有效途径和有效方法来培养培育德育对象的思想政治品德，其二是德育内容即思想政治品德是否具有可教授性，其三是德育对象能够接受德育的内容要求并把它内化为自己的德性德行。德育有没有作用（功能）是这三个问题的统一，尽管它还可以涉及具体问题（例如德育对象可以接受社会需要的思想政治品德，但不一定是通过德育接受的），但是德育有用（功能）这三点是必需的。

有用是被需要的前提。社会是否需要德育，根本的是社会是否需要德，需要德才可能需要德育。为什么说可能，因为社会需要德并不必然需要德育。我们可以在理论上把德育解释为人们获得德的一个途径，尽管是一个我们认为最重要最基本的途径。但是，假如社会需要德，而德是自然生长出来的，那么德育就没有什么意义了。因为德是像野菜一样自然生长，那自然也就不需要德育了。在德育是否被需要德讨论中，确实有人认为德不需要教，德是在潜移默化的环境中生长的。因而，在可能的前提下，我们还是需要花费力量证明。社会需要德这是无须证明的，需要证明的是社会对德育的需要。证明社会需要德育的方法有两个，一是从人类社会的历史和现实来证明，一是对德育缺失的反证。德育从人类开始（尽管真正的德育是在国家存在之后才有的）一直到现在都存在着，无论是奴隶社会还是封建社会，无论是资本主义社会还是社会主义社会，德育都是存在的。这些社会德育的内容可以不同，德育对象可以不同，德育的形式可以不同，但是用德育来培育统治阶级所需要的思想政治品德这一点是共同的。德育的存在说明它是被社会所需要的，也就是说德育是为社会培育思想政治品德的手段。我们有理由怀疑，存在的未必就是社会需要的，社会现实需要的未必就是永远有用的。但是完整意义上的德育，在国家存在的前提下不会消失。之所以这样说，是因为德育是与国家联系在一起的。国家存在它就存在，这就足以证明国家生活是需要德育的。社会的存在规定了道德教育的存在，这证明社会生活需要道德教育。另一方面，缺少了德育，社会就会发生混乱。美国在苏联卫星上天之后，把知识教育摆在了突出的位置，而忽略和放松了德育即所谓价值观教育，而后又有了所谓的价值澄清理论。这些都产生了不良的后果，引来人们的斥责和对德育的呼吁。我国在改革开放之前，有过政治教育代替德育的扭曲的过程，在我们改变那种单一化的德育做法时，人们由于对知识文化的迫切需要以及对以往行为的矫正，也有过忽略和放松德育的教训。一手软，一手硬，唯智育为上，对人的评价偏重知识能力而忽略思想政治品德，市场经济中的金钱唯上等，这些都成为影响社会健康发展的不利因素。人们强烈呼吁加强德育，提高人们的思想政治品德水平。并认为造成这种现象的原因之一，就是对德育的忽略。前不久，媒体报道了《谁对 13 岁少年包"小姐"事件负责》。[①] 几个学生从家里偷了钱，到外面包小姐，人们在追查责任时，认为"学校德育有疏漏"。这是说德育没有尽到责任，但反映的是社会对德育的需要。

应该说从社会需要的角度来说，解释德育的价值是清楚的，也是人们能够认可的。问题在于，社会需要德育，德育有满足社会需要的功能吗？这也就等于在问德育能够育德吗？社会需要是从一个方面可以证明德育有用，没有用社会不会需要，也不会把社会思想政治品德水平下降的原因归罪于德育。但是，这都不是德育自身的证明。那么何以证明德育有用，德育有育德的功能吗？

存在论的证明。社会需要德育本身就意味着德育的有用性，没

---

① 《光明日报》2003 年 12 月 17 日。

有用的事物社会是不需要的，没有用的事物也不会满足社会的需要。这是从社会需要的角度证明德育是有用的。从德育存在的事实本身，也证明德育的有用性，也即它是有功能的。德育存在于人类文明社会，与人类文明社会相伴随，我国从夏商周开始，无论是秦汉还是魏晋时期，无论是隋唐五代还是宋元明清，无论是国民党统治时期还是社会主义的新中国，德育都是存在的。我国是这样，世界各个国家也同样如此，无论是美国还是日本，无论是英国还是法国，无论是韩国还是新加坡，都是有德育存在的。并且，他们的德育理论、德育内容，德育的方法和途径，以及德育的实际效果，都是有我们可以借鉴的地方。他们也同样有过忽略德育之后的强化。我们有人天真地认为，国外不会有德育，德育似乎是中国的特色。这的确是一种井底之蛙的浅见。不能否认，在社会发展过程中，德育有过被忽略的历史，这或是由于社会对其他事物的关注，或是由于对德育本身的忽略，但德育这一事实一直存在。当忽略造成后果之后，或者在历史的特殊时期，德育又会被强化。它的内容无论如何，没有功能是不会存在的。经验中的事实是，放松了德育或削弱了德育，社会就要呼吁重视德育。我国在改革开放之后，几次呼吁加强德育，尤其是在一些事件之后，强调"两手抓两手都要硬"，"中国最大的失误在教育"，这反映的是社会对德育的呼吁和关注，并以此来加强德育。这一方面证明德育有用，另一方面证明德育的存在。德育的存在，证明德育有用。固然存在的未必就是社会需要的，但是社会需要的必定是有用的。德育的存在是一种积极的存在，是一种具有现实合理性的存在。而有些东西虽然存在着，但它是一种消极的存在，例如黑社会犯罪组织、吸毒、卖淫等都是如此。这些存在是缺乏现实合理性的存在，只是一种事实存在。

知识论的证明。知识既可以被传授，也可以被接受，人也能够接受传授知识。这是人类经验证明的事实。知识是客观存在的反映，人类的知识一方面来自社会生产直接的实践经验，也即人们认识世界改造世界经验的总结。一方面来自前人实践经验的总结。人所以高于其他动物，很重要的一个方面，就是它能够把人类的经验通过知识的形态传给后人。而人类能够发展到今天，有今天的成就，也在于人类能够在前人所传授的知识的基础上发展自己。人类如果不能传授文化知识，任何事情都要事必躬亲，从自己开始摸石头过河，人类就会和动物一样离不开本能生活，永远在原地打转。人类如果仅仅停留在对前人经验吸收的水平上，也同样不能发展。这虽然不是本能的生活，但却与本能生活相似。人类如果仅仅靠接受前人的经验，社会也同样不能发展。在吸收和创造之间，如何把握，这是一门实践的艺术，也是决定发展的因素。显然，没有前人的知识不行，仅有前人的知识也不行，人类必须在接受知识的基础上有所创造，社会才能发展。无论如何，知识是需要传授的。没有知识的传授，人类不仅把自己等同于动物，而且也把停滞发展摆在自己的面前。人们接受知识，一方面是因为知识是客观存在的反映，是真理；另一方面是因为这些知识对人有用。德育所传授的内容是社会对人们在思想政治品德方面的要求，这些要求和标准同时也是知识，是社会生活中的知识。不同社会有不同的要求，这些要求也是社会生活的知识。德育要向对象传达的是社会科学知识，例如政治要求、法律要求、道德要求，这些都表现为知识形态。德育过程中的艺术，人类成功和失败的经验教训，都是知识，只不过是一种有别于自然科学的知识。知识能够被传授，德育的内容是知识，那么德育传授的知识固然也能够被人们接受。如果仅仅承认自然科学知识能够传授，而不承认德育能够传授，既是一种偏见也是对科学的无视。作为知识，它能够被接受，被传授。"如果说知识能够影响行为，那就很难使人理解为什么单单伦理学在这方面就应是无效的。如果说一个医生通过指出存在于清洁与健康之间的因果关系，从而能够引导一位母亲较多地维护清洁，一个青年人学会节制自己，那为什么一个道德学家就没有权利希望发现存在于行为和要影响行为的生活方式之间的同样的因果联系呢？如果他能弄清楚浪费、懒惰、怨恨、妒忌、说谎、鲁莽会扰乱生活，而明智、礼貌、节制、正直、友善则倾向于对个人及他的邻人的生活产生好的效果，为什么这种知识就不能影响意志呢？否则我们就要假定每个人都完全正确地领悟到后一种行为类型是善，前一种是恶，从而不必等待伦理学来告诉我们这些了。"[1] 伦理学家的申辩绝不仅是对道德理论和道德知识本身的申辩，而是代表着整个社会科学知识的申辩和抗诉，代表着包括从事德育事业在内的以育人为宗旨的事业为职业的人的申辩和抗诉。一句话，知识可以传授，德育能够传授，因而德育是有用的。

规范论的证明。德育所育之德是什么，是一个社会或一个国家对人在思想政治品德方面要求的标准。德育向社会承担的社会职能主要有，传输社会的规范体系和价值体系；对社会的规范体系和价值体系的合理性及正当性进行论证；对德育对象的行为选择进行指导；通过管理和评价的方式促进人们按照社会要求的标准做事。社会要求的标准是人们行为的基本准则，在人们的行为不违背这个标准，不与这个标准冲突的前提下，人们是可以有许多自我选择的范围的。社会越是发展，文明越是进步，这种要求允许的范围就越来越广，这也就是说人们可以选择的范围越来越大。这种范围的扩大是人类社会发展的一种必然趋势，所谓人的全面的自由发展就有这样的内涵指向。这种要求范围扩大的根据是社会生活空间和内容的扩展；与这种扩展相联系的是生活在这个背景之下的社会生活主体的内在要求扩展；而决定这两个扩展的最根本的根据则是社会发展和进步。一种社会要求的标准多半会表现为一定的规范，或者主要是社会规范，包括政治的、法律的、伦理的、道德的、职业的、家庭的、学校的、公共生活的规范。因为社会生活本身和社会要求的本身应该规范，因为社会要求的标准表现为规范才能够为人们所认识和接受。这些规范对人具有约束作用，只要是在社会中生活的人就必须接受这些规范。如果不接受规范或者是接受违背规范的惩罚

---

① 包尔生：《伦理学体系》，中国社会科学出版社 1988 年版，第 28 页。

或者要打破这些规范建立新的规范，但是无论如何社会生活是需要规范的。德育虽然不是只传播规范，但是以传播规范为基础，在规范的基础上再谈及其他。德育是指思想政治品德教育，这种教育的内容包括思想、政治、品德、法律等内容的教育。政治教育的内容能够体现为一定的规范，诸如四项基本原则是人们在政治生活中的规范，它是不能违背的。违背了这个标准和准则，就要根据实际情况接受教育或处罚。道德教育主要是规范教育这更是可以理解和接受的。因为道德的概念把它定义为行为规范准则，公民道德、家庭美德、职业道德、社会公德，无一不是以规范的形式出现。法律教育更是一种规范教育，法律被称为规范的底线，它在规范体系中最具有典型性，是最严厉的规范也是最高的规范。纪律教育同样是一种规范教育，甚至于思想教育在一定意义上也可以归结为规范教育（我们认识世界也是在认识世界的运动规则，而认识世界也需要一定的规则，我们进行的辩证主义和历史唯物主义教育，也在某种程度上是在传达着认识世界和世界运行的规则）。德育要进行规范教育，甚至于也可以说主要是进行规范教育。德育进行规范教育，它把规范教育作为自己的基础，并让人们以规范作为行为的基础，而不是为规范而规范。德育进行规范教育，而规范对于社会生活是有用的，因而人们能够接受规范教育的内容，所以德育是有用的。

功利性的证明。一个社会或国家社会提出的德，既是思想政治品德标准，也是处理个人与他人、个人与国家关系的准则。国家和社会为了使这些要求变成现实，总要有一些机制保证实施。这些机制包括奖励和惩罚，褒扬和贬抑。按照这样的标准行事，就会受到社会的肯定。按照德的标准行事，并不一定意味着付出，并且付出也是有社会回报的。如果有德的行为总是对自己不利，相信德也就不会有理由存在了。尽管人们可以说，德是出自绝对命令的行为。即便如此，也是对有德之人有利的，尽管这种有利不直接。有德的人的德性行为如果不能得到社会的回报，证明这个社会的机制出了毛病。对有德性的人的行为不能进行有效报答，这既有悖社会公正和正义，也不会使德的标准获得实现。德育既把德的标准告诉对象，也把是否按照德的标准行事的利害关系告诉对象。由于按照德的要求行事会得到回报，因而人们能够接受德育的内容，因为接受德的内容会得到社会响应的回报。从某种意义上说，有德和无德之人，就在于对德的功利认识清不清楚。从个人和社会的关系来说，从人与人之间的关系来说，德性行为是人处理个人和社会、个人和他人关系的艺术。德育本身是一种艺术，德育也把生活的艺术告诉德育对象，或者说德育告诉人们的与其说是社会的德性标准，不如说德育在告诉人们生活的艺术。德育的艺术就在于如何把生活的艺术，如何与人相处，如何处理个人与社会、国家关系的艺术告诉给德育对象，让人们接受这些艺术，把这些艺术应用于社会生活实践。德育的难度就在于如何把生活的艺术，艺术地告诉给对象。德育过程在实际上，就是通过自己的工作艺术告诉对象生活的艺术。关于德育的艺术，《中国教育报》2004 年 8 月 16 日第 3 版刊登的辽宁省大连市三中孟立英《把教育当成一门艺术》的文章中有一段文字很有意义，这是她德育的艺术的运用：

　　当介绍到一位刚刚参加工作的年轻教师时，不知为什么，学生们在下面哄堂大笑。当时我的第一个感觉就是气愤，非常气愤，但多年班主任的经验告诉我千万要沉住气，绝对不能急躁。回教室后，我微笑着跟大家说："老师觉得今天非常年轻，好像回到了自己的高中时代。那时候我曾遇到过一位非常漂亮的朝鲜族化学老师，对我们特别好，下课后常常和我们一起玩跳皮筋。但有一次我们一起玩的时候，她不小心摔倒了，当时我们都哈哈大笑，她的脸通红，很不自在地慢慢站起来。打那之后她再也没有出现在我们中间。现在想起来，我还非常后悔：为什么我们当时没有去扶起她，没有一个人去问候老师呢？显然我们伤害了她。"只见这时教室里格外安静。我接着说："今天同学们也遇到了新老师，你们是怎么做的呢？是不是也和老师做了相同的事呢？将来你们也要参加工作，当一个人面对陌生的环境时，是需要很大的勇气和信心的，同时也需要得到别人的尊重。"从那之后，同学们对我和其他老师多了许多尊重。

这里，孟立英老师不仅艺术地批评了学生们的不礼貌行为，而且告诉学生们如何对陌生老师的理解和尊重，使学生认识到自己对陌生老师的无礼以及产生的不良影响。我们相信，孟老师告诉学生的不仅是如何对待陌生老师和尊重他人，而且也一定把与人相处的艺术交给了学生。孟老师的这种艺术，显然有助于人们今后的生活。德育的最高境界就是把生活的艺术艺术地教给学生。德育教给人生活的艺术，生活的艺术有助于学生生活的成功。由于这种成功会带给人们实际利益和功利，人们没有理由拒绝带给自己利益和功利的德育。人是不能拒绝功利的，只要是正当的功利。德育交给人们的不仅是功利，而且是社会希望和肯定褒扬的功利。从功利的角度看德育，德育也是告诉德育对象如何获得正当的功利。所谓取利有道，就是说获得利益要遵守社会生活的准则。因而我们完全可以说，从功利的角度看，德育是有价值有功能的，这种价值和功能的表现就是人们可以和可能接受德育主体所传达的，能够给他们带来利益和功利的规范准则。德育是要让人们奉献，在必要的时候是需要奉献的，可对多数人来说则是如何获得功利的艺术。即便对少数有奉献精神的人来说，多数时候也是如此。

影响论的证明。影响论试图说明的是，人是一个能够接受外界影响的高级动物；德育的内容又是能够被施加影响的内容；德育能够对人施加影响。这样三条理由旨在说明德育能够对人施加影响，因而德育是有效果、有功能、有价值的。人是环境的产物，从根本上说，有什么样的环境，就有什么样的人，这就证明人是受环境影响的。心理学中的条件反射学说和行为主义理论，说明的是人是一个受环境影响刺激的动物，这种环境既可以是自然的环境，也可以是人为的环境。自然环境的影响诸如狼孩和猪孩的例子，还有古今传颂的"孟母三迁，择邻而居"的故事。在自然环境和人为环境影响的效度之间，谁更有力量和效果，显然是人为环境的影响，其根据是人是群居的动物，是一个社会性的动物。人离开社会就不能生存，或者不能像人那样生存。人在社会中存在，就自然会接受社会环境的影响，而社会影响中就有自然的环境影响和人为的环境影响。不过，社会生活中的自然影响也是人的影响，人类社会主导机制要求的有意识有目的的影响才是这里所指的人为的影响。但是自然环境和人为环境影响是一个非常复杂的问题，就自然环境影响而言，人们更关注的是自然环境对人的负面影响。"孟母三迁"的故事强调的也是自然环境对人的负面影响，本文中谈到的好人怕坏人影响而坏人不怕好人影响的事实，说明的也是这种情况。就实际情况来说，自然环境的影响不应该强于人为环境的影响。但事实上人们所以害怕所谓坏人影响，是因为好人影响坏人要花费的力气要大于坏人影响好人的力气。而之所以如此，是因为人看到了人自身存在着的劣根性和复杂性。实际上，人类在总体上还是相信人为的影响能够战胜自然影响的，并且人类也相信自身所具有的向善的本性和对恶进行矫正的信念和决心。如果人类没有这种能力和本性，人类也不会进步到今天。人来到这个世界上是一片空白，是一张白纸，因而人的思想政治品德不是先天就有的，而是后天获得的。人类所具有的先天遗传因素是一种客观存在，这种客观存在只有在社会的环境影响刺激下才能发展。也有人把人生的前三年叫做接受社会遗传期，人接受社会遗传是因为人在这时是在发展不完善时接受的影响。尽管可以把它称为社会遗传，可还是社会影响。人在后天要接受环境的影响，而德育在一定意义上就是一种环境对人的影响。德育是有意识对人的行为进行影响的活动，人能够接受其他方面的影响，也没有理由不接受德育的影响。就德育所施加影响的内容来说，也是人们可以接受的，这一点，在前面的论证中有所涉及，这里不做赘述。关于影响，目前学者们关注的是社会现实对德育效果的影响。有人喊出了"救救大人"的口号，为什么，因为大人对孩子的影响太重要了，尽管不是有意识的影响，学校教的内容有很多时候被大人的行为所淹没。社会可以影响孩子，社会是无意识的影响，学校是有意识的影响，学校德育也可以影响孩子。由上可见，从德育可以影响人，人能够接受影响，德育是可以被施加的影响的经验事实来看，德育也是有价值的。

经验论的证明。在德育的视界中，有人喊出没有教育不好的学生，只有不会教育的老师的口号。这不同于行为主义的环境决定论。这种口号反映的是人们对德育功能的信念，反映人们对对象能够接受德育的信心。德育可以因为德育主体的差异使德育对象接受德育要求的程度和向度有所差异，但这是德育功能程度上的差异，而不是德育有无功能的差异。

"如果善良行为是人类本性，那么为什么邪恶行为会如此猖獗？"[①] 人们常常思考，德育是有效的，德育有效的条件是什么？人们是听别人说什么而做什么，还是看别人做什么就做什么？当德育的内容与社会现实成为反差时，德育还能有效果吗？一个人有了德性，在何种条件下才能变成德行呢？德行是一种善行，是否也必须有人接受时才能实现，在出现社会性需要的时候才有可能。人是怎样变恶的？恶是有人教吗？德育是使没有德性的人有德性呢，还是使有德性的人更有德性；是把有恶行的人变成有德性，还是在人们没有德性时给予德性的启蒙。我们必须面对的问题是：以培育人的思想政治品德为职能的德育，既然有培育人的思想政治品德的功能属性，能够培育人的思想政治品德，那么现实社会中人的思想政治品德为什么不能遂人愿。到底是人性的原因，还是德育的无用？那些恶人是因为没有接受教育还是因为教育的不当。这话说得直白一点就是，德育有功能有作用，为什么社会上还有那么多的恶行和作恶的人？这到底是什么原因，谁可以对这些行为负责？我们没有忘记狼孩在回归社会时学习人类语言的困难程度，专家和学者们提

---

① 弗兰克：《第三思潮》，上海译文出版社 1987 年版，第 103 页。

出了"关键期"或"敏感期"的理论。这些理论对人的德性水平发展是不是也适用？人都有向善发展的可能也有向恶发展的可能，问题在于，同样具有两种发展可能的人，为什么有人行恶有人为善。人对人改造的经验告诉我们，德育在把握对象心理的前提下，在适当的时机，采取适当的方法，会有理想的效果。也就是把握对象的关键期和敏感期更有效果。当然，这也不是说除关键期外教育就没有效果了，有些问题虽然过了关键期，但还是可以改变，而且在有些方面关键期并不是明显的，而有些方面是较为突出。德性发展的关键期是存在的，但它是可以改变的，只要方法得当。人可能因为一件事情的影响而改变自己的一生命运和人格。2002 年 11 月 12 日，中央电视台东方时空节目，播演了一个"一句话点播人生理想"的故事：四川甘洛县的古道轮，20 世纪 60 年代在小学课堂上，知道了天安门广场的美丽壮观，非常想去看看。于是，有一天，就和其他两个同学一起赶早跑上了一辆火车。当他们在火车上做着见天安门的美梦时，列车员把他们喊醒。列车员问他们干什么去？他们说去北京看天安门。列车员没有斥责他们，而是告诉他们回去好好念书，就能见到天安门。古道轮一直把这句话作为自己努力的目标，为见天安门而努力学习，克服困难。从小学到初中，从初中到高中，最后考大学，见到了天安门。历史上的周处，看到人们对自己像猛虎蛟龙一样被人痛恨，看到人们对自己的死那样欢快，于是改变了自己，成为一个受人爱戴的官吏。① 就是一个典型的例子。就是那么一件事改变了他自己。如果他看见乡亲们痛恨而不能自醒，也没有办法。兴许他看到那个场面还会强化他的恶行，也不是没有可能的。有许多失足的人，也有过想重新做人的想法，但由于社会的拒绝促使他们不得不继续他们的"事业"。

　　人类生活经验历程的本身同时演示着两个事实：一是人类文明社会中的德育一直没有停止过；二是人类非德（道德）的行为也一

---

　　① 罗国杰：《中国传统道德·德行卷》，中国人民大学出版社 1995 年版，第 685 页。

直伴随着人类生活。德育是自诩和被社会认为有功能、有作用、有价值的，它必须面对社会不德行为这一事实。固然，人们出于公正的考虑并不能把社会存在的不德的行为完全归因于德育，但是以培育人的思想政治品德为己任的德育在其中究竟有什么样的责任，它的功能限度在哪里，这是德育自身必须回答的问题。这不仅是客观定位德育功能的必要，同时也是回应因不德行为存在而指责德育无效论的必需。

托马斯·里克纳著《美式课堂——品质教育学校方略》中指出："学校的道德教育得到广泛的和不断增加的支持。这一支持来自联邦政府，他们证实了价值观教育在反吸毒和犯罪的斗争中起着至关重要的作用；这一支持来自州政府，他们已经通过一项决议，号召所有的学校向学生教授良好公民和守法社会所必需的价值观教育；这一支持来自商界，他们认识到一个负责任的劳动者应该具有诚实、可靠，以工作为荣和善于同他人合作的品质。支持也来自那些改变态度的群体，如道德教育者。他们知道，实现社会公正、世界和平需要有道德规范的公民。支持也来自于一些团体，如犹太人委员会，他们在 1988 年改变了长期坚持的反对道德教育的立场，发表了一篇声明，敦促学校教授公民美德，如诚实、礼貌、责任、忍耐和忠诚等。也许对学校作为道德教育基地最重要的支持来自家长，他们四处寻求帮助，因为如今培养一个品德高尚的孩子比任何时候都难。十多年来，每一次盖洛普民意测验中，家长对每一次问及学校是否需要教授道德课这一问题的回答都是毫不含糊的，'是'，尤其是 84% 的学龄孩子的家长都希望学校向孩子提供伦理及道德行为规范方面的指导。"[1] 托马斯·里克纳所著的《美式课堂——品质教育学校方略》中，不仅证明了价值观教育发挥的作用，而且也证明了价值观教育的效果。没有德育的社会是不存在的，存在的本身就可以证明它是有价值的。

---

[1] 海南出版社 2001 年版，第 19 页。

（三）德育功能有限性归因

从获得途径看，德育是有功能和价值的，但德育的功能又是有限度的。像证明德育有功能一样，德育功能的有限性也是需要证明的。对德育功能有限性进行证明，也就是对德育的有限性进行归因。而所谓归因就是为某种或好或坏的结果寻找开脱的理由。人作为一个富有理性的存在物，总是要对自己的行为结果进行归因。归因有成就归因，不足归因，无能归因，错误归因。人是善于归因的动物，而且归因的取向也是不同的。大学生在为自己考上大学这一辉煌成就进行归因时，他们把自己所以考上大学，成为一名大学生的原因多半归结为自己的聪明而不是勤奋，而他们对于没有考上大学的昔日同窗，他们归结的原因则是愚钝和智力问题。那些没有考上大学的人，对于考上大学的人归结的原因是勤奋和努力，而对于他们自己则多半归结为不努力、贪玩、不懂事，很少有智力问题。是的，小孩骑自行车撞了前面的行人，会指责前面的行人没长眼睛；护士为病人打针打不上，会说病人的血管太细；就连世纪伟人邓小平也把自己身体矮小归因为吃苦太多。可见，归因既是人的本能，也是人的一种主观能动。无论所归的原因是否是根本原因，都有一定道理，尽管其中不乏强词夺理之徒。

前面对德育的功能和价值进行了论证，这种论证难免有卖瓜者自夸之嫌，本着对自己客观的态度，我们也应该对自己的不足进行主动归因。我们在宏观上承认德育价值和功能有限性的基础上，还要在具体的环节上为德育价值和功能有限性归因。不然，德育理论和实践也没法回答面对别人的不公正指责——即德育无用。我们不妨尝试着为德育的有限性归因，一方面是为回击不公正的指责，一方面是为德育效果的好坏在主观上寻找原因。这既是呼吁社会各界审视自己在德育中的责任，也是为德育自身的一种解脱，以获得一个公正的态度和舆论。同时，在对德育功能和价值有限归因中所具有的带有经验总结性质的分析和证明，也必然成为加强和改进德育的认识论根据。

人获得德的途径有三个，即自我学习、社会环境的影响、德育。影响人的思想政治品德形成的三个因素交互影响形成人的思想政治品德，究竟是什么因素在人的思想政治品德形成发展中起决定作用，这是一个复杂的问题。有时是自我学习在起作用，有些事是环境影响起作用，有些人是德育在起作用，而在特殊条件下人的遗传因素也会起决定作用。具体说就是不同的人，不同的环境，不同的德育甚至于不同的遗传素质，决定一个人的思想政治品德。关于环境对人的影响，下面的一段话很有意义："一个孩子在充满批评挑剔的环境下成长，他学会了吹毛求疵谴责他人。一个孩子在充满敌意的环境下成长，他学会了争论反抗。一个孩子在充满恐惧的环境下成长，他学会了忧虑害怕。一个孩子在充满被怜悯的环境下成长，他学会了自哀自怨。一个孩子在充满嫉妒的环境下成长，他学会了贪得无厌。一个孩子在充满耻辱的环境下成长，他学会了自觉有罪。一个孩子在充满宽容的环境下成长，他学会了有耐心。一个孩子在充满鼓励的环境下成长，他学会了充满自信。一个孩子在充满赞美的环境下成长，他学会了赏识他人。一个孩子在充满认同的环境下成长，他学会了爱惜自己。一个孩子在充满被接受的环境下成长，他学会了爱惜这个世界。一个孩子在充满被肯定的环境下成长，他学会了立志定向。一个孩子在充满了分享的环境下成长，他学会了慷慨。一个孩子在充满公正诚实的环境下成长，他学会了正义真理。一个孩子在充满友善的环境下成长，他学会了热爱人生。一个孩子在充满安宁的环境下成长，他学会了平安。"① 就自我学习、环境和社会教育中谁能够起决定作用，要根据不同的人的不同时期，不同的环境影响力度和不同德育的力度而定。

---

① 《读者》2002 年第 22 期。

从功能特点看，德育与一般教育并没有什么区别，它也是以告知为特征来实现自己的功能和价值的。一般的智力教育要告诉对象所学的学科是什么，为什么，应该怎么做；在一般学科中还分为自然科学和社会科学知识。自然科学告诉人们的是某一学科的概念范畴、法则、原理甚至于是运算公式，告诉人们的是某一学科的基本原理，人们通过这些知识和理论，认识某一学科。人们把握了这些知识原理，就是学会了这些知识。教授这些学科的人，只要让人们把握了这些知识原理，教学过程就算结束。就直接的教授效果来说，对这些知识理论把握的程度是最好的证明。一般社会科学与自然科学虽然有所不同，但它也都有自己的基本理论，都有自己的范畴体系，把握了这些理论，就教学过程来说，也可以是结束。这些学科的教学要求，尽管也要求学生能够把学到的知识运用到实践中去，可由于这种运用的程度并不为人们所关注，运用的效果多数与运用人的获得有关，因而人们很少把运用的程度与教学直接联系起来，并把运用知识理论水平的高低往往归结为个人水平。与此相反，德育教授的不是一门单纯的知识和科学理论，而是一门旨在理论指导下的实践，它是以知识理论为基础旨在实践的教育教学。德育把社会对思想政治品德的要求告诉对象；把社会要求的根据和意义告诉对象；把奉守社会要求规范和违反社会要求规范的后果告诉对象，以此来引导和劝导对象按照德育的要求行动。德育传授的是社会生活的知识，这些生活知识需要处理和解决的是人与人、人与社会、人与国家之间的关系。这些知识本身是具有选择性的，不像自然科学知识那样只有一种选择，例如：$3+8=11$；火会烧人而造成灾害，等等。你不按照自然科学给你的知识和理论行事，马上就会受到自然界的惩罚。因而这些知识的接受效果由于与自身的利害关系和直接的表现方式，使人们没有理由忽略它的存在。德育的目的是使人不仅获得关于德的知识，更重要的是把这些知识变成行为。因为这些知识和行为是与他人有关系的，所以社会和他人才对其关注。德育怎样才能使对象把社会的要求变成行为呢？它可以通过模拟试验来强化，也可以通过生活实践规范行为养成习惯，但是德育最根本的还是说理的方式，让人们接受社会的要求。应该说德育能够让对象认识社会的要求，认识社会要求的根据和意义，认识按要求行事和不按要求行事的后果和意味，就可以说是发挥了自己的功能，实现了自己的价值。因为如果人们对这些认识清楚了，就会在实践中指导自己的行为和行动，对多数人来说，确实如此。德育可以在自己的过程中通过自己的有效控制，强化人们的行为，但是离开这个环境，人们的行为能否按照社会和国家要求的去做，因素是非常复杂的。即便是在自己控制的环境中，德育对象能否按照要求去做，也是很难把握的。教育是基础，德育也是在人的思想政治品德发展中具有基础作用，它的功能也与一般教育没有多少区别。它可以告诉人们如何去做，但它鞭长莫及，无法管得了许多。德育在这里发挥的作用是一个基础作用。基础有助于德性的发展，能否将德育的要求变成现实，还要看社会现实对德的态度。假如德育能够包括人在思想政治品德的一切，那么社会就会节省许多机关，而事实并非如此。

从过程限制看。德育是一个过程，这个过程是德育从事德育的主体或具有德育作用的主体对德育对象进行教育引导的过程，让他们接受社会要求的过程。要想让人们接受社会的要求，就必须讲究针对性和时效性。德育过程必须讲究针对性和时效性，针对性和时效性根源于对象问题和矛盾的特殊性。针对性是说要把握住对象接受社会要求的背景和存在的问题，只有把握住问题，才能有效果，所谓对症就是这个道理。针对性就要把握对象和对象的问题。对象的内在矛盾和人格特征的表现是一个过程并且具有暗箱性质，每一个对象的内心世界就是一个暗箱，不同的对象就是一个不同的暗箱，能否把握暗箱决定着能否有效解决问题和矛盾。抓不准矛盾和问题，就没法对症下药。由于人是一个特殊的矛盾体，它的矛盾展开的黑箱性质为人们把握它有诸多的困难。这固然需要艺术和能力，但是人对人的把握是有失误过程的，这个失误限制着德育的实效。对问题的解决，仅有针对性是不够的，还必须有时效性。所谓时效性就是说把握问题之后，要在适当的时机去把握和处理解决问题的时机。关键期理论也好，敏感期理论也好，都是强调解决问题的适时。人的复杂性和个体差异性，给德育的时效性提出了诸多的困难。同样的问题反映在不同人的身上，同样的问题在同一人的不同时期，要求用不同的方法，甚至要求在不同的时间内解决。而这些，对德育主体来说，尽管在主观上想要解决问题，并且在问题把握准确的前提下，也是很难的一件事。关键期理论特别强调时效性，一旦错过时机，德育功能的发挥就要受到影响。德育缺乏针对性不行，缺乏时效性同样不行，所谓一把钥匙开一把锁，所谓解决思想问题不过夜，都是强调德育的针对性和时效性。然而，这绝不是德育主体仅有主观愿望就能够解决的，因为客观的实际限制它的功能的发挥。因而德育的功能和价值是有限的。

从德育主体构成看。德育是一个过程，这个过程有家庭、社会、学校，学校又分为不同层级。德育过程有许多主体作用于对象，担负着育德的职能。或家庭，或学校，或社会，或不同学校的不同老师。这些不同的主体，个人有自己的水平，有各自的阅历，有各人的不同风格，他们都要从不同方面作用于相当多的个体对象，而对象对教育主体的接受可能会因为某种原因而拒斥和拒绝接受他们要求的内容，有时学生甚至因为老师的形象都会影响接受它所提出的要求。而有的老师由于某种原因，或者是对学生的关爱，或者是教学的水平，竟会吸引学生在自己调转工作时，有几十名学生跟着调转的情况。据长春电视台 2004 年 8 月 9 日 "人物周刊"报道，原吉林省靖宇县 1986 年毕业于吉林师范学院中文系的教师邢立平，在调入省城长春四十八中时，就发生了这样的事。体操冠军陆莉，在她练习体操时她的父母因为送她去体校路途遥远，非常辛劳，不准备让她学体操了，她的老师周晓琳教酷爱体操又有发展的陆莉和父母抗争，最终将体操坚持下来，并获得了成功。亚洲飞人奥运冠军刘翔的老师，也是在家里人不同意学田径时亲自登门做工作，使刘翔有了今天的成功，使亚洲人第一次站在短距离竞赛领奖台上。不同老师的不同时期或不同老师的一件事，都可能出现错误，这就会对对象产生不良的影响，甚至会影响一生的思想政治品德发展。2004 年 3 月 27 日《中国教育报》刊登了署名高巍《请别这样冤枉我》的文章。文中说到她本来非常喜欢当老师，因为她的妈妈也是一名老师。后来因为老师在课堂上冤枉了她，导致她在高考升学时不报师范院校，不当老师。就是这一件小事，改变了她的发展方向，影响了她的一生。多年以后她才把这件事对她妈妈说出来，那个老师也许永远也不会知道是自己冤枉了学生，并且影响了学生的一生。在一个人成长的过程中，有多少人对学生造成不良影响，这是很难说清楚的。中学生早恋是一个非常现实的问题，如何对待和处理这个问题，既是一门艺术也是一种观念问题。在这个问题上有多少人采取的是压制和简单粗暴的态度，对学生的心灵造成伤害，影响学生的健康成长和发展。而有的老师则是采取理解，循循善诱，收到了好的效果。《中国教育报》2004 年 8 月 26 日第 5 版报道：曾经针对中学生早恋写过《爱，你准备好了吗?》的曾宏燕就是这样。我们可以通过一个有过错却浑然不觉的老师写的文章，从中可以看出问题。她文章的题目是《我的好心学生不能读懂》"现在的学生感情冷漠，你把心掏给他们，他们不但不感谢，反而嫌腥。在我的眼里学生就是孩子，需要老师全方位的呵护，但结果却让人心寒。班上有一位学生的父母感情不好，妻子没有工作，一切依赖丈夫，疑心丈夫有外遇，因为信任我就和我倾诉。为了挽救即将破裂的家庭，给孩子一个安宁的大后方，我把孩子父亲请到学校，跟他谈了孩子的教育和成长的问题，并且让他保证不做破坏家庭的事。当时他态度非常诚恳，临走时还感谢我对孩子的关心。可不久我在外面遇到了学生父亲和年轻女人很亲密地在一起，我意识到危机随时就会出现，就将此事告诉孩子的母亲，希望一同阻止危机。然而，孩子的父亲竟然当着我们的面承认了一切，并且提出马上离婚。孩子的母亲精神崩溃了，杀了丈夫，自己也被送进精神病院……孩子一下子成了孤儿，我能不管吗？我向全校师生发出了捐款倡议。当我把钱交给孩子时，他不但不感谢，而且还把钱甩到一边，恨恨地说'你已经将我害得家破人亡了，为什么还要继续毁我？'我真的越来越不明白现在的学生了，他们的心离我很远，无法靠近。每年做班主任我都很投入，但结果却从没有得到过学生的好评，是学生难教育还是我的教育真的有问题？"这样的老师我只能说是水平问题帮了倒忙，不是品质问题。而老师由于自己的好色，因为学生长得好看就特别关照的；好才的，因为学习好就特别喜欢的；好财的，因为学生家里有钱的就给创造条件的；好奉承的，对会来事的学生格外青睐的，这些都会对学生产生不良影响。至于教师或者德育队伍中的败类，就更不足挂齿了。相当一段时间以来，各种媒体相继报道了"禽兽教师"的恶行，这些老师对学生能够产生好的影响吗？德育主体的这种复杂性，使德育的实际效果，德育整体功能的发挥和价值的实现大打折扣。更让我记忆在心的一件事是一位嘴黑的老师，他说他的学生只配开出租车。这个学生后来迫于生计开了出租车，但他恨他，说他开车时如果看到老师想把他撞死。其实，一个人开不开出租车倒不是一个原则问题，我想肯定那位老师给予学生的不是希望而是一种无奈和失望。而一个拍着学生肩膀对学生说，你很聪明，可以靠自己的努力改变自己命运的老师，会对学生的发展产生什么影响可想而知。

从现实归因看。犯罪心理学和人格心理学提供的对犯罪和攻击行为预防控制的手段，是从反面对这些行为进行的归因。犯罪和攻击行为是不德行为的极端，对这些行为的归因也能够说明德育本身的有限性。"社会公众的法制教育、思想品德教育，以及对少数违法犯罪者的改造教育和利用大众传媒营造一个好的文化氛围等，这是加强综合治理，做好犯罪预防的基础。思想教育做好了，社会风气端正了，犯罪案件就会大幅度减少。"[①] 他们认为犯罪社会预防

① 罗大华、何为民：《犯罪心理学》，浙江教育出版社 2002 年版，第 527 页。

的基本层次是"针对产生犯罪的社会政治、经济、文化等基本原因，从治本的角度，进行犯罪预防。例如社会制度、社会结构、社会分配的改革，针对经济发展不平衡、贫富悬殊等社会问题进行宏观调节，加强精神文明和社会主义主流文化的建设，促进青少年社会文化进程和健康成长等"。犯罪社会预防的手段是"组织体制手段，管理控制手段，物质福利手段，教育文化手段"，可见，教育文化是预防犯罪的手段之一。人格心理学者认为"预防和控制攻击行为的基本途径是要解决最广大民众的温饱和安居乐业问题，促进社会和国民经济的不断发展，不断提高人们的物质生活水平和精神生活水平。……在失业、贫困愚昧的社会里，要完全预防和控制攻击是不可能的。……培养和树立正确的价值观，使人们以真善美的标准去对待自己的利益追求，发展亲社会行为，消除反社会攻击。"[1] 对犯罪预防和控制攻击的手段是"提高生活品质，惩罚攻击者，矫正儿童的攻击行为，唤起同情心，树立正确的价值观"，看来，教育只是预防和控制攻击的一个手段。预防和控制虽然不能等同于归因，但它基本是根据形成原因考虑确定的。一个社会对社会问题的归因，表明这个社会对社会问题的理性态度。尽管社会有时会指责德育的效果，自责最大的失误在教育，但社会良知的公正还是会客观地解释社会问题存在的根源的。但是，这不能成为德育放纵自己肩负责任的理由。

从发展维度看。德育在人的发展过程中是有作用的，这种作用有时会是决定性的。但是客观公正地说德育在人的发展乃至社会发展中的作用又是有限的。我们知道，人的发展包括德、智、体等综合指数的全面发展，包括知识、技能、能力和德性的发展。社会发展包括科学技术的发展和生产力的发展，以及各项综合事业的发展，等等。德育是以培养人为目标的，但它培养的是人的德，以培养人为目标的还有其他教育活动。尽管德的培养有助于人的发展和

---

[1] 黄希庭：《人格心理学》，浙江教育出版社 2002 年版，第 554 页。

成长，可它代表不了其他育人活动的功能。德育所育的德和智育所育的智以及体育所育的体，他们之间可以互相促进，但不能代替。德虽然可以是统帅，可他代替不了士兵。它可以是大脑，可它同样代替不了发达的四肢。它可以指挥四肢，可没有四肢就没有指挥的余地。例如，德育培育人的德性有助于智力的发展和知识的增长，甚至于德育的内容本身就包含不少知识，但它本身不是传智活动。有助于智的发展和就是传智并不是一回事。把德育的功能随意扩大，会造成德育贪功的后果。这种功能说无法回答这样的诘问：德育功能如此之多还需要"他"育吗？"德育到底有多少功能？"就是对泛德育功能的责难。粮食能满足人对食物的需要，人吃了粮食能改造世界，我们不能说粮食能改造世界。德育对自己在人发展中的地位必须有一个清醒的认识，既要看到德的灵魂和关键作用，又不要无限夸张它的作用。无论我们所说的德是何种意义上的德，即社会之道德和国家之德都是如此。

　　从作用社会看，德育的结果即人的德性作用于社会也是有限度的。我们张扬德育的功能，呼吁社会对德育的关注和注视，但不能靠夸大和过分渲染德育的功能来实现。这样做的效果可能会适得其反。德育所进行的思想、政治、品德教育，目的是培养社会所需要的"德"也即德性来满足社会需要，这并不是说社会只对人有德性需要而没有其他需要，而是说德育只能满足社会对德性的需要，德育以其培养的德性来满足社会的需要。社会对人的其他方面的需要是通过其他手段和途径来满足的。这话反过来可以这样表述，即社会不仅需要"德"而且更需要智能，尤其是创造和创新的能力。一个社会没有智能不能发展，没有德性会破坏发展。"德"在人类社会生活中是不可缺少的，但社会生活中最不能缺少的东西是生产力，并且生产力发展的程度决定着社会发展进步的程度。如果说社会是一列前进的火车，生产力就是那列火车的发动机，为火车提供前进的动力，而"德"则是那火车的方向盘，把握和控制前进的方向。没有发动机社会不会前进，没有方向盘社会就会跑偏方向。方向盘永远也不能代替发动机的作用。德育必须知道自己的历史方位，才能更好地发挥自己的作用。无论是科学性还是针对性、有效性，抑或是与时俱进和开拓创新，德育都不能随意膨胀自己的功能，也不能随意提高"德"的要求，更不能把"德"的作用无限夸大。德育无用论是站不住脚的，同时我们在承认德育有价值的前提下，也不能否认它的有限性，否则，我们就钻进了德育决定论和"德"决定论的死胡同。我们既不能因为德育有价值而无限夸大它的作用，也不能因为德育价值的有限性就否认德育的意义。

第三章 德育价值的内容

"德育价值问题是整个德育体系的逻辑起点和归宿。德育目标是德育价值的凝结与具体化，它从深层次规定并体现着德育的性质和德育活动的走向。"① 德育价值是德育价值主体对培育思想政治品德的需要在价值客体即德育功能属性上的对象化反映。这里，德育所具有的功能属性是价值的基础，而决定价值的根本则是价值主体的需要。德育价值的内容，是说德育的哪些功能属性能够反映德育价值主体的需要，德育价值主体对德育有哪些需要。在我们的话语中，讨论德育问题时除使用德育价值概念外，也常常使用德育的价值。德育价值突出强调的是主体需要和客体功能属性之间的关系，而德育的价值实际上突出强调的是德育自身具有的功能属性对价值主体需要的反映。但是，当我们说德育的价值时，实际上是说德育的某些功能属性能够反映价值主体的需要，内在地隐含着它能够反映社会的哪些需要，就是指德育的功能属性能够反映价值主体需要的代名词，它既是德育自身的功能属性，又是价值主体需要的反映。在这个意义上，德育价值与德育的价值，是一而二、二而一的问题。那么，德育有哪些功能属性能够反映主体需要即德育有哪些价值呢？

一 解读价值

德育的解读价值是指德育所具有的，帮助人们认识社会、认识

---

① 张澍军：《德育哲学引论》，人民出版社 2002 年版，第 185 页。

人、认识人生的功能属性，能够满足人们认识社会、认识人、认识人生的需要。从德育对象的角度来说人们有这些需要，而从社会的角度也即德育价值主体的角度来说，它也是社会的需要。社会需要人们认识社会，认识人，认识人生。德育的解读价值，既是德育的首要价值，也是德育的基础价值。德育不能没有解读价值，一切价值都要在解读的基础上展开和实现。

（一）对社会的解读

人在社会中生存发展，需要认识社会。人所以要认识社会，因为社会是人面对的一个世界。人有探究世界的欲望，人有认识社会的需要。人有认识世界的天性，它不像动物那样拘泥于本能的生活对世界不闻不问，它的理性和好奇心使他对自己面对的世界有认识清楚的愿望。社会自然是世界的一部分，像自然界一样，这个世界也是人们认识的一个对象。人类自从进入文明社会以来，就没有停止过对自然界包括对社会的探索。人类为了生存首先认识的对象是自然界，人类自身的不断发展，使人类产生了对人类社会即人类自身认识的需要。苏格拉底的"认识你自己"是把人们认识世界的触觉从天上拉向人间的最好证明。这不仅使人类认识世界范围的扩大，而且是人自我认识的开始。人是社会中的人，人只有在社会中才能生存发展，人离开了社会既不能生存发展，也不会有人的生活。人在社会中生活，就需要认识生活于其中的社会。人只有认识社会才能适应社会生活，才能更好地生活。人不认识社会，就没法在社会中生活。人不是只适应环境，人要不断改造环境寻求发展。没有人对世界的改造，就没有人类的发展。人类今天的一切成果，都是人类改造世界的成果。人要改造世界也要改造社会，人只有认识社会才能改造社会。认识、适应、改造社会的需要，使人们对解读社会产生强烈的需要。社会在现代的语言中，有时可以是国家的代名词，尽管我们承认国家和社会不是同一的概念。作为国家的社会或者作为社会的国家，同样需要被人们所认识。社会和国家所以需要被人们认识，一方面认识社会有助于社会的管理，有助于国家意志的实现。一方面认识社会有助于提高人们的素质和能力，进而提高国家的整体素质。可见，对象和社会的需要，构成了德育解读社会的根据。德育对社会的解读，首要的是对社会一般的解读，包括社会存在的根据、社会的结构、社会的发展过程、社会发展的动力、社会发展道路、社会的发展规律和社会发展的前景以及社会的规则等等。社会是人的社会，认识社会一般的目的在于认识人类自身。其次是要认识国家。从一定意义上说，解读社会就是解读国家。这不仅因为社会表现为国家的形式，而且因为对社会解读是国家的需要。这是解读社会的核心内容和根本要求。德育要让人们认识国家在社会历史进程中的发展阶段，要让人们认识基本国情和国家的基本制度，要让人们认识国家的发展道路和国家的发展目标，要让人们认识国家主导的价值原则。例如，我国处在社会主义的初级阶段，是发展中国家，我们的近期目标是小康社会，共同富裕。我国目前实行的社会主义的市场经济体制，我们的价值原则是集体主义，等等。认识国家，不仅有助于人们认识一个真实客观的社会，而更为重要的也是我们主要追求的，培养人们的爱国情怀和社会责任感。德育能够满足国家对解读社会的需要，德育以其自己的实践实现着解读社会的价值。德育要实现自己解读社会的价值，解读必须客观真实。所谓客观真实，就是既要讲社会发展的前景，又要讲现实中的差距；既要讲社会的成就，又要讲社会的问题；既要讲积极因素，也要讲不利条件。这里的现实也意味着不能忘记社会的理想，描述社会理想，同样是解读社会的客观要求。德育课是从小学、中学到大学都开设的课程。在德育课中，有品德与社会，品德与生活，有社会发展史，有历史唯物主义原理。这些，都是在对社会进行解读，只是针对不同的对象对社会解读的程度有所不同罢了。解读社会，就一般意义上说，是为了认识社会、适应社会生活，进而为改造社会奠定基础。而对一个具体的社会来说，它让人们认识社会的目的，绝不是一般的认识，而是通过认识社会的一般而认识社会的特殊。它让人们认识社会的直接目的是对社会现实的接受，承认社会现实是一个合理的社会，一个优越和不能取代的社会。我们的社会主义初级阶段理论，市场经济理论，以及小康社会理论，都是在以不同的方式解读社会。

（二）对人的解读

社会是由人组成的，人是构成社会的主体，人是社会的主人，没有人就没有社会。人认识社会，从根本上来说，就是认识社会中的人。人需要认识人，社会需要认识人，这是德育解读人的根据。社会和个人所以需要认识人，一是通过认识人可以认识自我。人需要认识世界，人需要认识社会，人也同样需要认识自我。应该说人类自从进入文明社会以来，就一直是在认识自我。认识自我是人所特有的本性，人认识自我一方面是认识人类的自我，一方面是认识个体的自我。二是认识他人的需要。人是社会关系的产物，人离不开社会，说到底是人离不开人。人在社会中存在，就要与人发生关系。人与人在社会中结成了各种各样的社会关系，这些关系包括满足与被满足的关系、服务和被服务的关系、利益与合作的关系等等。人要想与人交往，就必须认识人，只有认识人才能理解人，才能更好地与人交往。三是教育人的需要。我国历史上对人的认识开始于对人进行的需要，孔子、孟子、荀子对人的讨论，就是源自于对人进行教育的需要。人认识了人自身，既可以更好地接受教育，又可以更好地教育他人。接受教育和教育他人，都是人和社会的需要。四是管理人的需要。社会是由人组成的群体，这个群体需要管理和组织。无论是阶级社会还是无阶级社会，社会总需要进行管理，在阶级社会里这种管理表现为统治。要对人进行管理和统治，就需要认识人。我国历史上的韩非提出的"因情而治"，就是主张治理国家要认识人。认识了人的本性，才能使管理更有效。五是发展人的需要。人是目的，人类追求的最高目标是人的全面发展，人类追求发展，就要认识人。人在社会中要关爱人类自身，同样需要认识人。

德育解读人，首要的是对人的本质的解读。人是一种存在，但人在世界上是一种特殊的存在，这种存在的本质是它的理性、它的德性、它的实践性。正是人的这些本质使人与动物区别开来，使人具有高贵性和神圣性。其次是认识人的特性。人是社会性动物，人必须以社会的方式存在，人在社会中存在，就必须与别人发生关系。人与人的关系应该是平等的，人与人的合作和竞争是人存在的方式。竞争与合作需要遵守规则。"己所不欲，勿施于人"；"你希望别人怎样待你，你就应该怎样对待别人"是处理人与人关系的黄金法则。第三是人的需要和追求。人的需要和人的追求是什么？人有物质需要和精神需要，人有低级需要和高级需要。马斯洛的需要层次结构说把人的需要解释为生理需要、安全需要、爱的需要、尊重的需要、自我实现的需要。需要和追求是人行为的动力，认识人的需要和追求，可以更好地理解人、尊重人。最后是人的发展。人的发展是人类追求的目标，但人的发展是一个历史过程，人的发展是全面自由的发展。德育对人的解读，最根本的目的是让人对人的理解、尊重，把人的发展摆在目的的位置。

（三）对人生的解读

人是一个富有理性的存在物。作为理性存在物的思维触觉不仅指向外在的世界、指向人自身，而且也指向人自身生命的意义。对人生的意义的追问，诸如人为什么活着？人活着有没有意义？人生的价值等等，就是这种指向的集中表现。人可以追问世界的意义，可以追问社会的意义，也完全有理由追问人自身生命的意义。人生的意义是人类历史中一个永恒的话题，它既是哲人思考的问题，也是普通民众琢磨的问题。人最终总会走向死亡，既然人总要死亡，那么人活着还有什么意义？面对死亡的人不时地发出慨叹！人生有许多矛盾，这些矛盾常常给人带来痛苦，人有这么多苦楚为什么还要活着，人经历那么多的苦楚值得吗？常常有人自杀，为什么，就在于自杀的人不能正视矛盾和痛苦。人都追求有意义的人生，那么怎样的人生才是有意义呢？只有知道人生的意义，才能使人生有意义。还有，为什么有的人觉得人生有意义，有的人认为人生没有意义，有时觉得人生有意义，有时又觉得人生没有意义，人生到底有没有意义？这是人生的问题还是占有人生的人的问题？如此种种，构成了对人生解读的需要。德育面对的是人，教人如何做人这是它存在的价值，而实际上教人做人就是教人如何使人生有意义。当德育面对对象的问题时，它解读人生意义的理由更充分。正如学者们指出的："道德教育晓以人以生活的意义、人生的终极追求……使人们从各种不正确的价值观念与准则中解放出来"，[①] 这是德育应该具有的功能、职能和价值。德育解读人生的意义，具体分为下列几个步骤：

首先，要让人们知道人生有意义。人生是人生命的活动过程，人生的意义就是人的生命活动的意义。它只能是人生活动的意义而不能是人死亡的意义。人生是不能离开活动的，人有活动就有意义。

其次，是要告诉人们人生有什么意义。人生的意义是人生活动的意义，也是人在人生活动中追求的意义。人生的意义是人生活动和在活动中追求的意义的统一。那么人生有哪些活动，人又在活动中追求什么意义呢？人生有许多活动，这些活动可以进行概括；人在活动中可以有多种追求，不同的人有不同的追求，这些追求也同样可以抽象。人生的意义无非就是传承、体验、实现。这既是人生活动的内容，也是人生活动所追求的意义。人传承着生命和人类的文化；人生在体验人生的快乐和痛苦，幸福与不幸，成功与失败；

---

① 鲁洁：《德育社会学》，福建教育出版社 1998 年版，第 33 页。

人在实现自己的理想目标和自己的价值。想一想，人生难道不是在追求这些活动的意义，这些活动不是在展现人生的意义吗？

第三，要告诉人们死亡与人生意义的关系。人生必须面对死亡，死亡反衬出人生的意义，没有死亡，人生也就不会如此壮丽。

第四，要告诉人们怎样的人生才有意义。人生的意义在于奉献的命题，具有真理性价值。人生的意义在于奉献和创造。人追求自己的价值实现，唯有奉献和创造。

第五，对什么样的人生有意义的理解是有差异的，所谓人生观就是指这样的道理。同是一件事，有人觉得有意思，有人觉得没有意思；有时觉得有意思的事，在有些时候又会觉得没有意思。这就是由人生观决定的，由人的主观性决定的。意义是客观的，而意思在这里则是主观的。有人说人生没有意义就是这里的问题。一个人不会因为他说人生没有意义，人生就真的没有意义了，人生的意义和人生活动的意义是客观存在的。德育解读人生的意义，既是回答疑问的需要，也是为了人们有一个正确的人生观，进而有一个有意义的人生。

如果这样简单地解读还不足以认识人生意义的话，那么我们还可以更加具体地解释。下面就是这种具体解释的体现，也是一种尝试性的解读。人生活在世界上，总是不断追问人生的意义。人对人生意义的追问源自于两个方面：一是人自身的理性。动物没有理性，因而动物不会追问自己存在的意义。动物的存在是凭本能和生命遗传，只有人才追问自己存在的意义。人具有理性，理性通过实践不断把人的意志变成现实，同时，理性也使人追求世界的意义，进而也追求作为主体人生的意义。"认识你自己"，是人类把理性的触角从天上拉向人间的开始，也是人类对人生意义思考的源头。对意义的理解和追求是人存在的方式，意义也是富有理性的人存在的理由。二是生活和生命的困惑。"引起对人生意义思考的主要动因往往可能是死，即个人自己的死和亲人的死的威胁。……这个问题不仅仅通过死来提出，肉体上和精神上的痛苦，尤其是当这种痛苦好像是不应该受时，也会产生同样的问题。"① 确实，人的理性和人在生活中的困惑，使人思考自己存在的意义。思考人生的意义，是要给自己的存在找出恰当的理由。人生如果没有意义，那么人的存在就没有了理由。如果有，那么人生的意义是什么？从"认识你自己"开始，人生意义这个问题就一直是人类思考的一个问题，也是一直困惑人类的问题。一方面，人生是一个"复杂的方程"，的确难于求解；另一方面，人生意义的命题也是一个具有多层内涵的命题。人们在自己遇到困惑时，也总会想到以智慧著称的哲学家，渴望哲学家能给人们一个圆满的答案。然而哲学家的回答却常常令人失望。哲学家艾耶尔说，"诸如人类生存的目的和生活的意义这类问题，没有真正的答案"。之所以如此，是因为在他看来，诸如对人生目的的回答，是属于对人类生存事实"如何"的解释。而"想了解生活意义的人所寻求的不是对于他们生存的事实的解释，而是要寻求对他们生存事实的合理性证明"，即不是对"如何"的回答而是对"为何"的回答。在他看来，人类生存的合理性即"为何"是不能证明的。② "生活并非仅是空闲的游戏，它要求辛苦、劳作、克己、牺牲。这种辛苦，这种劳作，是否值得？……我们越是苦思冥想，问题越是变得复杂难解。当我们想要去证明，生活虽有其种种表面的混乱，却仍然具有某种意义和价值，而且可以满怀信心地宣称它值得一过时，似乎过于自不量力。"③ 由于人必须面对死亡，因而，有人认为人生没有意义。弗兰克尔回答了这个问题："众所周知，人的生命是有限的，任何人都不能随心所欲地长命百岁，即使是国王，也必将和百姓一样，也会在年老之后自然死亡。许多人认为，既然生命是有限的，每个人都难免一死，所以人生在最终意义上是无意义的，是一场空。死亡确实毁灭了人生的一

① 沙夫：《人的哲学》，江苏人民出版社 1988 年版，第 59 页。
② 艾耶尔《生活是有意义的吗？》，载《哲学译丛》2000 年 1 月版。
③ 鲁道夫·奥伊肯《生活的意义与价值》，上海译文出版社 1997 年版，第 1 页。

切意义吗？弗兰克尔做出了否定的回答。他从另一个角度向我们提出问题：假定人生是无限的，人永远不从这个世界上消失。情形会是如何呢？这时，我们将永远推迟我们要做的事情，我们现在和以后做这件事情，结果都是一样的，今天，明年或是 10 年以后做一件事情是毫无差别的。只有面对死亡的最终命运时，我们才具有一种迫切感，一种实现我们自身潜力的动力，一种发挥能力的必要性，我们不会让构成我们什么的许多次唯一性的机会从我们身边溜走。所以生命的有限性不仅是人类生命的实质特点，而且也是生命意义的真正的组成要素。人类存在的意义基于这种永不复返的性质。"① 弗兰克尔的回答只是告诉人们，死亡使人生有意义，没有死亡，人生才真正没有意义了。但是，他没有告诉人们人生的意义是什么。

难道人生的意义真的没有答案？在这个问题面前人类真的就不能回答，回答这个问题真的是自不量力吗？如若这样，或者是人生真的没有意义，或者人的理性还不足以追问人自身存在的意义。承认这些，人类自身将蒙羞。其实，这个问题并不难。只要我们读懂了人生，把握了人生意义命题的内涵即人们真正想获得的答案是什么，我们就能够诠释和解读人生的意义。这既不是奢望也不是自不量力，而是由于人类生命活动的可读性和人不断健全的理性。让我们从意义的内涵说起。人生的意义有三层含义：一是说所指，二是指内容，三是指作用和价值。人生的意义，一是问什么是人生，二是问人生有哪些内容，三是问人生有什么意义即作用。首先，需要说明的是，人生的意义，不是人死亡的意义。死亡可以反衬出人生的意义，使人生有意义，但是，死亡不是生，而是人生的终结也是人生意义的终结。其次，人生的意义也不是人"为何"有生的理由。人何以有生，这是生物学的研究内容，它不是人们要对人生追

---

① 刘翔平：《寻找生命的意义》，载《弗兰克尔的意义治疗学说》，湖北教育出版社 2001 年版，第 48 页。

问的内容。"人生之真相是什么？我说：人生之真相，即是具体的人生。人生之当局者，即是我们人。人生即是我们人生之举措设施。……实际上一般人问：人生之真相，非是不知人生之真相，他们是要解释人生之真相。哲学上之大问题，并不是人生之真相'如何'——是什么，而是人生之真相之'为何'——为什么。不过，这个'为'字又有两种意思：一是'因为'，二是'所为'，前者指原因，后者指目的。……现在一般人所急欲知者，并不是此问题（因为），而是人生之所为——人生之目的。人生之目的就是生，所以平常人能遂其生的人，都不问为什么要生。"① 人们要问的是人生是什么，人生在做什么即人生的内容有哪些，人生的内容有什么用即意义。用冯友兰的话说，人们问人生的意义，不是问因为什么。再次，人生的意义，也不是人生的目的。人生目的，是人生目标和活动追求的内在原因。意义包含目的，但是目的不能代表意义。最后，人生价值也同样不是人生的意义。意义同样包含着作用和价值的意思，人生的价值从怎样的人生才有意义的角度上说，是人生意义的内容，但它同样也不是意义本身。还有，人生的意义，是一个客观命题，不具有主观性，因而我们说人生的意义这个命题是客观的。与此相关联的人生有没有意思，这是一个主观性命题。每个人对事物的理解和感悟不同，因而有人觉得人生有意思，有人觉得人生没有意思。有时觉得人生有意思，有时觉得人生没有意思，同是一束花，有时你会非常喜欢，有时也会讨厌它，就是这个道理。这可以概括为：人生的意义是客观的，人生有没有意思是主观的。而我们一般说人生的意义不可回答，往往就是指意思而不是意义。

　　我们说人生的意义是可以回答的，人生是有意义的。怎样证明人生的意义可以回答，人生是有意义的，人生有什么意义呢？人生是在活动即实践中度过的，人生的意义就是人活动的内容和意义，

---

　　① 冯友兰：《三松堂全集》第二卷，河南人民出版社2000年版，第5~7页。

就是人在活动中所追求的意义。这一点，胡适的回答会帮助我们理解："人生的意义全是各人自己寻出来的、造出来的：高尚、卑劣、清贵、污浊、有用、无用……全靠自己的行为。生命本身不过是一件生物学的事实，有什么意义可说？生一个人与一只猫、一只狗，有什么分别？人生的意义不在于何以有生，而在于怎样生活。你若情愿把这六尺之躯葬送在白日做梦之上，那就是你一生的意义。你若发发愤振作起来，决心去寻找生命的意义，去创造自己的生命的意义，那么，你活一日便有一日的意义，做一事便添一事的意义。生命无穷，生命的意义也就无穷了。"① 胡适的话有时可以被误解为他主张人生没有意义，其实，他说的没有意义，是在追问人何以没有意义。因为，生命本身不过是生物学的事实。他最想告诉我们的是：人生的意义，只能在人的活动中寻找和探索，只能在人对活动意义的追求中寻找。人类有许多活动，每个人有自己不同的活动内容，但在人类诸多和个人繁杂的活动中，我们可以从中归纳、概括、抽象出具有普遍性的人生意义。人生就是人的生命历程，也可以说是人改造世界、改造自我的生命实践活动过程。再简单一点说，人生就是人从出生到死亡的整个过程。人生的内容和意义就在人生整个过程的生命活动之中，活动的内容蕴含着活动的意义。人生的意义要在活动中体现，活动不能没有意义，意义离不开活动。因而人生的内容和意义是统一的，即人生活动的意义也是人生所追求的意义。这个统一在人生活动中的内容和意义是什么，笔者以为是传承、体验、实现。传承、体验、实现既是人生活动的内容，又是人生活动的意义。它是所有人的人生活动的内容和意义，任何人的人生内容和意义都可以归结为传承、体验、实现。人生的意义既是个体人生对自己的意义，也是个体人生对社会乃至人类的意义。如果我们再具体一点，形象一点，人生的意义也可以说成是人生在干什么，人生究竟为了什么？人生的活动是人自己的活动，人生的

① 胡适：《人生有何意义》，《胡适散文》第一卷，中国广播电视出版社1992年版。

意义是自己活动的意义，所以，人生的意义是人自己创造的意义，而不是别人赋予的意义。人生的活动是客观可感的，因而人生的意义必然也是客观的，即是你有什么活动就有什么意义。

传承是人生的首要意义。人在世界上生存，总是自觉不自觉地传承两样东西，一是生命，一是文化。人是在自觉或不自觉地传承生命。本能也好，理性也好，都是如此。我们常常举出"放羊娃"的故事来帮助解读人生的意义，并且常常指责放羊娃"放羊、卖钱、娶媳妇、生娃"人生轨迹意义的低下，并以此来衬托出所谓的高尚和伟大的人生意义。其实，这个故事的意义绝不是像人们理解的那样浅薄。它是以一种通俗的方式解读人生的意义。也许，在读完这篇拙文之后会理解故事的完整意义。实际上，人是不能不传承人类生命的，人不传承生命，人类就无法延续。个别人可以不娶妻生子，可人类所有的人都不娶妻生子，都不繁衍生殖，人类的命运就会可想而知。人们大都要成家立业，成家为什么，绝不仅是为了互相照顾相依为命，在互相照顾中有延续种族传宗接代的追求。不孝有三，无后为大，在传承生命的普遍意义上说不是没有道理的。人不能不传承生命，人的活动在特定的意义上说就是在传承生命。人生传承的生命既是个体的生命，也是社会的生命。人是一个有文化的动物，是文化把人类从动物提升到人的水平。人类如果没有了文化，就不会使自己的发展超越于动物的水平。人类的文化是在传承中创造发展的，没有了文化，没有了文化的传承和创造，人类就只能像动物一样靠本能活动，因而也永远不会脱离动物的活动水平。人正是接受了前人传承的文化，人正是通过自己对文化的创造和传承，人类的发展才可能继续。文化可以是知识、理念和物化成果，也可以是存在方式和行为方式乃至社会制度。人对文化的传承，是通过生命，通过生命活动，通过物化的成果，通过现实的存在方式和行为方式实现的。人生来就接受他人传递的文化，并在自己的活动中创造发展着、扬弃着接受的文化，又通过自己的行为方式和行为结果把人类的文化传递给后人。正是人类对文化的传承和发展，人类才有可能不断发展，才可能有如此显著的成果。"人生意义正是对人文精神的自然承接与熔铸。人生意义是指人的生活不再受制于物种的需要，而是能够自主自由地生活，超越现有的生存环境而指向一个更高的生活目标。"①

体验是人生的基本意义。人生体验的是成功的快乐和失败的痛苦，体验的是如意的幸福和不幸福的灾难。生存的艰辛和享受的喜悦同在。人既可以积极进取的态度面对人生，也可以悲观消极的态度对待人生。人生是一个过程，这个过程有长有短，但无论长短，任何人都要走过。人生有幸与不幸，有的人贫穷有的人富有，有的人辉煌成就高有的人平淡成就低，但无论如何都是一生。幸福和不幸福与人生同在，贫穷和富有、辉煌和平淡相伴。人生的意义如果变通一个说法，也可以表述为人为什么活着，尽管它不完整。有人说人活着就是一个事实，不要问为什么。也有人说，人为什么活着难于找到答案。有人在追问人生的意义即人为什么活着百思不得其解之后，想到不如改变思考方向，问人为什么不死。在人们拒斥死亡的理由中，可以发现人生的意义和人为什么的理由。也就是说，人不去死的理由就是人为什么活着的理由。是啊，人为什么不去死？人无论经受多少痛苦和不幸，都要坚持走完人生的全过程。为什么，就是要体验和享受人生的全部过程。电影《芙蓉镇》里有一句"你要像牲畜一样活下去"的话，它是一个在特殊年代蒙受不白之冤的人被抓走之前对自己的妻子说的话，这话不只是对"解放"充满信心和希望，而且也包含着对生命意义的诠释，即生命是宝贵的，要努力去体验和享受人生，哪怕是像牲畜那样艰难，也不能放弃。"人类所依依不舍的东西只有生存过程，哪怕受苦受累，受困受窘，也心甘情愿。"最近媒体报道了一个杀人犯，为了保全自己的生命企图让80多岁的母亲为自己抵罪，遭到母亲的拒绝后竟说了一句：人老了都这样，怕死！明明是自己怕死不想死，却偏偏说

---

① 夏中义主编：《大学人文教程》，广西师范大学出版社2003年版，第24页。

别人怕死，真不知道惭愧（母亲从亲情的角度曾想用自己的生命换儿子的生命，但是为了坚持正义，母亲拒绝了儿子的请求）。人生过程有你想发生的事和不想发生的事，有你高兴的和不高兴的事发生，都要承受。承受就是一种体验，是一种享受。逃避人生的痛苦和不幸，虽然不是对人类和社会的背叛，但却是缺乏对人生意义的理解，缺乏生命和生活的勇气，是对人生意义的放弃，是对人生意义的终结。人生的不幸和必死的结局常常引发人们对人生意义的思考，但不是因为不幸和死亡人生就没有了意义，倒是因为人必死的结局和不幸的存在，才使人生显得有意义有价值。假如，人不死亡，人想什么有什么，人要怎样就怎样，人生也许就会失去意义。有人说人活着就是要遭受痛苦，体验享乐。人不存在，人不活着，就没有对痛苦和享乐的体验。人存在人活着，就要体验生命的过程，就是为了体验人生的甘苦。体验也可以改换成享受。

实现是人生的最高意义。实现自我是一个流行的名词，人人都喜欢使用它，因为它是人生需要的最高层次。那么人要实现什么？人要实现的东西可以归结为两个：一是实现自己的理想目标，一是实现自我的价值。"对于我们每个人来说，生活具有我们通过选择而分别赋予它的意义。一个人生存的目的是由这个人有意无意地尽力去实现的那些目标构成的。"[①] 自己理想目标的实现在任何时候都不能脱离社会的理想和目标，同样，自我价值也必须是在为社会的服务中才能实现。人是一个实践的动物，人是一个社会的动物，人更是一个理性的动物。人有理性使人能够想象未来，设计未来，能够通过自己的实践活动把合理的想象变成现实，即人有理想具有把理想变成现实的能力。有理想，通过实践能够把理想变成现实，这是人区别和优越于动物的根本标志。尽管人追求的理想和目标有高有低，有远有近，可人在人生的历程中都追求着理想和奋斗目标的实现。小富即安是理想，成就伟业也是理想。宏伟目标是理想，

---

① 艾耶尔：《生活是有意义的吗？》，载《哲学译丛》2000 年第 1 期。

行动计划也是理想。追求从一个目标到另一个目标的实现，在需求被满足后又追求新的需求的满足，这就是人生的过程和意义。人生在追求人生理想和目标实现的同时，也在追求着自我价值的实现。或者说对人生理想和目标追求的本身，就是追求自我价值的具体体现。人生的过程性或者叫短暂性，使人珍视自己价值的实现。人生的对比性和竞争性使人关注自我价值的实现，人生的体验和传承性使人重视自我价值的实现。人生理想目标有助于自我价值的实现，人生理想本身就是自我价值实现的内容和目标。人生价值实现的结果是一种享受，人生价值实现的过程也是一种享受。自我价值的实现是人生需要的最高层次，每个人都努力追求自我价值的实现，都追求把自己的潜能发挥出来。有的人对自己的境遇不满，有的人对自己的成就不满，说到底是对自我价值没能获得实现而不满。有的人在告别这个世界时非常平静，是因为他实现了自己的价值，把自己的潜在的价值变成了现实的价值；而有的人告别世界时是非常遗憾的，那是因为他为自己的价值没有获得实现而遗憾。自我价值的实现一方面是对社会的奉献，一方面是对自己人生的肯定和满足。人要实现自己的理性和价值，必须通过自己的价值实现活动。人生自我价值只有在社会价值的实现中才能实现，只有在为社会服务中，只有在满足社会的需要中，才能使自己的目标和价值获得实现。奋斗目标的实现和自我价值的实现，是人生的最高意义。人只有在为社会的服务中，在实现自我满足社会需要的实践中，才能获得完整的人生意义。说人生的意义在于奉献，说人生的意义就是人生的价值，都是在这样的意义上成立的。

人生的一切活动都可以被归结为传承、体验、实现，人生的意义也就在于传承、体验、实现。这不是任意的主观猜测，而是人类生命活动的归纳和概括。除此之外，我们很难再找到对人生意义的合理解释。人生的意义不是人死亡的意义，而是人生过程的意义。人生的意义不是人源自于什么活着的意义，而是人为了什么活着的意义。人存在着就有意义，人不存在就没有意义。用人生和人类的偶然性来抹杀人生的意义是没有道理的。人生的意义不是外界给予我们的，而是我们自己通过自己的活动和对活动目的的追求获得的，是我们自己赋予的。猫和狗虽然存在着，但是它们既不能理解存在过程的意义也不能追求意义。人生的意义是客观性的人生意义，客观性是说，人生的传承、体验、实现的活动和意义是客观的而不是任何人的主观臆造。人生意义也具有主观性，人生意义的主观性是说，每个人对传承、体验、实现内容的理解和追求是有差异性的，但是它的主观性是以客观性为基础的。人和人在人生的意义上是不存在质的差别的，人和人之间在人生意义上的差别存在的是量上的差别。因为，人都在传承、体验、实现，只是程度不同罢了。

需要说明的是，德育的解读必须根据德育对象的认知水平发展程度来决定解读内容难易程度的。从总体上说这个过程是循序渐进、由低到高的发展过程。从家庭的学前教育到社会的学前教育，从小学的低年级到高年级，从基础教育到高等教育的德育内容，都有解读社会、解读人、解读人生的内容。但每一个阶段的解读内容和方式必须有所不同。德育的解读又是随着德育内容的不同需要而有选择地进行的。比如在进行规范教育的过程中，我们的目的是教育引导德育对象要接受社会的规范体系，为了达到这样的目的，我们就要让人们知道社会是个什么样子，社会为什么要有规范，社会有哪些规范，而在进行价值导向教育时就要讲社会的价值体系和价值原则以及价值原则的根据。还有，尽管社会制度和社会模式有所不同，德育的内容和体现在内容中的价值体系可能不同，但都有解读的内容安排。这也就是说，只要有德育就会有德育的解读，因而德育的解读价值是德育活动过程不能缺少的环节和内容。强调德育的解读价值并不是说德育仅有解读就可以了，这只是一项基础工程。认识德育的解读价值，在于重视德育的解读过程和价值，在于科学客观地进行解读活动，进而使德育的解读活动更有价值，使德育的解读价值在德育的价值中更具有基础价值。

二 秩序价值

任何社会、任何国家，都有对秩序的需要。没有秩序，社会生活无以维系；没有秩序，国家政权不能稳定和巩固。为了秩序，为了政权的稳定和巩固，就需要有维系秩序的手段。人类社会对秩序维系的手段，无非是两个基本方面，一是强制的手段，一是教育的手段。强制采取的是外在的方式，即通过法律、警察等维护社会生活和国家生活的秩序；教育采取的是内在的方式，即提高规范意识来维护社会生活和国家生活秩序。就社会的实际来看，维系秩序既需要强制，也需要教育。强制面对的是社会上的少数人，教育面对的是多数人。就社会成本和实际效果来说，教育是维系社会和国家生活秩序不可缺少的手段。

国家秩序需要德育。德育产生于国家秩序的需要。教育产生于社会生活的需要，从这个意义上说，教育是与人类相伴而生的。教育就一般意义上说，虽然也是教人如何做人的教育，但是它与德育中的做人教育不是一回事。教育中的做人教育是社会生活需要的体现，而德育中的做人教育，则是国家生活需要的反映。我们可以推论教育进入阶级社会以后就有了阶级性，但是这与国家统治阶级有意识利用教育来实现自己的意志不是一个层面的问题。事实上，教育虽然与人类相伴而生，可真正的德育则是从西汉开始才有的。西汉的统治者阶层，在吸收历史经验的同时，为了维护自己政权的稳定和巩固，开始有意识地用教化的手段来实现自己的目的。而此前的教育，并不是与统治秩序相连的。也就是说，德育产生于社会教化的需要，进而也是产生于国家秩序的需要。只不过，它是当国家利用它，使它成为维系国家生活秩序时才产生的。今天的德育虽然并非只是为了秩序，可秩序的功能和价值依然存在，并且是任何一个国家的德育都不能忽略的。不能否认，德育具有多种价值，但从功能的角度和满足国家生活需要的角度说，德育的秩序价值，是它最基本的价值。

（一）解读规范内容体系

秩序是什么？秩序是生活的条理化和不混乱。秩序是靠规范来保证和实现的，没有规范就没有秩序。秩序是规范的结果，规范是秩序的保证。德育所以具有秩序价值，是因为德育在实践中以自己的活动满足着社会和国家对秩序的需要。首要的是它能够解读规范的内容体系。我们知道，秩序靠规范来保证，对规范的遵守意味着秩序的存在。因而，德育的秩序价值就体现在培养对象的规范意识上。而要培养规范意识的前提是认识规范的内容体系，只有认识了规范的内容体系，才有可能自觉去遵守规范。德育解读社会的规范内容体系，就是要告诉人们社会中有哪些规范。社会中有法律规范，道德规范，纪律规范等一系列规范。这些规范的秩序意义不仅在于它们对秩序的维护，而且因为在这些规范当中熔铸了统治阶级的意志，也就是说，统治阶级的意志本身有时就是规范的体现。这也意味着这样的意义：对秩序的维护既是社会的需要，更是阶级统治的需要。这也是德育秩序价值的内在根据。需要指出的是，如果我们把德育仅仅理解为道德教育，那么法律和纪律的内容必然被排斥在外，秩序价值就没法更好实现。因为道德的内容代替不了规范的全部，我们只可能在理念中保持对道德规范威力的景仰，但是在实际中仅仅靠它来发挥作用的设想让人不好恭维。德育对规范内容体系的解读，还要告诉人们社会现实中各种规范的效力和作用方式。不同的规范有不同的效力和不同的作用方式，认识这些内容，对遵守规范具有重要意义。就德育的对象来说，它面对的是青少年和儿童。这种现实要求德育对规范内容体系的解读，像德育的其他内容一样，必须根据对象的年龄特点和接受能力，有选择有针对性地进行。德育对象对规范的接受，是受自己的认知能力和对社会生活的感知范围影响的。由于此，我们在家庭中对幼儿进行的德育内容，是从家庭生活规范和秩序要求开始的，而进入学校，进入不同层次的学校之后，就逐渐加入了除学校之外的即社会规范的内容。这是对规范解读的现实要求。

（二）认识规范的根据和意义

仅仅知道社会生活有哪些规范，知道规范的效力，还不足以让人们去遵守规范。在认识规范内容和效力的基础上，还必须让人们认识规范的根据和意义。只有认识了规范的根据和意义，才有可能更好地去遵守规范。根据是说明为什么有规范，意义是说规范有什么用。社会生活中的各种规范，来自于两个方面：一是社会生活对秩序的需要，一是国家生活对秩序的需要。秩序源于人类社会群体生活的需要，没有群体生活就无所谓秩序。人离不开社会和群体，就离不开秩序，人认可了社会生活就是认可了社会的秩序。秩序也是国家和阶级统治的必需，一个代表人民意志的国家对秩序的要求，就是人民自己对秩序的要求。德育的秩序价值，突出体现在对规范根据的认识也即对规范和秩序合理性的论证上。对规范的根据和秩序合理性的论证，显然有助于对规范的理解和遵奉。对规范的意义的理解，是在认识规范与我们之间的关系。规范是以对人的约束和限制的形式存在的，这种约束和限制在表面上是对自由的限制，实质是对自由的保护。规范对人的约束以法律为最严格，洛克在谈到法律与自由的关系时说："法律的目的不是取消或限制自由，而是维护和扩大自由。这是因为在所有能够接受法律支配的人类的状态中，哪里没有法律，哪里就没有自由。这是因为自由意味着不受他人的束缚和强暴；而这种自由在不存在法律的地方是不可能存在的：一如我们所被告知的那样，这种自由并不是每个人为所欲为的自由。（因为当其他人的意志支配某人的时候，该人又怎能自由呢？）但是，一种处分和安排的自由，……乃是法律所允许的自由；因此，在这样的法律下，他不受其他人的专断意志的支配，而是能

够自由地遵循他自己的意志。"① 在洛克的表述中，规范是对自由
的保护。在《西游记》中，孙悟空在出去化斋或降妖时总要为师父
画一个圈，这个圈对师父来说是一个限制，但是限制不是画圈的目
的，保护师父的安全才是目的。在这个被限制的圈里，师父是安全
的，一旦离开了这个圈，摆脱了限制，安全也就没有了保障。这个
圈形象地说明了规范的限制与保护的辩证关系。规范对人的保护体
现在约束你不因违背规范的内容而承担后果责任，体现在别人违背
规范侵犯你的权利时而以规范进行追究。遵守规范具有规范意识意
味着文明，没有规范意识或规范意识的缺乏则意味着落后和野蛮。
一个没有规范意识的人是很难与人为伍的，记得有人讲了一个非常
有趣的故事，一个小伙子因为过马路闯红灯，恋人与之分手。理由
很简单：一个没有规范意识的人，就是一个不会保护自己的人；一
个无视规范的人，就是一个不爱惜自己生命的人，与一个连自己生
命都不会爱护的人在一起生活是没有保证的。

（三）在实践中培养规范意识

德育是指学校的思想政治品德教育，这是说德育是在学校的环
境中进行的。德育为了实现自己的规范价值，更好地培养学生的规
范意识，它既要在理性的层面进行规范教育，又要在实践的层面培
养学生的规范意识，以养成规范和秩序的习惯。这一方面是通过学
习中的规范约束，一方面是通过对规范现状的评价实现的。学校有
自己的纪律和规范，这些纪律和规范是社会规范的组成部分，同样
也是社会秩序的需要。这种需要，其一是说这些规范构成了社会规
范的内容，其二是说养成规范意识和习惯有助于对社会其他规范的
遵守。经验支持学校的习惯养成，对进入社会中的规范秩序意识有
基础作用。学校培养学生的规范意识，不能为秩序而秩序，为规范

---

① 哈耶克：《自由秩序原理》（上），三联书店 1997 年版，第 203 页。

而规范。在培养规范秩序意识的同时，也要培养学生的维权意识和民主意识。在实践中培养规范意识，还要对规范和秩序的现状进行评价。认识规范秩序的现状，可以让人们更好地适应社会现实，也可以培养学生的社会责任感。在现实中培养人们的规范意识，还要认识违反规范的后果。由于规范是人们利益和意志尤其是统治阶级意志和利益的反映，为了使这些意志和利益获得实现和保证，社会必须制定保障机制。这些机制一是引导机制，即社会采取张扬和奖励的态度来鼓励人们遵守社会规范；二是惩罚机制，对于违反社会规范的人，根据其程度进行惩处。惩处一方面是对违反规范结果的承担，同时也是对没有违反规范的人的警示。奖惩在维护秩序中的目标是一致的。德育要告诉人们不遵守社会规范的后果，违背不同规范的不同后果。

总之，社会需要使德育具有秩序职能、功能和价值。德育的秩序价值体现在解读规范内容体系，体现在认识规范的根据和意义，体现在实践中对规范意识和习惯的培养上。

三　协调价值

协调也是德育的基本价值。德育通过自己实践活动的内容发挥着协调功能，这些功能能够满足社会对协调的需要。德育的协调，不是直接的协调，而是通过认知、通过思想层面实现对人的行为的协调。从这样的意义上说，德育就是为协调而存在的。德育从产生到现在，事实上一直发挥着协调的功能，满足着社会生活的需要，实现着协调价值。德育的协调包括利益协调、人格协调、心理协调。

（一）利益协调

社会是一个为利益而建立起来的群体。回顾人类发展的历史，是人与人之间的交往和利益需求，产生了对规范的需要。人们所以组成社会，是因为通过社会可以获取更大的利益。人们为了利益组成社会，而社会需要规则和规范。没有规范，人们的利益就没有保障。所以，为了利益人们还必须建立规则和规范。规范作用于社会的外在形式，是通过对人的行为的约束，使社会生活有秩序。但是，规范作用社会的本质则是对社会关系的协调，说到底是对利益关系的协调。在社会关系中虽然不只有利益关系，但利益关系是主要关系；社会规范不只调节利益关系，但规范主要调节利益关系。说到规范与利益之间的关系，我们自然会想到最能够直接体现规范与利益关系的民法，它不仅调整平等主体之间的财产关系，而且规范内容通篇都是与利益关系紧密联系在一起的。人身关系在民法规范中也体现着利益利害关系。至于其他法律规范、道德规范、纪律规范，反映利益关系可能没有民法那样直接，但都反映利益利害关系，都是对利益的保护。在规范的字里行间中，我们看到的是利益，规范代表着利益，规范保护着利益。规范既调节国家、集体、个人之间的利益关系，规范也调节人与人之间的利益关系，而在多数情况下，是对人与人之间利益关系的调节。德育对利益的协调，首要的就是通过让人们认识规范与利益的关系来实现的。通过在理性层面对规范的认识，在实践层面对秩序的遵守，进而实现对利益的协调。德育对利益的协调，不仅表现在认识规范和利益的关系上，而且也体现在对利益正当性的论证上。人对利益的追求源自于生存的需要和竞争发展的需要，人追求利益一方面是为了发展，一方面是为了享受，最终是为了实现全面自由的发展。按照马克思主义经典作家的设想，人类发展基本上经过三个阶段，即人对人的依赖阶段，人对物的依赖阶段和人的全面自由发展阶段。在人对人的依赖阶段，人们虽然对利益的需求程度也很高，但是由于人自身的发展程度的限制，使人还不能过分地对利益进行追逐，因为要使自己和群体能够生存下去，就只有使自己的利益服从群体的利益。只是到了人对物的依赖阶段，人才能够充分地对利益进行追求。所谓充分的追求，就是说个人的能力差异和态度差异，在现实中能够得到对等的回报。诸如多劳多得，能者多得。但是，人类对利益的追求并不能否认人对道义的追求，人终究不是野兽，人是一个社会的存在物，在追求利益和追求道义之间必然要保持一定的张力，由此才能既使人类在利益面前有一个基本的公正的取向，又能够使人类有一个道义和德行的形象。德育对利益的协调就是实现这个张力作用的手段之一。德育让人们认识哪些利益是正当的，哪些利益是不正当的，哪些是当前利益哪些是长远利益，哪些是局部利益，哪些是全局的利益；德育让人们认识利益的一致性和差异性，认识对利益追求的正当性和有限性，以此实现对利益的调节和协调。对利益的调节和协调，目的不是消解人们对利益的追求，而是把人们对利益的追求协调到有利于社会发展的轨道上来。人类在现实中对利益的追求，是在为人类全面自由发展阶段的到来奠定基础。在现实中，德育对利益正当性的论证，是通过价值原则来实现的，诸如集体主义和为人民服务等等。德育对规范以及对规范与利益关系的揭示，对利益正当性的论证，为人们利用规范协调人与人之间的利益和利害关系，创造了现实的可能性。规范、秩序、利益，是互相联系的。对利益的协调，既有利于个人，也有利于社会。

（二）人格协调

人格协调在这里有两层含义：其一是利用人格协调人的行为，其二是对人格进行协调。人格有两种不同的含义，即德性人格和心理人格。德性人格内涵的是人的品性，心理人格着眼的是个人的特征。人格协调中的人格是德性人格，而协调人格的人格是心理人格。前者是纵向协调，后者为平行协调。德性人格是做人的标准，它是一个社会对人的德性要求的高度浓缩和期望，是社会利益和意志的体现。在人格上面，体现的是社会对人的品性要求。所谓人格协调，就是利用社会提出的人格的标准，促使人们的追求和行为符合社会的要求。不同的社会有不同的做人标准，社会提出人格标准，目的就在于引导人们按人格标准要求自己，说到底是让人们的行为符合社会要求。每一个社会都有自己的理想人格，这个理想人格既是社会的人格理想，又是社会用来调节个人和社会关系的一个枢纽。我国古代提出的君子，就是社会提出的人格标准，"君子喻于义，小人喻于利"，"君子爱才，取之有道"都是关于君子的规定。现代社会提出的"四有新人"是现代社会提出的人格标准，有理想、有道德、有文化、有纪律是它具体的规定。在德育过程中，为了实现德育培育人、教人如何做人的目的，就要把社会推崇的人格的标准告诉人们，让人们学习和效仿。它的具体化表现是对各种楷模的宣传，在楷模身上，人们看到的是社会的需要和追求。市场经济背景下的人格标准与计划经济条件下的人格标准是不同的，德性、进取和创造是市场经济条件下应该推崇的人格标准。德育的昭示和社会的推崇，使人格标准成为人们追求的目标。协调人格。人格协调是指对不同人格特征的人进行协调，在这里与人际协调有相通之处。在社会现实生活中，每个人都有自己不同的人格特征。这些具有不同人格特征的人在实际生活中，会因为人格的差异而产生非利益冲突。这些冲突一方面使人际间出现不和谐，另一方面也会影响人的发展和成长。事实上，在现实生活中由于人际间的人格冲突引发了不少悲剧，造成这些悲剧的原因，就是人与人之间缺乏理解。作为以育人为己任的德育，既要关注社会主体的需求，也要关心对象的需求。帮助人们互相理解，使人际关系协调，这是德育的职责。德育在实际中也能够，实际上也发挥着这样的功能，并且满足着社会和个人的需要。德育过程中对人的解读，就是在帮助人们认识他人、认识自己，就是帮助人们理解他人。人有共性，也有个性，每个人都会有自己不同于他人的地方。这些不同的地方既有先天的因素，也有后天的影响。不同的遗传素质，不同的后天环境和不同的阅历，会使人与人之间有许多差异。这些差异的存在是客观的，它既可以表现在思维层面上，也可以表现在行为方式上。最简单的一个事实是，手机号码的读法每个人都有所不同，而每个人都会觉得别人的读法别扭，更何况其他了。理解了这些，认识了这些，才能够使人与人之间不必要的冲突减少。人需要和不同人格的人合作，去掉互补的意蕴不说，找人格完全相同的人甚至是不可能的。人只有理解人，才能更好地与人合作、发展。帮助德育对象认识这些，这是德育协调价值的体现。

（三）心理协调

这里是指对个人的心理问题进行协调，它是协调的有机构成部分。心理问题被有些人渲染成 21 世纪的社会病，这虽然有些过分，可心理问题影响人的生存发展尤其对青少年发展的影响是一个不可忽略的事实。心理健康问题不仅影响个人的成长与发展，而且会引发严重的社会后果。媒体报道，一个学生把衣服泡在盆里被母亲说了几句，竟然自杀了。最近发生的"马加爵事件"和与其相似的事件的发生，也说明了这样的问题。因而，社会呼吁学校加强对青少年的心理健康教育，解决他们的心理问题，促进健康发展。青少年在发展过程中的心理问题表现为：追求独立与依赖他人的矛盾；封闭心理与渴望被人理解的矛盾；理性认知与行为中的意志矛盾；心仪自强与实则自卑的矛盾；竞争与发展导致的冷漠，还有自我中心主义，难以经受挫折等等。这些问题的存在，既有个体内部的原因，也有个体外部的原因，既有教育的原因，也有社会环境的影响。德育面对的是青少年，德育的目的使青少年健康成长，而心理问题不能够很好解决，就不能健康成长。心理问题虽然构不成德性问题，但是德育不能不关心学生的健康成长，这是心理问题进入德育视野的根由。德育关注对象的心理问题，不能采取武断的方式，心理的问题要采取心理的方式解决。德育要解决心理问题，只能采取协调的方式，主要有认知协调和行为协调两种。认知协调是指通过认识自我、认识他人、

认识社会的方式协调心理问题。人对自我、他人、社会缺乏科学
理解，往往会产生心理问题。只有正确认识自我，才可能消解心
理问题。认知也包括认识自我心理问题和问题的根源。行为协调
是指通过行为训练的方式，来解决心理问题。这里的协调是针对
存在问题进行协调。实践证明，心理问题的协调离不开行为训练，
没有这样的环节，不能最后收到效果。比如，对闭锁心理的人，
只有鼓励其与别人交往，才能获得对别人的理解和理解别人。另
外，还可通过活动体验来对心理问题进行协调。即要组织对象多
参加活动，在活动中会冲淡心理问题，对自己和他人都会有新的
体验和理解。在活动中才会理解和体会到人生和人间的快乐。活
动体验和行为协调的区别在于，前者是针对有心理问题的人，后
者则是预防性地针对多数人。德育对心理问题的协调，多数时候
是对对象的个别协调，在协调过程中要根据不同的心理问题和不
同对象的实际情境，讲究方法艺术，以求好的效果。

　　德育的协调价值来源于社会生活对协调的需要，来源于德育所
具有的协调的功能属性，来源于德育所应该具有的社会职能，来源
于德育能够满足社会对德育协调需要的满足。

四　导向价值

　　德育的导向价值和价值导向是有区别的。德育的导向价值，是
指德育能够通过自己的有效活动对对象的思想和行为进行引导。德
育的价值导向是说德育能在价值上对德育对象进行引导。可见，德
育的导向价值包含着价值导向，德育的价值导向只是导向价值的一
个方面。德育的导向价值根据于这样的三个事实：其一是社会需要
对人们的思想和行为进行引导；其二是德育主体从发挥功能的角度
来说，它是一种有效的方法；其三是说德育对象能够接受引导，因
为人是可以受环境影响的。就导向本身来说，也同样包含着两种不
同的指向：一是内容取向，一是手段取向。内容取向是指对什么进

行引导，手段取向是指通过什么进行引导。这两个问题虽然联系非常密切，它的密切程度会使人难以区分到底是内容上的导向还是手段上的导向，以至于在论述导向时，不分内容还是手段。实际上这二者的意义在实践中是不能忽略的。我们在这里取的是内容上的引导，也就是说，这里的引导是指对某些内容和方面的引导，不是指利用的手段。固然对内容的引导也需要手段。

（一）价值引导

价值的重要性需要价值引导。从理论上说，德育的导向并不仅仅是价值方面的引导，但是，德育的导向又不能不以价值引导为主。这是因为，价值体现的是人们的需要和追求，人们需要什么，人们追求什么，这些问题表现为价值问题。而人们有关需要和追求在观念上的反映，就是价值观念，这些观念的系统化或体系化就是价值观。价值观是主导人类和人的行为的灵魂，它对人的行为具有定向作用。人是一个理性的存在物，他要受自己的观念理性的指导，在观念指导下行动。人的社会化需要价值引导。无论是德育的导向价值还是价值导向，都源于德育是社会化手段的客观要求。任何一个社会对人的社会化要求不外乎这样几个方面：其一是生存生活技能的训练，它使人掌握生存生活和发展技能，为人类合理改造自然挑战自我创造条件；其二是社会规范体系的传输和养成，它使人掌握社会规范内容体系，遵守社会规范，便于人们的合作和发展；其三是社会价值体系的导向，它使人掌握社会主导的价值体系，进而使人们的行为向社会主导的价值体系方向发展。就社会化的三方面要求来说，前一个职能是由社会和学校的智育教育来实现的，德育实现的是后两个职能。意大利近代学者马志尼在其《论人的责任》中有过比较明了的论述，他说："教育是为了提高道德修养，而教授则是为了提高智力。前者培养人们了解自己的责任，后者使人能够尽其责任。没有教授，教育往往起不了作用；没有教育，教授就会成为一根没有支点的杠杆。"① 他笔下的教育其实就是我们今天的德育，而他所说的教授就是我们所说的智能教育。提高道德修养和了解自己的责任，可以归结为价值上的导向，这是德育承担的职责。价值引导的内在根据。德育的导向价值源自于社会对主导价值体系的需要和追求，源自于社会个体的多元价值追求，源自于社会现实中的多元价值选择的可能性，源自于价值观念的多元存在与一元导向的实在性。任何一个社会都有自己的主导的价值体系，这个主导的价值体系是这个社会的需要和追求的理论表达。在社会的现实生活中，人们的价值追求是多元的，一方面，社会具有多元选择的可能性，没有选择的范围就没有选择的可能性。另一方面，社会个体由于某种原因形成了不同的价值追求，这是价值多元的直接原因。为了使这多元的价值不影响社会的运行和发展，社会必须有自己的主导价值体系。社会需要社会主导的价值体系，但这主导的价值体系并不是要消解多元的价值追求，而是要把社会多元的价值追求统摄为社会的主导价值追求。价值引导的方式。德育的价值引导，不是告诉人们必须追求什么和不追求什么，而是告诉人们什么是应该追求的，什么是不应该追求的，什么是好的，什么是不好的，什么是社会需要的，什么是社会拒斥的，以此来实现价值引导。同时，德育过程必须把社会主导的价值体系昭示给对象，让人们认识它，以使自己的价值追求不与社会价值体系相冲突。诸如价值原则，价值核心，价值规范等等。在给出价值体系之后，还要对社会的主导价值体系进行合理性和合道德性的论证。德育的这个过程，就是在价值上对对象进行引导的过程，就是对对象的发展方向进行引导的过程。概要地说，德育的价值导向，就是通过价值的方式，对德育对象发展方向的引导。

---

① ［意］马志尼：《论人的责任》，商务印书馆 1995 年版，第 116 页。

（二）动力引导

不能否认，价值导向不仅应该是德育导向的主导内容，而且事实上也是德育导向的主导内容。但它永远不能是德育导向内容的全部，如果那样，就不能叫导向价值而应叫价值导向。德育教人如何做人，不能只对发展方向引导，还必须对行为动力进行引导。教人做人实际上是教人如何发展。只对发展方向的引导，而没有行为动力的引导，人就不会前进和发展。推而广之，社会没有动力同样不能进步和发展。根据人格动力学的理论，人格动力是指人行为的原因。根据经验事实和逻辑推演可以知道，人的动力来自于两个方面，即外在目标和内在需要。目标以外在的形式为人的行为提供动力，需要则以内在的方式为人的行为提供动力。因而，德育的动力引导就要从目标和需要两个方面着手。动力引导中的需要引导。人的需要是人行为的动力，人的需要促使人产生行为动机，进而驱动行为。人的一切行为都是由需要引起的，人没有需要，就不会有满足需要的行为。人的需要也是分层次的，有低级需要和高级需要。当低级需要不能获得满足的时候，就不会有高级需要。马斯洛的人格动力结构告诉我们，人最高层次的需要是自我实现。这个理论是被世人接受的理论，也是被证明为科学的理论。人要实现的内容是自我的价值，也就是以自己的知识能力和创造力满足社会需要包括满足自我的价值。人只有不断进取，为社会服务，为社会奉献知识和才华，为社会创造物质和精神财富，才能实现自己的价值。一个人的能力有大有小，一个人对社会的奉献有多有少，只要是发挥了自己的最大的潜能，就是实现了自己的价值。一个人的价值能否最大化的实现，既有自己的主观原因，又有客观因素的制约。人要实现自己的价值，不能只抱怨环境和客观因素，在努力创造良好环境的同时，必须发挥自己的主观能动精神。德育过程动力引导中的需要引导，就是要让人们认识自我价值实现的意义，努力实现自我的价值，把自我价值的实现即满足社会需要和自我需要，作为最高的需要和追求。动力引导中的目标引导。目标引导的基本含义是，德育过程通过对目标在人生中的意义的解读，让对象树立符合社会发展需要的奋斗目标。在动力引导中，如果把需要引导看成是抽象的引导，那么目标引导就是具体的引导。目标在人生中有至关重要的作用，它是一个人努力奋斗的方向和希望。一个人没有奋斗目标，就没有明确的方向，就很难走向成功或者根本不能成功。对目标的追求是人的理性本质的表现，人有理性，才能树立奋斗目标并且能够把目标变成现实。人类的一切成就和成果，都可以归结为人为目标奋斗的结果。人之为人的一个显著特征，就是人有理性和目标，把对目标的追求作为自己生活的内容和方式。目标不仅是一种希望和追求，没有目标就没有希望；而且表现为目标的追求，也会使生活充满希望。一个没有目标的人，就是一个没有希望的人。一个人和一个民族最大的悲哀，就在于没有了目标，没有了希望。所以，人有目标才是人的生活，人有目标才有希望。社会的成员有目标和希望，社会才能有希望，因为社会是由个人组成的。德育过程中的目标引导，就是让人们认识目标的意义，树立自己的奋斗目标，为自己的生活和行为提供动力。有动力才能发展。德育为实现目标引导的目的，即可以采取理论的模式，也可以采取经验证明的方式。

（三）规范引导

价值导向、动力导向和规范导向是导向价值的三个向度。这三个向度对一个人来说，是人格构成的三个基本方面，价值掌管方向，动力代表发展，规范表明修养。而对于社会来说，这三个方面也是衡量社会状态的尺度，即社会也有发展方向、发展动力和规范约束问题。这两个构成，决定了德育导向内容的构成，也决定了规范导向的根据。在我们对德育秩序价值进行论证中，我们强调规范是实现秩序价值的手段，而这里的规范则是指规范修养，它是人格构成的有机内容。因而，这里的规范引导，就是指引导德育对象的规范意识和规范修养。德育不仅可以对人的发展方向和发展动力进行引导，而且也可以对人的规范意识和规范需要进行引导。德育对规范引导，首先是通过认识规范意识和规范修养在人格构成中的意义实现的。人是社会中的人，人在社会中存在就要有规范意识，没有规范意识，就不能是一个完整的人，甚至是一个残缺的人。社会进程中的规范可以不断变化，旧的规范因为不能适应社会生活的需要可以破除，适应社会发展需要的新规范会不断设立。但是社会的规范和人的规范意识不能消失，因为规范的改变只是内容的改变，规范的形式永远不会消失。它与社会同在，它与社会中的人格构成同在。所以，任何社会对人格的要求，都不能没有对规范的要求。其次是通过认识规范在实际生活中的作用实现的。规范不仅是人格的构成，规范也是社会生活的现实规则，没有规范意识，不会用规范约束自己，不会用规范保护自己，就会影响生活和发展。当你不能用规范约束自己时，会给社会和他人带来危害和不便，要承担责任。当你的利益和权益遭受侵害时，没有规范意识就不会主张自己的权利，就不会用规范保护自己的权益和利益。第三是通过让对象认识规范在社会生活中的作用和意义实现的。规范是否完善、规范意识的有无和强弱，是一个社会文明程度的标志。一个没有规范意识的人组成的社会，是没法运行的社会，是没法发展的社会，也是野蛮落后的社会。德育通过如上的内容，可以引导人们树立规范意识，用规范约束自我。

总之，德育可以通过价值引导、动力引导和规范引导，来实现对对象的引导，使德育对象健康发展，使德育对象的发展与社会发展的要求同步，以满足社会对导向的需要。

五　指导价值

德育的指导价值来自于德育价值主体的需要，《中共中央关于进一步加强和改进学校德育工作的若干意见》指出："德育工作要与关心指导学生的学习、生活相结合，与加强管理相结合。德育工作者要深入到学生中去，通过谈心、咨询等活动，指导他们处理好在学习、成才、择业、交友、健康、生活等方面遇到的矛盾问题。"来自于德育对象自身的需要，德育对象需要德育对自己在学习、生活、发展方面进行指导；最为根本的，从德育主体自身的角度来说，是德育作为客体自身所具有的指导功能的属性。德育的指导价值与德育的导向价值，都属于德育价值的范畴，但是它们却有不同的内涵。导向价值，是用说理等有效方式，实现对德育对象在发展方向上的引导；指导价值则是指德育能够通过自己的有效活动，实现对德育对象在学习、生活、发展过程中具体问题的指导；导向与指导的根本区别在于，导向是以外在于主体的方式，体现的是社会的需要，指导则是体现着对象内在的需要。

（一）问题需要指导

德育的指导是对问题的指导，而协调价值中，我们也谈到问题，这里的问题主要不是心理问题，协调中的问题则是心理问题。

1. 首先是德育对象的问题产生对指导的需要

德育对象就目前来说，可以限定为正在成长中的学生，也即青少年。德育对象在学习生活发展的过程中，总会遇到一些问题，这些问题能否有效地解决，直接影响着他们的健康成长和发展。他们非常希望获得指导和帮助。这些问题对于不同的对象来说，有的是自觉的问题，有些是没有自觉的问题，有些对象自身能够发现问题，有些对象不具备发现问题的能力。这些问题包括：理想与现实问题。理想和现实总会有差距，是追求理想还是面对现实，当理想没能实现时如何面对现实，当理想实现时该如何选择新的理想；人际关系问题。如何认识人际关系的作用和意义，如何获得处理人际关系的能力和技巧；如何对待恋爱和友谊问题。恋爱有没有条件限制，它与友谊的区别在哪里，以及选择恋人的标准；如何面对人生的困境，如何面对竞争与发展，如何选择职业，如何应聘等等。

2. 德育对象的主体性生成需要指导

现代的德育对象一个突出的特点就是主体性强，他们不仅自己把自己看成是完整的人，而且也需要别人把他们看成是完整的人。他们希望别人对他们予以帮助，但他们不希望别人对他们的行为指手画脚。他们需要倾听别人的意见，但是不能接受别人的指令。现在倡导的尊重教育，就体现了这一点。以往的那种我说什么，你就做什么的德育方式正在消失。指导不是命令，而是提出参考性意见。尽管可能你的意见是对的，但是由于武断的命令和自以为是，可能会得到拒斥。从接受的角度说，指导也有利于接受。如果说，低幼的德育对象还可以接受你的指令外，那么年龄越大的德育对象就越需要指导，并且越成熟的对象随之而来的问题越多。

3. 德育环境的变化需要指导

如果对德育环境做现实和前瞻性思考，我们就会发现，德育正在面临新的挑战。一是社会环境的复杂化，诸如大众传媒，网络文化，社会复杂化；二是德育自身面临的变化，学校的德育内容和方式都在发生变化，学分制、弹性学制、社会化等。这些变化要求德育必须转变模式，以指导的方式来实现自己的职能，发挥自己的功能。这些所以会成为社会需要，因为对这些需要的满足与否，直接影响着德育对象的发展，对象的需要也是社会需要的构成。德育对对象进行指导，不仅以构成的角度体现社会需要，而且它本身就是社会对德育的需要。社会需要德育对象的健康发展，按照社会的需要发展，按照学生的本性发展，因而需要德育对他们进行指导。同时，对德育对象的指导，也不单纯是德育对象问题的需要，它也是德育对象人格发展的需要。指导和教育是不同的两个概念，它们可能在实际中指的是一回事，可在接受程度上是有不同效果的。由于指导教育对象主体需要的实际，因而他们愿意接受别人的指导。也由于指导不具有强制和命令性质，人们接受起来就比较自然。随着个人成熟的程度不同，对指导的要求程度也不同。在人发展的开始阶段，人需要的是指令，而不是指导。指导是在对象有一定分辨问题和处理问题的能力时，又没有达到完全能力时需要指导。在某些具有专业性质的问题或者复杂的环境面前，对指导的需求会更高一些。当人发展到成熟阶段时，由于自己对社会中的一些事物有了相当的认识和自己处理问题的能力获得提高，对指令性的内容拒绝的倾向加强。指导要求的本身，也反映的是对德育主体职能和方法艺术的要求。

（二）德育能够指导

德育所以具有指导价值，不仅在于社会需要德育的指导，对于德育自身来说，它所以具有指导价值，是因为它具有指导的功能，也就是说它能够指导。

1. 德育主体能够把握社会需要

学校的德育主体可以包括这样几部分人：日常思想教育、管理教育人员，思想品德课教学的人员，政治理论教育人员，等等。就德育主体本身来说，从事德育事业是要经过训练和培养的，而训练的内容就包括对社会需要的认知和把握。指导是什么，指导是针对问题的指导，也是按照社会需要进行指导，不把握社会需要就不能指导。

2. 能够把握对象的需要和特点，诸如对象的生理、心理发展阶段等

指导要针对对象的实际进行指导，要针对对象的需要进行指导。所谓读懂对象，就是要把握德育对象的心理和生理发展水平，把握对象的需要水平。德育主体在接受训练为德育实践做准备时，要求学习教育学、心理学、教育心理学等知识，就是为了在德育实践中把握对象，把握对象的需要，以便能够有针对性地教育指导。实践证明，只是把握社会需要，对对象的实际和需要缺乏真正地把

握，是不会进行有效的指导的。能够有效对象进行指导的人，必然都是读懂对象的人。否则指导是不会有效果的。强调德育具有科学性，就在于把握德育对象，针对德育对象的有效工作。有的人指导被接受，有的人指导效果好，有的人指导得不好，重要原因就在这里。

3.德育主体具有指导的艺术

德育主体由于工作内容、要求、素质的原因，使他们具有从事德育实践活动的能力，这些能力包括对德育对象的指导能力。对社会需要的把握，对对象的把握，为指导奠定了基础，但是这不能代替德育指导艺术。德育难，也难在对德育对象指导的方法上。

（三）德育指导方式

我们知道，德育的指导主要是对对象面临的问题进行指导，即告诉德育对象在这些问题面前应该怎么办。这些问题表现在对象的学习和生活发展过程中，因此，指导就要面对现实。

1.课堂指导

德育最重要的途径是课堂，指导也要通过课堂进行。德育课堂既要把社会需要诠释给学生，也要针对对象在学习、生活、发展中的问题进行指导。德育主体能够把学生的问题引进课堂，把不同对象的共同面对的问题揭示出来，既是能力的要求又会有好的效果。因为，德育对象对问题的解决是关注关心的，他们渴望自己的问题在课堂中被关注并且获得解决。应该说，随着德育对象的发展，他们面对的问题和思考的问题会越来越多。例如，大学生的就业指导已经逐渐进入课堂，身心发展面对的问题也通过课堂进行指导。德育科学化本身也要求日常的德育通过课堂来实现自己的活动目标。对问题的关注体现的是关心，会使对象对德育主体有一种亲近感和信任感，缩小德育主体和对象的距离，显然，这有利于德育实效性的增加。

2. 咨询指导

咨询指导主要是个别指导。德育课堂不会把德育对象面对的问题在课堂解决得一览无余，对象面对的问题也因为人格差异而有所不同，并且有些问题是带有隐私性的。这使咨询指导成为德育发展中的一个重要方式。德育的指导内容可能与育德内容本身并不一致，但是这些问题又是在德育过程中出现的，德育没有理由忽略这些问题的解决。有人把心理健康教育纳入德育范畴，可能就是考虑到了这一点。心理问题不是德的问题，但并不意味着德育可以置之不理。一方面解决这些问题有助于对象的成长和发展，另一方面在解决这些问题的过程中有助于解决关于思想政治品德问题。渗透教育、隐形教育可以发挥效用。咨询不仅体现为个体性、隐私性，而且还体现出即时性的特点，也就是说，在德育对象自觉到问题需要解决时，就可以即时地获得解决。这些特定是其他指导方式所不能取代的。就咨询指导的对象群体来说，呈渐进式。高中生和大学生由于自我意识的逐渐成熟和面对的问题逐渐增多，尤其是教育体制（学分制、弹性学制、开放式办学等）。咨询指导将随着形势的发展而逐渐发展。

3. 活动指导

活动指导是指在活动中对德育对象进行指导。德育不能离开活动，活动是德育的一种方式。活动有课堂内的活动，也有课堂外的活动。无论何种活动，德育活动都是德育实现目的的一种手段和途径。活动指导体现在对活动的组织是在主体的指导下进行的，在活动中德育主体可以根据实际对对象进行指导。所谓情境教育、体验教育，都可以理解为一种活动教育，理解为在活动中的指导。

指导作为德育的一种职能和价值，在现代社会中显得越来越重要。它会成为德育服务社会、服务对象的一个增长点。指导是对象的需要，是社会的需要，德育实践中的指导对对象和社会的满足，是德育自身价值的体现。

六 发展价值

德育的发展价值是指德育对社会的发展和德育对象的发展所具有的价值。德育的发展价值是德育价值构成的一个方面，德育的发展价值在德育价值中的重要性体现在它的目的性取向，德育的许多价值都可以表现为手段价值，而唯有发展是目的价值，发展是人类追求的目的。在社会现实中并非只有德育对发展有价值，德育的发展价值只是说德育以其特有的方式实现着自己对发展的价值。这也就是说，德育对发展来说，是必要条件而非充分条件。社会需要德育的目的是为了保护发展；德育对象需要德育的目的是为了自己的健康发展；德育把对社会和个人的发展作为自己的取向，是因为它对发展的功能属性能够满足社会和个人的需要。德育的发展价值表现在德育对发展的保护，对发展的激励，对发展的引导上。

（一）保护发展

1. 德育对发展的保护表现在它以规范保护发展的目的性取向

不能否认，德育具有规范社会生活的职能，但是规范生活的本身不是目的，在规范生活的背后显现的是社会和个人的发展。没有规矩不成方圆，社会生活不能没有规矩。人由于自身的能力所限和情感所需，使它必须与人合作，不合作既不能生存，也不能发展。合作就有一个合作的规范问题，像游戏要有规则才能使游戏进行一样，合作也必须有规范。自从人类社会存在到现在，规范就一直与人类相伴，而且随着社会发展的进步和复杂化，规范也越来越多。文明社会是规范调节的社会，规范是文明社会的标志。当人们对社会规范无所顾忌时，社会的发展就受到了威胁。当社会规范被破坏到一定程度时，生存和发展也就达到了崩溃的边缘。中国的"文化大革命"使社会规范体系被打乱，人们没有了遵循，没有了约束，不仅发展没有可能而且生存也受到了威胁。这个教训是深刻的。人类设立的规范，虽然以对社会生活的约束和规范的形式存在，但是它的目的却是发展。"一个民族所遵循的道德，其目的在于使该民族能够生存下去。"[①] 社会为了保护发展，一方面用规范调节社会生活，另一方面，社会也需要德育来实现这样的目的，"德育具有维护和保证社会正常运转的规范作用。德育教人以德。德者，说到底，是诲人以'和平''共处'关系"。[②] 和平共处为什么，也是为了发展。

2. 德育对发展的保护也表现在它传输的规范所具有的保护发展的功能属性

毋庸置疑，德育要传输社会规范，要培养人们的规范意识，进而规范人们的生活。德育的一切价值都是通过它作用于对象来实现的，德育的规范价值也同样体现在它作用人的价值。规范能够规范人的行为，通过规范使社会生活呈秩序状态，因而它具有秩序价值。社会生活的秩序化，虽然并不一定意味着发展，但是秩序是发展的必要条件，没有规范，没有秩序就不能发展。社会发展进程中，常常会有规范更替的现象。新旧规范的更替，显示的更是规范的价值，规范它与发展同步，发展没有规范的保护就不能发展。这也是社会发展进程中，人们为什么重视规范的根由。我国由计划经济体制转向了市场经济，适应这一变化，有些法律规范变了，有些道德规范变了，为什么？就是因为规范对社会生活有规范功能，就是因为规范有着对发展保护的功能。

3. 德育对发展的保护体现在它通过规范对对象发展的保护

德育让人们有规范意识，用规范约束自己，用规范保护自己，实现着对对象发展的保护。其实，在德育对社会发展的保护目的取向中，天然地包括对对象的保护意蕴。可见，德育不仅以规范

---

① 涂尔干：《道德教育》，上海人民出版社 2001 年版，第 385 页。
② 张澍军：《德育哲学》，人民出版社 2002 年版，第 101 页。

的目的性取向保护发展，而且还以规范的功能来保护发展。需要进一步指出的是：德育对发展的保护，还表现在对发展方向的规定上。这一方面表现在对发展方向的规定来实现，一方面通过对人的素质构成的规定来实现。其一，德育或者是德性的重要性就在于对发展方向的规定性上。人有发展的愿望，人有发展的能力，但人的发展有一个方向的问题。如果把社会和人分别都比作一架马车的话，这车的动力规定着车的速度，而这车的驭手则规定着它的方向。这个车没有动力不能前进，而有了动力没有方向同样不行，没有方向就不知驶向何方。德育通过对社会和个人发展方向的把握，规定着发展的向度。德育以对人类的和社会的共同价值观念的论证，实现着对发展方向的规定性。这个共同的价值观念被称作为"社会资本"。① 例如，克隆技术能否应用于人的问题、核武器使用问题等等。其二，德育对发展的规定性是通过对人的素质的发展实现的。人的全面发展问题目前被摆在了一个非常突出的位置。促进人的全面发展成为社会发展的目标。"着眼于促进人民素质的提高，也就是要努力促进人的全面发展。这是马克思主义关于建设社会主义新社会的本质要求。我们要在发展社会主义物质文明和精神文明的基础上，不断推进人的全面发展。"② 人的全面发展即是人的素质的全面提高，"思想政治素质是最重要的素质"，这是社会对人的素质的要求和标准。一个人具备了包括思想政治素质在内的全面素质的发展，才能是全面发展的人。当一个人缺少思想政治素质，那么就不是一个全面发展的人。一个不是全面发展的人，他在社会上就不会有一个好的发展空间，甚至于没有发展空间。这个被称为思想政治素质的德性，既是德育的一个目标，也是它对人的发展的一种规定。

---

① 福山：《大分裂》，中国社会科学出版社 2002 年版，第 16 页。
② 江泽民：《"七一"讲话》，中国社会科学出版社 2002 年版。

（二）激励发展

"激励，就是激发鼓励，通过各种形式的外部刺激，使人们产生一种奋发向上，士气高昂的进取精神"。[①] 德育的激励发展，是指德育通过各种有效方法激发和鼓励德育对象的发展。德育的激励发展表现为需要激励，成就激励，目标激励。心理学的研究表明，人需要产生动机，动机产生行动。人如果没有发展的需要，也就不会有发展的行动。发展需要的欲望越强烈，发展的行动就会越积极，进而也就能够实现更好的发展。德育的实践过程事实上就是一个不断激发德育对象发展需要的过程，就是一个不断提高德育对象需要层次的过程。德育的成就激励，是指德育通过他人的成就和德育对象自己的成就，实现激励德育对象发展的目的。他人的成就可以实现对发展的激励作用，他人的成就所以激励自我发展的作用，是因为人具有的竞争意识。他人能够有如此的成就，我也要有成就。人类的发展虽然不能离开自我对发展的追求，但在很大程度上是由于竞争的需要。没有竞争，人类至少不会有今天的发展成就。德育过程中的自我成就激励更显重要，它表现为，既要培养德育对象的成就意识，又要使德育对象对自我的发展有成就感。现在兴起的成功教育和尊重教育，就是成就激励的具体体现。它使每一个德育对象都能认识到自己能够成功，自己已经成功，自己还能够取得成功。自我成就激励既是一种肯定鼓励，也是一种定向的心理暗示，这种暗示的效果已经被经验所证明，因而也成为教育过程的有效方法。德育的目标激励，是指德育通过社会发展目标来激发对象的发展意识，是指德育通过德育对象自己树立发展目标来发展自我的行为。德育的目标激励，既是一种外在的目标吸引，又是一种内在的动力激发。说到底，是德育在激发德育对象的发展动力，这

---

① 张耀灿：《思想政治教育学原理》，高等教育出版社 2001 年版，第 76 页。

在一定意义上可以说是德育的动力价值。"学校德育对学生健康成长和学校工作具有导向、动力、保证作用"[①]。德育的需要激励，德育的成就激励，德育的目标激励，目的都是为了激励德育对象的发展。

（三）引导发展

德育对发展的引导包括三项内容，即发展需要引导、发展目标引导、发展要求引导。

1. 发展需要引导

需要激励反映的是激励对象的需要，发展需要引导体现的是把发展作为需要。这是德育经常运用的方法，它要告诉人们的道理是，一个社会和一个个人都要发展，这既是一种趋势，又是一个过程，也是一种客观实际。所谓"发展是硬道理"说的就是这样的道理。人类的发展需要，根源于人类实现自我超越的一种本性，根源于人类征服世界的愿望，同时也根源于人类的竞争发展的天性。实现自我超越是想把自己的全部价值全部能量释放出来，征服世界的目的在于满足自己的生存需要和好奇心理，竞争发展既是合作的方式也是为了追求卓越和优胜。人类对发展的追求从来就没有停止过，有谁放弃了发展，几乎就是在放弃自己的人类资格。德育必须在自己的内容上和课堂里写上"发展"这两个字，任何一个国家和民族的德育内容都不会缺少对发展需要的客观引导。德育对发展需要的引导，并不是让人们以冷漠的心态和仇视的心理对待世界和他人，而是为了让人们认识客观存在和发展需要的现实。德育发展目标的引导，使德育对发展的引导更趋具体现实。不同的历史时期有不同的发展目标，在发展目标上凝聚着社会对发展的需要和希望。

---

① 《中国普通高等学校德育大纲》1995年。

2. 发展目标引导

发展目标引导,并不是简单地用德育的目标来引导德育对象的发展,而是德育用社会发展目标来引导德育对象的发展。但在理论上讲,德育的目标所要达到的结果与社会发展目标应当是一致的。同样这也不简单是德育对象的目标,德育对象的目标是德育通过自己的工作让德育对象自己树立的目标,它被包容在德育工作的目标之中。可见,德育发展目标的引导在这里三者统而为一。这既是社会的目标,也是德育活动指引的目标,因此也应是任何一个有志青年所要确定的目标。德育如何实现用发展目标对德育对象的引导?德育要把社会的发展目标传达给德育的对象,让他们不仅知道社会的发展目标,而且还要让他们知道社会对人的发展目标的理想设计和期望。这些发展目标对任何人来说都是带有导向性的目标,因为人们在社会中生活,不能不知道社会的发展目标,如果不知道社会的发展目标,就没法设定自己的奋斗目标,因为脱离社会实际需要的发展目标是不会实现的。比如我们现在的小康目标和现代化目标,就是任何一个追求发展的人都必须清楚的。这既是社会的目标,也是德育活动指引的目标,同时也应是德育对象应该确立的目标。

3. 发展要求引导

社会和个人发展一样,仅仅有发展目标是不行的,还必须有实现目标也即从现实走向理想的条件。现实是此岸,目标是彼岸。发展就是要过河,要从现实达到彼岸,这就需要有过河的条件,而这条件也就是过河的要求。具体到发展要求的引导实践之中,就是要把实现社会发展目标的具体要求也即对人的素质要求告诉给德育对象,以此来实现为过河创造条件的目的。目标要求在实质上是一种实现目标的条件,其一是实现社会发展目标的条件,其二是个人在社会发展目标的背景下实现自我发展目标的条件。明确了实现目标要求的条件,人们就会自觉地为创造目标实现的条件而努力。德育对发展的引导,是德育自我发展,是德育对象发展,是社会发展的客观需要,德育如果放弃对发展的引导,也就会使自己失去存在的必要性。

总之，德育对发展的价值，是德育对社会和个人即德育对象发展的价值。德育通过对发展的保护，对发展的激励，对发展的引导，来实现自我的发展价值。德育的发展价值是德育的终极价值也是它的最高价值。德育必须把发展作为自己的"第一要务"。

德育具有发展价值，德育要把发展作为自己的要务。为了达到这样的目的，德育也有责任让人们认识正确的发展理念、认识发展的现实走向，认识发展的路径。

发展既包括经济和政治的发展，又包括文化的发展，文化既是社会发展的内容，又是社会发展的灵魂。因此，追求发展必须高度重视发展的文化理念。文化包括理念、知识、行为模式和物化的文明成果。理念不仅是文化的内容，而且是文化的灵魂。理念虽然不能直接决定社会的发展，但它可以通过影响人的行为与取向来加快和延缓社会的发展。这是人的意识能动性和理念所具有的特殊功能的体现。社会的发展离不开文化理念的指导，没有文化理念指导的社会发展不可想象。中国改革开放的二十几年，社会经济和生产力所以发展得快，在较短的时间里解决了十几亿人口的温饱，并基本达到小康社会的标准线，就是因为我们解放思想，实事求是，与时俱进，确立了先进的文化理念。"发展是硬道理"，"发展是第一要务"，在发展理念的指引下，我们确立了有利于发展的利益机制，坚持效率优先兼顾公平的原则，"尊重劳动、尊重知识、尊重人才、尊重创造"，承认人的能力、人的态度、人的理念上的差异导致的财富占有量的差别的合理性。这实质上是确立了尊重人、尊重规律、尊重人的发展程度的先进文化理念。可见，先进生产力的发展离不开先进的文化理念。在社会变革加快，全面建设小康社会，开创中国特色社会主义事业新局面的今天，全面贯彻"三个代表"重要思想，与时俱进，我们更应该倡导先进的文化理念。首先，要倡导人的发展理念。社会是人的社会，人是社会的主人。人类社会的发展在任何时候都是人的发展，都是由人的发展决定的。没有人的

发展就不会有社会的发展。人类文明阶段的划分是以人的发展程度
为依据的，人类文明发展的每一阶段都以物化的形态记录着人的发
展程度。我们通过一个时代的文明成果可以反观人自身的发展，因
为文明成果就是人发展程度的对象化。同样的条件同样的背景之所
以会产生不同的文明成果，原因不是别的什么而是由人的发展程度
的差异造成的。我们说发达国家发达，我们说先进国家先进，他们
先进发达在哪里？我们可以说是他们的物质文明和精神文明比发展
中国家发展，但实际上是他们的人比发展中国家的人发展。这些发
展的差距表现在人认识世界和改造世界的能力上，它具体表现为人
的理念、人的知识、人的能力的发展甚至是人劳动态度的差距。这
是客观存在，不这样认识问题就不是唯物主义者，就不是实事求
是。当我们把这样一种观点投向国内的不同地区或者不同人群时，
我们就会发现在先进和落后的背后也有人的发展的差距的存在。有
些地区富了有些人富了，富在哪里？富在这些地区这些人的理念、
知识、能力的发展。有些地区有些人贫穷，穷在哪里？穷在这些地
区这些人的理念、知识、能力不发展。当然，地区之间在资源文化
条件上的差异也影响发展的进程。但是，发展与否最根本的还是由
人的发展状况决定的。同是这片土地同是这条河流同是这片蓝天，
为什么过去我们不行而现在行了，为什么现在有人行而有人不行，
难道不是由人的发展程度决定的吗？张瑞敏和柳传志他们能把事业
做大，不是由于别的什么而是由于他们的理念、知识和能力的超越
式发展。我们发展先进文化，代表中国先进文化的发展方向，必须
大力倡导人的发展的理念。没有人的发展就没有事业的发展，就没
有社会的发展。倡导人的发展理念，就是要把人的发展摆在首要位
置上，一切以人的发展以有利于人的发展为目标。人既是手段又是
目的，无论是把人作为手段还是作为目的，都要以人的发展为中
心，都要发展全面的人，都要促进人的全面发展。其次，要倡导发
展靠自我的理念。发展是一个动态的过程。发展的前提是存在。因
此我们说发展靠自我实质上就包含着存在发展靠自我的意思。发展

靠自我的前提是自我的存在。没有自我的存在，就不能谈及靠自我发展。这个自我是以个体为单位的自我。个体以自我为单位在人类历史上是一个漫长的阶段。按照马克思主义的观点，人类从原始社会解体到共产主义之前都是这样一个阶段，即人对物的依赖阶段。这个阶段相对于原始社会人对人的依赖阶段来说，人的发展比较成熟了。人只有发展成熟并且完整才能自己独立，自己管自己的事。人在什么时候在什么条件下不能自己管自己呢？人在幼年和老年时或者是残疾时不能自己管自己，而人一旦成熟就能够独立，就能够自己管自己的事。人作为世间的存在物虽然是高级动物，但人也必须靠自己来发展，正因为人是高级动物，人依靠自己的程度更高于一般动物。问题在于，人自己管自己的事公正吗？人自己不管自己的事，不靠自己来发展出自我，难道有别的什么人来管你的事，有别的什么存在物来发展你吗？没有。人自己管自己的事、自己发展自我是天经地义的责任。当然我们说人的独立存在、自己管自己的事、自我发展，并不是说人离开社会在社会之外存在，是说人在社会中靠自己、不依赖别人存在。人与人之间的互相交换式的帮助并不能改变自己管自己的本质，合作是为了更好地发展自我。无论是合作还是以个体的形式，本质的东西是权利、责任、利益的明晰，劳作态度、劳作能力和利益的直接联系。至于采取何种方式发展自我，这都是自己的权力。我国的改革最早是从农村开始，也最早开始了人的依靠自我发展的存在方式。农村联产承包责任制是把个人劳作态度和能力与个人的收益紧密联系起来。进入市场经济阶段，这种存在方式的特征更加明显了。自我经营，自我管理，自我约束，自担责任，自我发展。通俗地说，就是自己管自己的事。中国革命和建设这么多年，我们在让人们讲奉献的时候，忘记了让人们自己管自己，而是自己管别人，别人管自己。突然间让自己管自己时有些不适应。究竟应不应该自己管自己的事，自己依靠自己发展。这是很容易理解的道理，因为你自己不为自己，不管自己的事就必然要由别人来管，或者说是互相管，其实人首先应该管好自己的事，自己应该靠自己的本事发展。我们必须让人认识人自己管自己的正当性，依靠别人不行。依靠别人发展自我，既是把自己摆在了发展不充分的位置上，也把自己摆在了依附别人的位置上。历史已经证明依靠别人不行，只有自己行才行。无论是从内因外因的角度还是从造血输血的关系上，都是这样的道理。国际歌中的"要创造人类的世界，全靠我们自己"。中国有句古话，叫"天行健，君子以自强不息"。意为人应该自强自己把握自己的命运。无论是什么理由，无论是环境因素还是资源限制，抑或是文化因素，都不会解脱自我发展的责任。我们社会主义的优越性就在于为你自己提供良好环境，就在于能在你困难时推你一把，而不是包揽你的一切。我们只有认识发展靠自我的道理，树立发展靠自我的理念，才能放弃幻想，更自觉调动自己内在潜力来发展自己。发展凭能力的理念。在人对物的依赖阶段尤其是市场经济阶段，发展靠自我是人们的基本存在方式，并且它还是凭能力发展的一种存在方式。这种存在方式为人们能力的施展提供了充分的自由空间。市场经济是自由经济也是效益经济。我们为什么选择市场经济，就是因为它为人们施展才能提供了自由，就是因为它能为社会发展带来效益。人们在市场提供的可能空间中，可以充分地施展自己的才华和能力寻求发展，可以凭自己的能力态度来获取利益。也正是因为靠自我凭能力这样一种方式的存在，才使社会加快了发展速度，致使有些地区发展快了有些地区发展慢了，使有些人发展快了有些人发展慢了。为什么会出现这样的差距？这个差距存在的前提和背景就是社会的发展。当一个社会发展慢时，人们的发展速度相差无几，收入也都比较平均。而随着社会经济发展水平的提高，收入差距逐渐扩大，而且发展速度越快，这种差距也就越大。"文化大革命"期间人与人之间差距小在于社会发展慢，现在社会发展快因而发展差距加大。那么哪些地区发展了哪些人富了？从总体上看还是有知识有能力有头脑勤劳的人富了，是文化理念、知识能力发展发达的地区发展快了。这些地区发展了这些人富了是一种正常现象，有能力任劳任怨的人不发展不富公平吗?! 我们为什么发展慢，为什么有些人穷？有地域的原因，有资源的原因，更为根本的是个人能力上的原因。同样的条件为什么有的人行有的人不行，过去不行现在行，还是在于人的能力素质上的差距。这是公平的。我们现在有些人还留恋过去的平均主义大锅饭，留恋过去没有差距的贫穷，留恋过去的计划经济。之所以如此，一是对自己缺乏自信，二是还没有树立起靠能力发展的理念。过去的平均主义大锅饭，大家在一起有能力和没能力的平均分配不公平；大家集在一起有能力的人的能力受到限制得不到发挥，不利于发展。我们现在有些人看惯国外人富，看不得自己邻居富，外国人富我们能接受，本国人和自己的邻居富我们接受不了。实际上无论谁发展谁都是凭能力的，我们从内因外因的关系上，从造血输血的道理中可以反证这个命题。不管是什么原因导致我们没富，都不能成为抱怨我们发展慢和贫穷的理由。我们还要靠自己致富，靠自己的能力致富。

总之，在社会发展进入人对物的依赖阶段，人的发展，人靠自我发展，人靠能力发展已经是一种现实和必然趋势。我们要发展社会生产力，就要大力倡导先进的文化理念，就要大力倡导人的发展理念，靠自我发展理念，凭能力发展的理念。

（四）人的全面发展的现实走向

人的全面发展是目前社会现实生活中使用比较广泛的理论学说。尽管社会生活层面不同，但凡涉及人的领域，都极力标举人的全面发展，但真正与人的全面发展关联最密切最现实的还是教育界。一是教育界是培养人的事业，是发展人的事业；二是关于人的全面发展的理论最先还是在教育界被关注的。我国教育领域从20世纪50年代起经过80年代到90年代，一直是讨论热烈。在讨论中各派观点林立，各持己见，应该说直到现在也没有获得统一的认识。这种现象虽然给理论本身带来困惑，但这也给人们的想象和实践留下了充分的空间。不同时期，不同学科会从不同角度解释它，即便这样，我们认为在现实中对人的全面发展理论进行一番别有情境地讨论，或许有助于人的全面发展的实践。

我们认为，人的全面发展理论是马克思主义对人的发展状态的理想化设计，是人类社会发展的目标，按照马克思的本意只有到了共产主义社会才能够实现人的全面发展。按照人的全面发展的字面理解，它可以是所有人都发展，也可以是人的所有方面都发展。这两种发展只有程度上的差异，无法达到一个让所有人都满意的境地。但是有了这样一个目标，我们可以向这样的目标方向努力。可能正是这个目标和现实之间的差距才促使我们不断努力实践人的全面发展。

我们知道，教育确实是发展人的事业，教育如何理解人的全面发展理论，将直接关涉到人的发展。当然，发展人既不单是教育的任务，也不单是某一社会机构的职能。从一定意义上说，人类社会的一切活动都是在发展人，它们或间接或直接地发展着人。但是，在诸多承担发展人的社会机构中，教育则是最直接的最现实的。社会赋予学校教育发展人的使命，并且把教育的发展作为自身发展的手段和标志，这样一来，教育如何理解人的全面发展，不仅影响着人的实际发展，而且也决定着自己社会职能发挥的程度。

在教育发展的过程中，我们有过把德智体的发展作为人的全面发展同义语的历史。建国初期我们制定教育目标和方针就是这样理解人的全面发展的，我们的教育方针是使受教育者在教育、智育体育几方面都得到发展。人的发展是教育发展的目标，这应该是不成问题的。就人的全面发展来说，发展人的德智体几方面也不应该是问题。我们觉得，在关于人的全面发展理论讨论过程中，有不同主张，最根本的是肢解了人的全面发展理论。事实上的发展理论或者说实践中人的发展是表现为不同层级的。20 世纪 80 年代初期有的学者提出了能力说的理论，认为德智体不是人世间的全面发展的内涵，而是发展人的能力，"能力全面发展说"虽然也说出了人的全面发展的要求，但我们认为相对于德智体来说它只是下一层次的全面发展。就人的全面发展理论从教育界来看人的全面发展，德智体应该是人的全面发展的第一层次内涵。德智体对人的全面发展的表述虽然不全面，但它是基本的内容，它从人的物质形态发展的体，到人的动力势能的智，再到人的尊严感和方向感的德，三足鼎立式地构成人的框架。无论是社会整体还是社会个体，如果某一方面畸形发展，就不是全面发展。没有良好的健康的体魄，就使智育和德育失去了存在的基础，而没有发达发展的智力，空有体魄健壮的人既不会使社会发展也不会使自己富足。而有良好的体格和发达的智力，没有人性的良知就会迷失方向。因此，说这三面构成人的发展的第一层的内涵应该是可以被人们接受的。德智体的发展不仅意味着德智体各方面都要发展，而且还意味着这三者的均衡发展，不能忽略某一方面。在我国教育发展历史中，有过重智育忽略德育的年代，也有过只重德育忽略智育的"愚昧时期"，这都使我们的发展为此付出了代价，甚至是沉重的代价。人的全面发展就德智体三者的摆位来说，要均衡发展，不能忽略某一方面，就教育整体来说是这样，就教育对象个体来说也是这样。但是，这些不能影响德智体在人的发展中各自的位置和权重。就人类发展和文明的核心来说，智力的发展是人的全面发展的核心，人的德性发展和身体的发展虽然具有各自独立的意义和价值，但就三者关系来说，它都是为了保证智育的发展而存在的。这里涉及文明的核心问题。虽然，人的全面发展就是为了发展人的文明，使人成为文明的人。而文明的核心问题其实就是人的理想和智力的发展。人类理想和智力的发展不仅使改造自然社会成为可能，同样也使人学会改造自我。改造自我，使自我具有德性，正是人的智力和理性发展对人提出的要求。也正是人的这种要求才使人具有了德性，正是人类智力的发展才推动着和带动着人类德性的发展，人类发展的历史和衡量人类发展程度的不是别的什么，而是人类智力发展的程度，正是智力的发展才使精明的人类把文明写满世界的各个角落。如果说德性源于人性的必然，不如说德性源于人的理性的精明算计和对人类命运的终极关怀更为确切。我们同先进国家发达国家的差距在哪里，我们可能从不同方面找出差距，最根本的是我们的科学技术发展慢了，科学技术是什么，它不过是人的理想和智力发展程度的物化形态。发展中国家和发达国家的差距在这里。不这样认识问题，就不是一个真正的唯物主义者。

德意味着人对自己本性的控制和对自己发展方向选择的能力。德性是人的理性的延伸。德是人的发展和社会发展所不可缺少的品行，一个人没有了德，也就丧失了人的本性，一个社会如果没有了德的感召，任何强制的规范和约束都将失去意义。因此，人的发展不能缺少对德的要求。德在人的发展体系中，首位的价值在于它能把握人前进的方向，以使自己不至于在复杂的甚至是功利诱惑面前迷失方向而保持清醒头脑，不丧失人之为人的本性和尊严。这里的把握和控制，一方面包括个人与他人关系的把握与控制，另一方面包括人与自然关系的把握。人与人之间的利害关系和利益关系，甚至于人的秩序要求，都是德育首位价值的内涵。德的另一层价值在于它能为个人和社会提供精神动力。这里的精神动力是指德能够通过正当正义，应当等价值选择。为人的追求寻求目标，一个有德的人必然是具有责任心的人，为社会为他人做有价值有意义的事，这都是德的感召力量。德虽然是人的发展过程中不能缺少的内容，虽然具有把握方向，定位人生，提供动力的价值，但它永远也不能超越智育所具有的动能价值。

体是指人之身体。它是人的德与智的物质承担者。它在人的发展中绝不是有没有、身体如何、行与不行的意义，而是好的身体或差的身体状况的意义。它不仅直接影响着智和德的发展，而且它自身就是发展的指标。人类仅把自己的身体作为工具的价值已经成为过去，人类越来越关注自己身体发展的状态。正像健身是人类生活的内容而不只是生存的手段一样，人的身体的健康发展也是人的发展的内容与手段的统一。

　　总之，人的全面发展在教育视野内的第一个层次要求就是德智体的全面发展。这应该是有人类共同性的，尽管不同文化传统对德智体的内容表述可能不同，但内容实质都是一样的。对德智体发展要求，这是人类对人的发展的客观要求。在教育实践中如何摆位这三者关系，在人的发展中如何根据实际突出重点，这既是教育艺术的要求，也是人的全面发展理念的现实观照。客观地说，我国把人的全面发展理解为德智体的发展虽然并不完全，因为它还有其他学科的特定意义，但在教育系统内这个内容体系不仅是现实的也是科学的。由于在教育实践中对三者关系摆位不同，侧重点不同，不仅造成了教育模式上的差异，而且也导致了社会发展上的差异。因为人的发展靠教育，人的发展又影响着社会的发展。教育培养社会需要的人，才能促进社会的发展，反之就会影响社会的发展。我们寻找发展的原因时，看到了教育模式对人的也是对发展的影响。所以，虽然强调德智体可以是人的全面发展的第一次内涵，但同样是第一层内涵的不同侧重的教育，肯定会产生出不同的发展程度的人，不同的社会发展水平。我们这样说也绝非是说教育可决定社会的发展，而是说教育可以通过培养人，培养全面发展的人而影响社会的发展。这就是教育服务于社会的能动性的限度。客观科学地把握人的全面发展第一层次内涵，对于下一层次人的全面发展内涵把握会有帮助。

　　人的全面发展的第一个层次内涵是德智体的全面发展，而再深入下去，我们就会发现知识与能力的关系，或者说如何发展人的能力，是人的全面发展的又一层次内涵。关于知识和能力的关系问题，在我国教育史上也进行了长期的争论，讨论的基点是知识重要还是能力重要。结论是显而易见的，必然是知识和能力的统一。但是，在我国教育实践中确实存在着重知识轻能力的倾向。我们前些年轰轰烈烈的素质教育至今方兴未艾，素质教育要解决的是两大基本问题，一是知识与能力的关系问题，二是知识覆盖面的问题，这辅之以专业化弊端的讨论。知识与能力的问题所以能在素质教育过程中重被提起，是我国社会对教育反思的结果。我们的教育从小学、初中、中学到大学都过分注重知识的传授和吸收，而不注重实践能力的培养。这种重知识吸收而不注重应用的教育模式不仅使我们的教育对象实践能力差，而且创新创造能力也差。这是我们通过中外教育发展现状进行比较得出的结论。在我们的学生尤其是中小学生与美国等发达国家学生进行知识类竞赛时，我们总能得到好的名次，而当这些学生走上工作岗位，进入实践领域之后，我们忽视能力教育的教育弊端就显露出来，我们创造创新能力明显逊于被我们称之为重能力重实践教育出来的人。这是有多方面证明的，并且也为我国教育界和社会各界所认同的事实。正是在这样的背景中，我们在教育中大力开展了关于培养能力的教育实践。

把培养提高人的能力作为人的全面发展的又一层内涵，正是针对实践中对人的能力忽略的现象而开展的素质教育。这里的能力主要是指把知识应用于实践的能力，暗含着创新创造能力，如果实践能力仅指应用能力，那不过是复制知识的能力而不是创造的能力。在这个意义上所说的能力并非不重要，而是与创新创造比起来不重要，并且也不是我们的真正差距所在。知识本身并不是不重要，没有知识也就无法展现能力。知识或者说掌握知识本身就是一种能力，问题在于，如何将掌握的知识活化起来，利用这些知识能够进行创造，这才是我们追求的真正的能力。我们要学习、传授知识，知识本身并不构成对能力的阻碍，阻碍我们把知识转化为能力和创造的是我们教育的理念。我们相信知识越多越有坚固的基础越会有创造的可能。事实上，并非是掌握知识越多的人创造能力和应用能力越强。创造能力创新能力抑或是实践能力强的人，倒是那些掌握了必要的知识而思维活跃的人。经验告诉我们，知识与能力并不必然成正比，这里的问题是，知识的积累在什么情况下才能满足创造的需要，也就是说什么样的知识是必需的。无论如何，我们讲人的全面发展，就是要在发展人的知识的同时，发展人的能力，知识能力发展，是人的全面发展的一个内容。

　　在讨论人的全面发展时，我们认为还有第三个层次的问题，即德智体和知识能力之外的问题——知识的覆盖问题。我们一谈到人的全面发展，似乎就是一个人什么样的知识都要具备，这样才能够有创造创新，才是全面发展。文科也行，理科也行，样样都行这才是全面发展。事实上，一个人未必是科科都行，才是全面发展的人。假如说涉及人的全面发展的前两个层次是应该允许有折扣的。实际上一个人的知识覆盖面并不是要求得百分之百，也并不是每一科都可以是均衡的。据说有一些专家学者并不是学科发展平行推进的，但这并未影响他们的创造发明，据说有一些有创造的人，在他们提出创造知识领域内并非达到了精通的程度。记得大连理工大学的一位学者曾说过极富哲理的一段话，大意是，一个求婚者不可能在认识全国所有的姑娘之后才选择对象。苏格拉底的麦德说也是这样约束人的。人不可能穷尽天下所有的知识才去创造，如若那样，人一辈子什么也不用做了，只要学习就可以打发一生。我们不否认知识丰厚对于人的意义，我们所强调的不是不要全面发展的知识，而是说未必任何人都等齐划一。人可以在自己选择的领域自由发展，而不是完全按照他人的意志去发展。人的精力是有限的，人也并不是可以适合做任何工作的。说人的全面发展更不是说所有的人都发展同一方向，大家都干一件事。人要真是发展到那一种地步，不仅不是全面发展，而且是人的悲哀了。只有在社会生活中从不同方面发展，社会才会呈现出生机勃勃的景象，这样说来，人的全面发展就是一个社会性的概念，他是指社会中所有人的不同方面的发展，才能够成为人的全面发展。

　　以上我们是在教育界谈论人的全面发展，然而人的全面发展又不仅是教育概念，在政治经济学、哲学和科学社会主义的理论中，也都不同程度地主张人的全面发展学说。在社会界面上谈论人的全面发展，有针对社会分工的成分。随着科学技术的发展，人类的社会分工越来越细化，这是一种历史趋势。人类的精力和时间是有限的，不可能在有限的时间里能做所有的事。消灭社会分工的理想是有乌托邦性质的。

人的全面发展理论既具有合理性又具有不合理性。说它合理，是说人类进步的趋势使越来越多的人获得发展，人的发展内容越来越充实。尽管这存在着发展程度上的差异，但终必是发展的走向。无论人类历史的道路有多长，人的发展程度总会不断深入全面。我们说人的全面发展不具合理性，是说无论社会发展到什么年代，社会分工也不会消失，人的全面发展只是具有相对性。只要我们承认人自身存在着差异，人的全面发展就只能是相对的。这就像相对真理的绝对真理的关系一样，发展是一个永恒的概念，但全面发展则是有条件限制的，永远不会达到全面发展的极致。

人的全面发展包括人的权力意识和责任意识的发展，这是政治学的概念。在社会主义政治建设中，人的全面发展也是一个目标，它是推进社会主义现代化建设的必然要求。

人的全面发展涉及的诸多领域，尽可以高乎如何使人能全面发展，但唯有教育界对人的全面发展的理解与把握有着比较精确的指数。教育的实践需要为人的全面发展做辩解。教育界人的全面发展，从正面来说就是德智体全面发展，知识和能力的全面发展，而从负面来说，人的全面发展不是人什么都发展，也不是所有人都发展某一方面。值得特别提出的是对人的全面发展的社会层面的理解，人们感到了它的相对性甚至是乌托邦性质。这源于人们对人的全面发展理解的偏差。人们援引马克思的学说，但马克思关于人的学说并没有为人的全面发展下定义，因而造成了人们盲人摸象的感觉。仔细想来，人的全面发展无论是作为一种科学，还是一种实践过程理论，对于我们今天的教育实践，对于我们的民主政治建设都具有重要意义。认真地把握关于人的全面发展的理论，对于搞好我们的教育事业，对于促进人的全面发展，对于搞好民主政治建设都是必要的。

至于到底应该在何种意义理解人的全面发展理论是客观的，科学的，现在还不能有统一的见地。我们相信，随着人的发展实践的深入，随着时间的推移，我们对人的全面发展的理解将会更加深入。

（五）人的全面发展的途径

人的全面发展是个具有多层内涵的概念，它既涉及教育，也涉及社会，既是教育发展的目标，也是社会发展的目标。从教育的层面说人的全面发展，是把德智体的发展，知识与能力的发展，个性的发展作为发展的内容指向。它不是指具体个人什么都发展，事实上无论社会进步到什么程度，也不会达到一个什么都能做的程度；也不是指社会所有的人像克隆人一样，统统一个模式，统统发展同一内容。从社会的角度说，人的发展更是一个历史过程，人的全面发展具有相对性的意义而不是绝对的指标。但是，无论如何，只要我们清楚了人要全面发展，就为如何发展人奠定了基础，我们可以在这样的基础上为实现人的全面发展的理想而努力。

在社会领域内，与人的发展相关联密切的是教育，因而发展教育事业，利用教育的有效途径实现人的全面发展，就成为我们的首要途径。教育能培养人的品行，能发展人的智力，教育也能促进人的体魄的健壮，这些是人类社会发展中教育实践的经验所证明的。教育的有效性是教育社会价值的根本性所在。教育万能论者和教育决定论者虽然过分夸张教育的作用，但这都是教育在人的发展中的作用，而不是说教育可以决定社会发展。教育能够教育人以实现社会目的，这是可证的。问题是社会教育的失败是教育本身的失败还是教育对象的本性不能改变。学者们认为主要是失败的教育而并非是人不能教育。这样一种学说旨在给教育增加砝码，同时也在张扬教育的价值和地位。教育的有效性可以被证明，教育的失败由于没法重复而不能被证明，因为你无法证明一个没有教育好的人走向了反面，而重新教育还能像原初一样。

教育发展人的德智体，我想这是人类教育的永恒课题。这要求教育的方针要把德智体摆在同样重要的位置上去发展。同样重要的位置意味着在教育对象身上，要根据发展的程度来选择重点，而不是平等地施加压力。教育的最核心内容是发展学生发展人的智力，在发展智力的同时发展人的德性。这是教育的灵魂。我们强调德的重要性就在这里，因为智力发展没有方向就成了废旧的无用的甚至起到相反的作用。发展体育是发展人的身体，也是人的发展不可忽略的内容，它是人的发展的基础。同时也是人发展的指标。

摆正知识和能力的关系，是实现人的全面发展的一个原则。教育要通过知识的传播来发展人的能力，能力是在实践中应用知识解决问题的能力，人类吸收知识虽然有传播和探求奥秘的意义，但更多的是为了实践。人的能力离不开知识，但知识能否转化为能力，则是教育的难题。知识是能力的基础，能力是知识的应用。但是，知识并不总是能转化为能力。把知识转化为能力的奥秘目前还没有完全被人们解决。人有多少知识就能实现创造，这个机制是我们应该探寻的。我们曾以为知识越多能力越强，基本功越扎实人越有发展，事实严肃地教育了我们并非如此。然而，无论如何我们要在教育实践中关注知识能力的关系，知识向能力转换。在发展人的知识的同时，发展人应用知识解决问题的能力。人的这种能力的发展，不仅涉及人自身发展的问题，而且还涉及社会发展的问题。说人解决问题的能力，就是在社会发展中解决问题的能力。一个社会的主体，如果解决问题的能力增强了，那么这个社会就会快速发展起来。社会发展历程总是表现为一些问题需要解决，例如社会生产力问题、社会化大生产如何克服小经济问题、环境污染问题等等，这都影响着社会的发展，这一系列问题的解决就会推进发展。教育发展的两个向度——即人的发展和为社会服务，这两个方面都需要人的能力发展。人的发展指数包括人的能力的发展，社会的发展更需要人的能力的发展。

个性发展和共性发展的关系，也是人的全面发展需要处理好的关系，在我国教育发展的历程中，重共性轻个性一直是我们的传统。这无论是教学模式还是对人的要求，讲究统一一致始终是占上风的。我们要求全国的学校几乎使用同一套课本，我们要求所有的人都学习同样的科目，致使培养出来的人都是一个模式。在教学的具体的环节的取向中，我们不是鼓励求异而是求同，学生不敢想不敢按自己的思路前进，一味追随着老师的答案，而不去问为什么。类似于二分之一不能等于零点五的现象，限制了人们的思维发展。中国自实行科举制度后，考试成为选用人才的方式。不管这种方式对于官吏的选拔是否公正恰当，可这种考试方式对学生产生了深刻的影响，应付考试成为一种特殊的"能力"发展起来。各种考试制度尽管是为了公正，但只是培养了会考试的人，而非是全面发展的人。应该说有人才就要有鉴别，有教学就应该有考试，但考什么，怎么考直接决定学生的走向。这种考试使学生为考试而考试，简直成了考试机器。我们确实应该反思我们这种以求同为目标的考试对人的发展尤其是全面发展所带来的危害。人的全面发展对个人来说就是个性的发展，只有每个人的个性才华得到充分发展，那么这个社会对人来说，就是人的全面发展。每个人就是要把自己内在的潜力，自己不同于他人的资质挖掘出来，贡献给社会，对他自己来说是充分地发展，而对社会来说则是人的全面发展。而对于施教者来说就是给人的发展留出自由空间，也即人的自由发展。我们任何时候都不要指望社会中所有的人都会有同样的发展，都发展到同一程度，这是不可能的。如果真是这样，人类也许不能称其为人类了。只有低等动物才可能退化到这种程度。从教育的价值取向上说，我们要把发展学生的个性摆到首要位置，注重学生的求异思维训练，我们要注意培养学生的求异性。总之，培养学生的求异思维和发展学生的个性，与培养学生的求同思维和发展学生的共性，是相互协调发展，不能偏重于某一方面。但是从文化上寻根看发展的速度，一个求异创新的民族才有希望，一个善于求同的民族只能在保持某一方面的稳定上会有积极作用，但对于发展来说，它必然会因为缺少个性发展带来的活力而滞后发展。因此，我们在追求二者统一发展的历程中，更应该注意发展人的个性和求异性。

人的全面发展在社会层面上说，只有生产力的发展才能为人的全面发展创造条件。我们追求的"每个人的自由发展是一切人自由发展的条件"的社会是共产主义社会。人的全面发展是一个历史过程，随着人类生产力发展的进程，一方面是发展的人越来越多，另一方面是人的发展方面越来越多，这是一个趋势，是一个必然的趋势。这是说人的发展不是一个空话的概念，而是具有丰富内涵的概念。只有社会生产力的发展为人的发展提供了可能，人的全面发展才能成为现实。这似乎是一个魔圈。教育的发展是为了人的发展，而只有人的发展社会才能发展。人的发展和教育的发展又需要社会发展即生产力发展的支持。在这样一个环状链条中，怎样才能抓住人的全面发展的结呢？人的发展需要人的发展，人的发展又促进人的发展。其实在这样一个链条中，这同一个字表示的人是可以表现为主客体的，只有这样看待问题，这个结才能解开。这也就是说，一定意义上的社会主体，只有把社会生产力发展了，才能为教育的发展提供条件，进而才能为人的全面发展创造条件和可能。我们目前要考虑的问题是，在现在的条件下教育发展到极限了吗，社会还能为教育做点什么。人的全面发展，最基础的是要使用人接受教育，没有教育事业，人类不可能发展，只有接受了教育，人才可能发展。所以最大限度地普及教育，让更多的人接受更高层次的教育，才能是为人的全面发展打下基础。教育的发展可以促进人的全面发展，教育的发展未必是人的全面发展，但没有教育的发展，人的全面发展根本不可能实现，因为唯有教育是以发展人为直接和现实使命的。

人的全面发展不只是教育学说，它是关于人的发展学说，关于社会发展学说。马克思提出人的全面发展理论，固然是针对当时的社会分工对于人造成的畸形发展，但现代社会虽然不能取消社会分工，但现代和未来社会的社会分工和马克思着眼当时的社会分工现实是不能等同的。马克思时代的社会分工对于个人来说是没法选择的，被迫的，而随着社会的发展，人们可以自主地选择自己的分工来承担社会角色。有人认为"今天的社会已经证明消灭社会分工是不可能的，马克思人的发展学说对分工之于人的全面发展的影响所造成危害的批判，是反技术的，与现代细化格格不入。人的全面发展是不可能实现的。"① 这种观点不仅是对马克思针对的社会分工现象缺乏科学的把握，人的全面发展是一个历史过程，它的内涵也将随着历史文化的前进而不断深化。人的全面发展是社会发展的理想化目标，人的全面发展总是在社会进程中的发展。人的全面发展在现实中只是具有发展程度的差异。

人是社会的主人，人是历史的主人，人是发展人的主人。人是主体，作为主体的人的活动都是能动自觉的，把人的这种主体性投射到人的全面发展理念上来，就是要把人作为主体来发展，而不只是作为社会发展的工具来发展。

在现实社会生活中人的全面发展，还涉及人的权力意识发展。我们在强调人的全面发展，我们强调的是德智体的全面发展，知识能力的全面发展，个性与共性的全面发展，更应该强调的是德的全面发展。我们的传统是在于德育的过程，只注重让人们接受社会的价值规范体系，而忽略对人的权力意识和责任意识的发展。实际上，作为社会的主体不能把自己作为主体来对待，这对于人的发展抑或是社会的发展，都是一种缺欠，并且也最终影响社会的发展，试想人们不能对自己的主体地位负责，不敢主张自己的权力，短期内对于稳定可能由于顺从而有所作用，但从长远的角度考虑，一是自身的发展速度缓慢，在民族和国家发展竞争中必将处于不利的地位。我们觉得在人的全面发展过程中，这是应该引起格外关注的。人对自身权力的问题，而且是涉及国家兴旺的问题，我们务必从这样一个角度来看待人的权力意识的发展，推进民主政治建设。一个国家的主人们，如果都能自觉地约束自我，履行自我的责任义务，

---

① 瞿葆奎：《教育基本理论之研究》，福建教育出版社 1998 年版，第 574 页。

并且能够约束他人，这样一种现实，必定是有助于社会的发展，而这种意识本身也就是人的发展的内容。我们要把人作为主体来发展，要推进人的全面发展，也要在政治方面发展人。

把人作为主体来发展，还应关注主体的内在积极性能动性。因为人的发展过程中，人是主体，人自身不能有发展的主动性、积极性，人的全面发展就会出现障碍。要关注人的"内因"。内因是发展的根本，外因是发展的条件，外因通过内因而起作用。人的全面发展，无论是从教育的角度，还是社会的层面，都要关注主体内部矛盾的转化，不能一味强调社会的需要，要把社会需要化作个人自身的需要。

江泽民同志在"七一"讲话中指出，努力促进人的全面发展是马克思主义关于建设新社会的本质要求。这意味着我们党把人的全面发展摆在了建设社会主义的本质要求上面了。人的全面发展是社会主义的本质的体现，社会主义的发展需要人的全面发展也是教育发展的重要目标。

我国目前还处在社会主义初级阶段，按照马克思主义的人的发展三形态即人的依赖、物的依赖和人的自由发展三个阶段，我们只是刚刚进入物的依赖阶段。人的发展的历史性过程要求，人的发展必然随着社会生产力的发展，离开了社会生产力的发展，空谈人的全面发展是不行的。因此，在我国现时代的人的全面发展，必定要在生产力的发展上下工夫。也就是说，在现阶段为了人的全面发展，为了社会的发展，我们还必须以现实的态度来对待现实生产力问题。虽然人的全面发展是社会发展的目标，但发展的绝对均衡是不可能的，在发展与公平之间，效力与公平之间，我们有时不能关注公平，但必须注重效率。坚持效率优先的原则，是我国社会发展的一项重要原则。社会生产力的发展和提高是人的全面发展的物质基础。"在社会主义社会中，社会主义制度为人的全面发展已经创造了有利的条件，我们要充分利用社会主义的条件促进人全面发展，使人们充分享受社会主义制度的优越性和社会主义发展所带来的物质上、精神上的成果。社会主义通过追求人的全面发展充分发展这个目标，来调动人们拥护社会主义、热爱社会主义积极性，通过追求人的全面发展来推动社会主义不断地向前发展。也只有社会主义不断向前发展，人们最终才能实现全面发展。追求人的全面发展是社会主义制度优越性的体现，追求人的全面发展是社会主义现代化建设的重要内容，追求人的全面发展是社会主义现代化建设的基本手段。

教育是实现人的全面发展的基本途径。如果说生产力的发展为人的全面发展提供条件，那么教育事业则是促进人的发展的必然途径，没有教育事业心的发展，就不会有人的全面发展。教育是实现社会发展的基本手段和标志。在讨论教育和社会发展的问题时，人们强调教育对社会发展的作用是有道理的。我国的教育虽然普九目标实现，但统计学上的普九和事实上的普九还有差距。尤其农村教育现状更令人担忧。我国是农业大国，农业的发展如何也影响着决定着农村人口的发展。目前的问题是，农村存留的人口与农业现代化发展要求不相适应，农村的文化人口流失严重，这样要想使农村农业发展，就非常困难。这方面，我们一是尽量限制农村人口流失，或者吸引农村高文化层次人口留居；二是要加强农村存备人口尤其是有机劳动力的培训，使他们在能力上观念上跟上现代化发展的步伐。谈人的全面发展，我国农业人口最多，他们的文化发展最慢，而且又最保守和缺乏自我权利意识，这些都是与人世间的全面发展有相当距离的。可以说，如果没有农业的发展，没有我国农业人口的发展，就不能奢谈人的全面发展。

人的全面发展作为我国社会发展的目标，无论是与我们的理想，还是在现实的对比中，都还是很艰巨的任务。我们在发展生产力、发展教育的同时，还要转变人的发展的观念，真正把人摆到主体的位置上、摆到主人的位置上去发展。同时，我们也要呼唤主体的人自觉地把全面发展自我作为自己的自觉行动。

七　理想价值

德育的理想价值，可以有两个指向：一是指德育在人们预计、想象中的价值，一是指德育在培育理想中所具有的价值。前者指的是德育所具有的全部价值，后者指的是德育在某一方面的价值。一方面德育的全部价值在德育的目标中有所体现，另一方面德育的其他价值都分别有所论述，这样，德育的理想价值就只能是德育在培育理想中所具有的价值。德育的理想价值是指社会对理想的需要和追求，在德育能够满足社会对理想的需要和追求的功能属性上的对象化反映。这也就是说，所谓德育的理想价值，实质上就是指德育在满足社会对理想需要和追求的功能属性。

我们说德育具有理想的价值，无论在何种意义上的理想，都要认识理想的内涵和本质，认识了理想，会有助于我们更深刻地认识和理解德育的理想价值。

理想是在现实的基础上建立起来的同未来的奋斗目标相联系的有可能实现的想象。作为一种想象、一种关于未来的奋斗目标，理想是在人的意识中反映出来的，是现实的人以观念的形态对未来的想象和设计。理想是一种想象，但并不是任何想象都是理想，只有那些具有现实可能性的合理的想象，才能称其为理想。而那些不具有现实可能性的想象则是空想和妄想。理想虽然是人们以观念的形态对未来的想象和设计，是对现实的超越，但理想总是在现实的基础上提出的，总是现实的人对未来的想象和设计。现实中孕育着理想实现的条件，理想的实现必须以现实为基础。理想分为个人理想和社会理想。个人理想是处在特定历史条件下的个体在职业、事业、生活、人格等方面为自己设想的奋斗目标。社会理想则是处在一定历史环境中的社会全体成员中占主导地位的共同奋斗目标，它包括对社会生产力发展水平、社会生产关系类型、政治制度、社会文化、道德水平等方面的设想。个人理想的确立和实现不能离开社会理想的实现，这是由人的社会性所决定的。任何个人的理想都是在特定历史条件中的人的理想，一方面，个人理想的提出不能离开特定社会历史条件的限制；另一方面，个人理想的内容总是包容着对实现理想的社会条件设定，没有理想的社会，个人理想不能实现。社会理想的实现也要依赖个人理想的实现，也要依赖个人的努力奋斗。社会是由个人构成的，个人是社会理想的承载者，社会理想的实现是由诸多的社会个体努力奋斗的结果，社会理想是社会个体个人理想的系统整合。没有个人和个人理想的实现，社会理想就失去了根基。人们所以赞美理想，追求理想，社会所以要进行关于理想的教育，完全是因为理想的价值。社会进行关于理想的教育，是要让人们认识理想的价值，促进人们去树立奋斗目标，追求理想目标的实现，充满希望地生活，进而实现社会的理想，推动社会的发展和进步。经验告诉我们：人们只有认识对象的价值，知道所追求对象的价值和意义，才会更加努力地去追求它、实现它。社会会因个人充满理想的生活而充满活力。

理想使"人"成为人。理想是人的一种能力，这种能力把人和动物区别开来，并把人从动物提升为人。理想是人类特有的精神现象。说理想是人类特有的精神现象，这意味着只有人才能凭借理性的翅膀想象设计未来、预期结果表象。先哲们曾把理性确定为人之为人的本质，认为人之为人的根本，就在于人有理性。而人的理性就不仅是思辩和思考的能力，它还必然包括着想象设计未来的能力，使想象合理的能力，把想象变为现实的能力。"人是理性的动物"的命题在今天还仍然闪耀着它令人敬仰的光辉。实际上，"人是社会的动物"和"人是实践的动物"都不及"人是理性的动物"的命题更贴近人的本质。因为正是因为人有了理性，才使人有了社会性，才能去实践理性。人有理性才能制造工具以补充人的自然力的不足，人有理性才能组成社会以补充个体力量的不足。固然人的理性是在实践过程中发展的，这正像大楼是人建造的，但只能说大楼是人的对象化而不能说大楼就是人；高粱在土地里生长不能说高梁就是土地一样，不能说实践就是人的本质。人和人的理性是在实践中发展的，但实践在任何时候都是人的理性指导下的实践，都是理性人的实践。人对理想的追求虽然有着对过程的美好体验，但最根本的还是要把想象变成现实。人的这种能力不仅把人和动物区别开来，而且也使人自己神奇起来。动物界的蜘蛛和蜜蜂虽然可以"建造"出蜂巢织出捕食的网，可它们凭借的是本能而不是理性，更不是凭借理性设计的想象的实现。它们在筑巢和织网之前，并没有精密的设计和想象，因而也不存在想象实现的问题。它们的杰作不过是它们的本能的副产品。人正是凭借着理想和理性的能力，凭借想象的合理和现实以及把想象变为现实的能力，使自己和动物区别开来，把自己从动物提升为人。人如果没有理性，人如果没有理想，人如果没有把理想变为现实的能力，人就永远不会进入人的行列。理想是人设想目标和实现目标的能力。

理想使世界辉煌。理想既是人的一种想象和目标，也是人的一种存在过程。人的存在过程就是想象和实现想象的过程。人有理想、人追求理想、人实践理想的过程和结果就是创造辉煌。可以说人类社会所有的成就都是人类在追求理想的过程中产生的结果。正是这种过程才使世界有了如此辉煌的成就。从摩天大楼到航空母舰，从信息电脑到宇宙飞船，无一不是人类理想的杰作。理想是人的动力源，它体现的是人对现实的不满足和对发展的追求。人类历史可以简化为人不满足现实和对发展的生生不息追求的历史。理想是对现实的超越，人有不满足于现实超越现实的本性。人只有不满足于现实，才会去追求更加美好的未来，人一旦满足于现实和即得，人类也就停止了前进的脚步。人要超越的现实包括现实的自我和现实的世界。人要超越现实就要在现实的基础上现实地设计未来，这个被设计的未来的奋斗目标和现实是有距离的。"现实是此岸，理想是彼岸，中间隔着湍急的河流"，要实现理想就必须创造实现理想的条件，改造包括自我在内的现实世界。人实现理想的过程，不断把理想变成现实，由现实生成理想的过程，就是人类文明历史发展的过程，就是人类不断创造辉煌成就的过程。一切人类文明的成果都可以归结在理想的旗帜下面。没有人对理想的追求和实现，就不会有人类的发展和今天的辉煌成就。人类实现理想的过程，一方面创造了辉煌成就，一方面也创造着新的自我。人类历史和现实中的辉煌成就，对象化着人类的理想，记录着人类为理想奋斗的足迹，展示着理想的核心价值。

理想使人类的生活充满希望。理想不仅使人与动物区别开来，不仅引导人们在实现理想的过程中提升了自我并创造了辉煌的成就，而且还使人类生活充满希望。理想是人类设计的奋斗目标，一个人有了理想，就有了明确的奋斗目标和努力方向，就会用理想去规划指引自己的生活，把自己的一切都纳入到实现理想的轨道，进而使生活丰富充实。一个人没有理想，就没有明确的奋斗目标，就不知道自己该做什么，就会像无帆的小船一样，不知飘向何方。人们常把理想比作指路的灯，比作精神支柱，力量的源泉，都是在强调理想对人生目标和方向的意义。理想是一种目标，更是人的一种追求，人设立目标并不只是景仰，而是要追求理想的实现。理想是指向未来的，是超越现实的，人追求理想就是追求美好的未来，就是要超越包括自我在内的现实。西西弗斯推石上山的价值，就在于他把每一次重复都看作是对世界的征服，是对自己的又一次超越。人有理想、有目标、有追求，才会充满希望地生活，才会使生活充满希望。真正的人的生活就是充满理想的生活，而没有理想的生活将是醉生梦死的，是像猪一样地活着。人不知道自己该做什么是痛苦的，人不知道自己做什么的意义是可悲的。一个人有了理想就有了目标，就有了追求，因而才会有希望。一个人没有理想，没有奋斗目标，没有追求，也就没有了希望。放弃了理想就是放弃了目标，放弃了追求，放弃了希望。理想提供给个体人生的价值就在于它是目标、追求、希望。

可见，理想是人类追求的目标，是人类行为的动力。人类因为理想而使自己高尚起来，人类因为追求理想才使自己不断发展，才使世界如此辉煌。人类社会发展到今天，就是人类不断追求理想的结果。从摩天大楼到航空母舰，从信息电脑到宇宙飞船，无一不是人类理想的杰作。理想是人类所具有的能力，这种能力是人类特有的理性的能力。人类的理性使人能够借助想象的翅膀设计未来，在理性驱动和指导下的实践能够把理想变成现实。

由于理想在人类社会以及个人生活中的地位和作用，所以社会需要理想。也由于理想是人的理想，因而社会需要理想就需要有理想的人。也由于德育能够培育人的理想，因而社会需要以培育理想为职能并具有培育理想功能的德育。德育就是以自己的实践为社会培育理想，培育有理想的人，培育人的理想，来满足社会对理想的需要，成为满足社会对理想需要的有效手段。

（一）培养社会需要的思想政治品德

德育的理想价值是指社会对理想的需要和追求，在德育能够满足社会对理想的需要和追求的功能属性上的对象化反映。这也就是说，所谓德育的理想价值，实质上就是指德育在满足社会对理想需要和追求的功能属性。德育在满足社会对理想需要和追求上能够做什么，社会需要德育做什么？这其实是一个问题的不同方面。社会需要德育培养德育对象的思想政治品德。社会对德育的需要，实质上是对德育对象的思想政治品德的需要。德育所以被需要，是因为它能够培养对象的思想政治品德。需要和追求既可以表现为价值，又可以体现为理想。社会对德育对象的思想政治品德的需要和追求，也就是对理想的追求。德育能够培养德育对象的思想政治品德，也就是说德育能够把社会对思想政治品德的需要和追求变成现实。这是德育具有理想价值的首要意义。把社会需要和追求说成理想，绝不是牵强附会，而是有着充分的根据的。其一，对人的思想政治品德的需要，是社会理想的一部分。任何一个社会都有对发展的追求，它集中表现为理想。这些发展和追求是一个综合指标，既有对社会生产力发展的需求，又有对人的思想政治品德的需求。思想政治品德不能够直接决定社会的发展，但是它可以通过对人的作用而作用于社会发展，它可以通过对人的发展方向的把握来保证社会的发展。这是说思想政治品德既是社会理想的内容，又是社会发展的保障，因而是社会所追求和需要的。其二，社会对人的需要表现为对理想的人的需要，而思想政治品德是理想人的重要指标。所谓理想人就是全面发展的人，它也是社会对人的理想。人的全面发展表现为知识、能力、智慧和德的发展，德的发展是人的全面发展的需要。现代社会强调人的全面发展，在特定的环境和语境中，全面发展就是指人的德的发展。所谓全面自由发展的社会，一方面是人的能力的发展，一方面就是人的德性水平的发展。我们要实现的理想社会，既是人的能力也是人的德性全面发展的社会。人类对理想社会的追求，包含着对人类德性水平的追求。德育为社会培养理想，是为了理想的社会。纵观人类社会古今中外，对人的政治思想品德的需求，都是为了建立一个理想的社会。不同社会可以对人的思想政治品德有不同的追求，就有追求这一点来说是共同的。不同的社会有不同的理想，可就有理想这一点来说也是共同的。

（二）培养社会需要的人

德育就其内容来说，是思想政治品德教育。它之所以被称之为德育，是因为它的空间是学校，它的对象是学生。这里，学生也就是青少年的代名词。"青少年是国家和民族的未来，教育和培养好他们，是社会主义建设事业的奠基工程，也是广大人民群众的期望与心愿。现在和今后一二十年学校培养出来的学生，他们的思想道德和科学文化素质如何，直接关系到 21 世纪中国的面貌，关系到我国社会主义现代化建设战略目标能否实现。"[1] 青少年是国家和

---

① 《中共中央关于进一步加强和改进学校德育工作的意见》1984 年 8 月 31 日。

民族的希望，是把社会理想变成现实的力量。德育培育青少年的思想政治品德，不仅仅是让德育对象有德，而最为根本的是希望他们全面健康的发展。不能否认，德育对象的思想政治品德的发展，是人的发展的重要内容，这是德育的直接任务和目标。德育通过自己任务和目标，可以促进人的发展的其他指数的发展。在当代，世界各国都重视对青少年的培养，尤其是对青少年思想政治品德的培养。显而易见，人们所以重视青少年的思想政治品德的培养，就是把青少年作为国家和民族的希望来培养。人们关注青年的成长与发展，一方面是因为青少年具有可塑性。青少年之所以具有可塑性，因为他们的生理、心理，他们的思想，他们的思维，他们的世界观、人生观、价值观都在发展过程中。这种现实，既可以使他们能够有效地接受社会的正面教育引导，也使他们由于不成熟而易于接受社会上不良的影响。"当一个人年幼而脑子容易接受外来印象的时候，如果把一种信仰不断地向他灌输，这种信仰似乎可以取得近乎本能的那种性质，而本能之所以为本能，其精要之点就在于可以直接按照它行事，而无须乎通过推理。"[①] 我们主张加强对青少年的思想政治品德教育，主要着眼的就是这一点。有人针对某些人认为加强思想政治品德教育是由于青少年的问题的错误认识，提出加强青少年的思想政治品德教育，并不是仅仅因为青少年思想中的问题，而是因为青少年的特点。这是很有道理的。另一方面是因为青少年承载着社会的希望和理想。在教育的发展上，我们经常会发现父母亲把自己的理想和希望寄托在孩子身上的现象。"文化大革命"期间有相当多的一批人失去了读大学的机会，于是这些人在自己的读书愿望不能实现时，就把读书的理想和愿望的实现，寄托在自己的孩子身上。千方百计，要使自己的孩子读大学。这种现象有时达到非常严重的程度，面对自己的孩子选择不读书时，自己会感到无比的痛苦。在孩子们知道自己成为父母愿望实现的替身时，他们的

---

① ［英］达尔文：《人类的由来》（上），商务印书馆 1984 年版，第 183 页。

反应不尽一致。有人觉得应该努力去实现父母的愿望，而有人也起来反抗，在行动和心理上产生逆反。不仅如此，父辈们更是把自己的希望直接寄托在自己的晚辈身上，当自己的孩子读书和学习好时或者在某些方面有成绩时，自己感到无比的高兴，从孩子身上看到了家庭的希望。而当自己的孩子有某些缺憾时，就会感到没有了希望。有一个极端的例子，可以帮助我们理解孩子在承载家庭希望和理想的事实。据新浪网 8 月 16 日报道，哈尔滨南岗区利兴小区院内，12 岁的儿子和其 39 岁的父亲先后从 8 楼坠下，父子二人全部死亡。坠楼的原因在父亲身上的遗书中写明：其子学习成绩不佳，他对孩子失去了信心，认为生活没有出路，有意和孩子一起告别人世。尽管这个例子有些极端，但它反映孩子在家庭中所具有的希望的位置。家庭是这种现状，社会也同样如此。毛泽东同志曾经对青年人说过"你们青年人朝气蓬勃，好像早晨八九点钟的太阳，希望寄托在你们身上。"这是说青少年代表着国家的希望，代表着国家的未来。社会格外关心青少年的成长和发展，这是有目共睹的事实。最近我国关于未成年人思想道德建设问题的意见，反映着党和国家对未来的关注。现代社会国际之间的竞争，人们更看好青少年。记得资本主义的预言家布热津斯基曾经预言，要使社会主义中国改变颜色，就得在中国的青少年身上下工夫。可见，青少年在国家和社会发展中的重要性。近些年，青少年专家对青少年的比较研究，目的也是关注国家发展的未来。未成年人有希望，未成年人是家庭的希望，未成年人可以是父母理想的替身，未成年人承载着国家和社会的希望。青少年没有了理想，国家和民族就没有了希望。德育培育青少年，是在培育社会需要的理想的人。这也是在培育社会的希望和理想。

（三）培育德育对象的理想

人类是靠理想驱动前进的。我们常常评说一个社会有没有希望，最根本的是看这个社会有没有理想。一个社会有理想，我们就会说它是有希望的。那么，一个社会的理想的来源在哪里？其实，表现为社会的理想，不过是构成社会的个人理想的外在表现形式。当我们说一个社会有理想时，我们是说这个社会中的个人有理想。同样，我们也是通过个人对理想的追求反观到社会的理想。一个社会中的个人有理想，那么这个民族、这个国家才有希望。理想对民族对国家是如此，理想对于个人来说更为重要。一个人有理想有追求，就是有希望，一个人没有了理想，没有了追求，注定就没有了希望。有理想不一定成功，没有理想肯定没有成功。我们在日常生活中，在学习和发展的过程中，免不了要对别人进行评价。当我们说谁有理想时，是说这个人有追求有奋斗目标，而有理想有追求就有希望。当我们说谁没有理想时，我们是说他没有追求没有目标，因而没有希望。一个人不想的事物，不会去追求、不会去奋斗。一个人有理想，不仅使生活充满希望，而且还可以充满希望地去生活。由于理想对个人、对国家和民族的关系，德育才有充足的理由在育德的过程中才格外关注对理想的培育。我们把有理想看做是"四有新人"的首要标志，从一个侧面也看出理想的特殊价值。德育不仅以培育社会需要的思想政治品德、培育社会需要代表未来的理想人而有理想价值，德育也以其培养人的理想而彰显理想价值。就培养人的角度来说，理想是最为重要的。因为，人有了理想有了追求才有希望，才体现为发展，才需要指导。点燃了理想这盏灯，在追求的取向中，才会引发其他的需要。假如，追问德育对社会对个人最重要的价值体现在哪里，人们有理由相信，是培育人的理想。我们的四有，是有理想，有道德，有文化，有纪律。这四有是对人培养的目标，有理想是首要目标。从理想的意义上，我们知道了理想的价值，从理想在人才目标构成中的位置，也能够证明理想的价值。

　　德育如何培养对象的理想？让德育对象积极热情地参加社会生活，是一条有效的途径。生活的丰富内涵会陶冶人的情操，会激发人的理想和追求。经验中有理想有追求的人，都是热爱生活的人，都是在火热的生活中萌发了理想和追求。一个人只有对生活充满景仰和激情，才会有对理想的追求。一个远离生活、厌倦生活的人，很难有什么理想追求。最近一个时期以来，人们在对德育的本质讨论和对德育实效的追逐中，提出让德育回归生活，把德育与生活紧密联系起来，并且把这种主张付诸实践，收到较好的效果，也受到了社会的好评。这种形式的德育尽管不是德育的唯一形式，但这种形式是德育不能缺少的，尤其是培养人的理想追求是不可或缺的。认识人、认识人生的意义，有助于人们树立理想。人之为人、人生的意义，在相当的意义上说，就在于追求理想。认识理想的意义也是培育人的理想不能忽略的环节。把理想的内涵，把理想在人生中的作用和价值告诉人们，会激起人们对理想追逐的热望。楷模的理想有助于支持人们树立理想的信念。在培育人们理想的过程中，客观地引进楷模的事迹，也是一种不能舍弃的方法。总之，德育培育人的理想，是德育理想价值的内在要求，也是德育理想价值的现实表现。需要说明的是，并不是仅有德育具有理想价值，其他教育内容也有理想价值，但其他教育和社会活动在理想的价值上不是系统的，德育的理想价值是德育应该具有的价值，是它实践自己职能的价值。德育如何培育人们的理想：论述理想的意义，让人们为自己树立理想去奋斗；论述理想的现实性，让人们的理想建立在现实的基础之上；论述理想的崇高性，让人们的理想建立在正当的选择上。德育最根本的是要点燃学生的理想，让学生们有目标有追求，让学生对未来充满信心和希望，并充满希望地去生活。

综上所述，德育具有解读价值、秩序价值、协调价值、导向价值、指导价值、发展价值、理想价值。必须指出，德育的价值在这里，是指德育能够满足社会需要的功能属性。德育的功能属性并不必然满足社会需要，并不必然有价值。只不过，这里的功能属性是指能够满足社会需要的功能属性，因而具有价值。

第四章　德育价值的实现

一　德育追求的目标

（一）德育价值实现的意蕴

我们知道，价值是主体的需要在客体功能属性上的对象化反映，德育价值是德育价值主体的需要在德育价值客体功能属性上的对象化反映。价值和价值实现是两个不同的概念，价值实现是价值主体的需要被客体的功能属性所满足，或者说是客体的功能属性满足了主体的需要。如果把价值和价值实现的概念混为一谈，既说不清楚价值，也弄不明白价值实现。由这样一个逻辑基点出发，德育价值的实现，是德育价值主体对德育价值客体的需要被价值客体的功能属性所满足，或者说是德育价值客体的功能属性满足了价值主体的需要。德育价值实现具有如下意蕴：

1.德育价值的实现是德育价值客体对德育价值主体需要的满足

德育价值的主体是社会（主要是社会现实中的统治阶级），德育价值的客体是德育，德育价值是主体的需要在德育价值客体功能属性上对象化的反映。在这个特定的语境中，德育价值就是社会对德育的需要，价值是人的需要和追求的观点会支持这样的理念。从某种意义上说，价值就是主体需要和追求的对象化。我们在讨论价值观的时候，往往把价值观理解为人们的需要和追求在观念上的反映，也即价值在观念上的反映。这也说明价值即是人的需要和追求。具体来说社会需要德育做什么，这一方面要从社会需要本身解读；另一方面要看德育是什么和德育能够做什么。德育是德育主体对德育对象即德育客体进行思想政治品德教育的活动，社会需要德育培育德育对象的思想政治品德，把社会对德的需要变成人们的实际品质和行动。社会需要德育是因为社会需要德，正因为对德的需要因而才需要德育。因此，我们说德育价值的实现，就是德育价值主体即社会对德育价值客体即德育培育德育对象思想政治品德的需要获得满足。这里，价值主体的需要不仅是价值的根据，而且也是价值实现与否的标志。没有主体的需要，就没有价值，主体的需要不被满足，也就没有价值的实现。主体需要被满足的程度，也就是价值实现的程度。社会对德的需要，从阶级国家产生后就逐渐产生了，而就道德来说，是伴随着人类社会生活就存在的。德育对社会需要满足的程度，决定着社会对它的需要程度。当我们说德育价值的实现，从德育价值主体的角度来说，是它的需要和要求变成了现实。

2. 德育价值的实现是德育价值客体即德育的功能属性的发挥

德育所以成为德育价值的客体，德育价值主体的需要所以在德育功能属性上对象化反映，德育所以被社会所需要，就是因为德育具有满足社会需要的功能属性。作为德育价值客体的德育，它有哪些功能属性可以满足社会需要呢？德育具有培育德育对象即社会成员思想政治品德的功能属性。社会需要德育这是德育存在的根据，而德育所以能够存在，则是因为它具有能够满足社会需要的功能属性。德育价值的实现，就德育自身来说，就是发挥了为社会培育人们的思想政治品德的功能。德育的功能属性不发挥，社会对德育的需要就不能获得满足，德育价值的实现就无从谈及。用形象的方式解释德育，德育就是把社会需要的思想政治品德从此岸运往彼岸。此岸是社会的需要的思想政治品德，彼岸是接受教育的人，德育就是把此岸即社会需要的思想政治品德运往彼岸的船。固然社会需要的思想政治品德和接受教育的人都没有此岸和彼岸那样简单，可德育就是要把社会需要的思想政治品德运往彼岸。德育具有运载的功能，德育以其自身的承载能力，实现着运载的任务。社会是一个大雇主，德育是受雇于社会的雇员，德育能否满足雇主的需要，就看它能否把社会需要的思想政治品德运往彼岸。德育价值的实现，也就是把社会需要的思想政治品德运到了彼岸。船载的重量和河水的深浅以及流速甚至是艄公的技术和经验，都制约着运载的成败。因而，要实现这样的目标，德育就要克服各种各样的困难。但是，只要是德育价值的实现，必然是把社会所需要的"货物"运到了彼岸，也就是说德育发挥了自己的功能。不能排除，像运东西一样，还有其他方式可以、可能满足社会的需要，可都不能代替德育承担的使命。德育所具有的功能属性，使它成为社会要求向德育对象转化的关键环节，没有德育的功能属性，构不成价值，德育没有功能属性就不会反映主体的需要，德育功能不发挥，就没有德育价值的实现。因而，我们也有理由说，德育价值的实现，是价值客体德育功能属性的发挥，是培育人的思想政治品德的功能属性的实现。

3. 德育价值的实现，是德育对象对社会要求的接受和外化

社会需要德才需要德育，而德育所以被需要，是因为它能够培育德育对象的思想政治品德。这样，德育价值的实现最后要通过德育对象表现出来。也就是说要体现在德育对象接受社会所要求的思想政治品德上，把它内化为自己的品质并且在社会需要时外化为行为。接受是什么？有人认为"道德接受主体出自于道德需要而对道德文化信息的传递者利用各种媒介所传递的道德文化信息的反映与择取、理解与解释、整合与内化以及外化践行的求善过程。"① 有人认为接受是"接受主体出自于自身需要，在环境的作用影响下通过某些中介对接受客体进行反映、选择、整合、内化、外化、行为多环节构成的、连续的、完整的活动过程。"② 我以为，接受可以

① 张琼、马尽举：《道德接受论》，中国社会科学出版社1995年版，第58页。
② 王敏：《思想政治教育接受论》，湖北人民出版社2002年版，第33页。

是内化的代名词，但是接受不能等同于内化和外化。因为，"接受是指主体（即受教育者）在外界环境影响下，尤其是在教育的控制下，选择和摄取思想教育信息的一种能动活动。"① 这里的接受是指对德育的内容有选择地接受，并不是德育所有的内容都能够被德育对象接受的，德育对象对德育内容的接受，意味着在理性和认知的层面上认可了接受的内容。接受也不一定意味着外化，在接受和外化之间是有距离的。意志和习惯有时会成为接受和外化之间的障碍。假若接受就意味着必然外化，那么德育也就容易了。我们在谈到品德结构时，一般都承认是知情意行，为什么在面对接受时就不承认知的独立意义呢？没有理由。德育价值的实现，是德育对象接受了社会要求的思想政治品德，并能够在社会需要时外化为行为。一方面，接受不一定外化，另一方面，外化也要看环境的需要。并不是社会要求的所有的思想政治品德，在任何时空都可以外化为行为的。但是，无论如何，德育价值的实现，必然是德育对象对社会要求的思想政治品德的接受和外化。德育对象接受社会要求的思想政治品德并把它外化为行为，同时也实现了自身德性水平的发展，即作为社会主体德性的发展。

总之，德育价值的实现就是德育价值主体即社会的需要和要求的实现；就是德育价值客体即德育培育人的思想政治品德的功能属性的实现；就是德育对象内化（接受）社会需要要求并外化为行为；就是德育对象自身的德性水平也即社会主体性的发展。

（二）德育服务社会的内在要求

德育作为一个社会事物，它的产生、存在、发展，都是受社会需要所决定的。德育的产生，不是人类社会主观随意的，它是社会发展到一定阶段的产物。德育产生的阶段，既是德育被需要的阶

① 邱柏生主编：《思想政治教育学》，山西人民出版社1992年版，第3页。

段，也是德育有可能的阶段。社会生产力的发展，使人类的劳动有了剩余，这样才会使人类进行这些"奢侈"的活动。当人类在食不果腹的时候，是不会有对德育的需求的，尽管可能有对德的需求。不仅人类没有能力来养活这些以奢侈活动为生的人，甚至在后来进行德育的主体往往可能成为人类自己的盘中餐。在生存环境极端恶劣的条件下，食掉老人也是不得已的行为。而人类早期进行奢侈活动的多半是老人。人类只是在能够满足生存的条件下，才把那些"财富"供养起来，让他们看护剩余的物品，看护还没有成年的孩子。他们或许是为了使自己的经历更有价值，或许是为了使自己的存在更有价值，抑或是为了使自己的看护活动不寂寞，于是就承担起进行德育的职责。我国古代从夏代后期开始有学校，夏代已进入奴隶社会，可见生产力水平已经发展到有剩余的水平，因为奴隶的存在就可以说明这一点。《孟子·滕文公上》说："夏曰校，殷曰序，周曰庠；学则三代共之：皆所以明人伦也。""设为庠序学校以教之。庠者，养也；校者，教也；序者，射也"。古代学校建立以后，具体说古代学校被明确成立以后，它就成为承担社会职责的一个职业和岗位。这时的德育还是与政治、宗教、道德、伦理、规范融为一体的，从德育是教人做人的教育来说，这时的教育就是德育。但是，就德育的完整内涵来说，它是属于雏形。这种雏形一方面是从道德雏形的角度来说的，另一方面是从德的雏形来说的。如果从概念明确的角度来说，德的概念形成在周代，而道德的概念形成于春秋战国时期，把这时的教育说成是德育也还是可以成立的。从春秋战国到秦汉时期，真正意义的德育开始了。说真正意义上的德育开始了，就是说这时的德育已经明确地成为满足社会要求的手段了。假如可以用自发和自觉来说明这种变化的话，我们可以说秦汉以前的德育是自发的，而秦汉尤其是汉代以后的德育就是自觉的了。这种自觉，一是社会主体即德育价值主体对德育要求的自觉，二是德育主体对自己所承担的社会职责是自觉的。周朝虽然对德的概念和意义有所自觉，但是它只是看到了统治者的德，而没有看到被统治者的德，更没有看到德育的作用。尽管中国封建社会漫长的历史时期，社会主体或者谓德育价值主体对德育和德育价值的要求，总是代表统治阶级的利益，但是一方面，历史总是有一个发展过程的；另一方面，任何社会的德育要求总还是能够代表当时社会的多数人的利益的。客观上可能会是越底层的人的利益代表的成分越少。总体的情况或者基本趋势是这样的，随着社会的发展和进步，当社会的统治被推翻以后，新的德性标准就会出现。有时，尽管德性标准不变，也可能是统治者自己丧失了德性水平，而被推翻。可以说中国进入封建社会的德性要求基本内容没有什么变化，变化的只是统治者贯彻执行德性标准的现实。然而，无论统治者如何变化，也无论德性水平的要求有什么变化，但是，社会对德育的要求是不会变的，即德育应该成为满足社会主体——德育价值主体需要的手段。德育发展的趋势是，随着社会发展和进步的走向，德育代表的利益主体的数量越来越多，接受德育内容约束的人越来越多。这其中，有过对统治者的要求与被统治者同样要求的历史，也有过只是针对被统治者的要求的时期。纵观人类社会发展的基本历程，我们还是可以看到，多数的统治者并不主张放纵自己，因为聪明的统治者即便不是高尚，也不能不考虑统治地位的巩固问题。况且，统治者中也不乏有作为有德性之人。

　　完整的封建社会建立以后，德育无论采取何种方式，它都要把满足社会需要或要求作为自己的本职。对于封建社会来说的社会需要，就是统治者统治政权的巩固，至于发展则是第二位的。多数统治者都希望在自己的统治下，能有一个歌舞升平的世界，这也是巩固统治的一个条件。尽管也有相当的一些统治者的主观愿望和自己的行动效果是不统一的。因而，德育服务社会，满足社会对德性的需要和要求从根本上来说，就是对稳定统治的需要。社会对稳定的需要一般来说，也包括社会普通百姓的需要。只有在统治者的统治让人无法忍受的时候，人们才希望通过混乱和无序来结束暴政。这也就是说，一定的统治者所提出的德，总是与当时的社会发展水平相适应，总会基本代表当时多数人的意愿。德育就是把这些要求或标准通过它特有的方式和功能，传达给社会成员的活动。一个社会提出的德的标准，就是一个社会做人的准则。德育让人们知道社会有哪些准则，这些准则对社会成员的意义即遵守或不遵守所带来的效果，以此来制约人们去按照标准行事。社会要求德育最大化地实现它的要求，这是德育面对社会所承担的责任。德育存在的价值也就在于它能够以此来服务社会。德育要想尽自己的责任，既要把握社会对德的要求，又要把握德育对象的实际。把社会的要求和德育对象的实际有效结合，才可能获得好的效果。当然，德育服务社会并不是只接受社会对德育的需求来进行德育，在相当的程度来说，它更多的是要主动去把握社会的要求，同时，它还要把握德育对象的需要。社会对德育的需要或者说对德性的需要和追求，既表现为对德育对象的德性水平的需要和追求，而且也表现为对德育主体的要求。它对德育主体的要求是，把社会对德性水平的需要，变成德育对象的品质和行为。在这一过程中，德育主体不仅要介绍社会的规范和要求，而且还要对这些规范要求进行合理性论证。显然，仅仅告诉人们社会的要求是什么，这对于社会和德育对象来说，是不会满足的。社会不满足的理由是，一个社会的稳定和统治的巩固，不是仅仅让人们知道社会的要求就可以的，社会还需要德育对其合理性进行论证，才会有助于德育对象的遵守。并且，统治者也绝不只希望人们的遵守，遵守只是一个前提或者基础条件。统治者希望人们在遵守的基础上，对社会的要求和统治从心理服从。人们的假设是，只有好的要求和规范才能被人们遵守，人们都能遵守规范和要求，那么可以证明规范代表的主体是受欢迎的。因此，最蹩脚的统治者也懂得这样要求自己的德育在德育过程中进行合理性正当性的论证。价值是什么，价值是主体的需要和追求在客体的功能属性上面的对象化。德育价值的实现，说到底，就是社会的需要和要求通过德育主体的努力在德育对象身上的实现。德育服务社会的内在要求就是把社会对德的需要和要求变成现实即德育价值的实现。这些要求也包含着德育对象的要求，因为造就一个平和稳定的社会环境，对任何人来说，都是需要的。人们希望社会他人有德的同时，也潜在地认可自己也是其中的一员。尽管人们有时把有德看做是自己邻居的事，但是，当邻居都占有了德的时候，相信自己也会由于环境的强大力量而不得不屈从。德育价值的实现与否，不只是社会的主观追求，也不只是德育主体的主观追求，而是德育对象把这些要求变成行为。在我们承认德育对象具有可接受性的前提之下，在认定社会所需要和追求的德性水平具有合理性和现实性的前提下，德育能否把社会的要求变成现实，这不仅反映自己的效率问题，而且也反映能否满足作为手段的德育对社会需要满足的问题。德育对象对社会需要的满足是以自己的德性水平和行为，德育主体对德育价值主体需要的满足则是培养德育对象的德性水平。社会要求也就是德育价值主体要求德育主体必须完成自己的职责。你存在着，是因为你有培育德性满足社会需要的职责和职能，是因为你具有培育德性的功能属性，是因为你的努力会有成效。德育要存在，就要服务社会，要服务社会，就要发挥自己的功能属性，这是它服务社会的内在要求。

（三）德育自身追求的价值目标

德育价值的实现，这既是社会对德育的需要，也是德育自身追求的价值目标。德育是人类的一种社会实践活动。实践是什么？实践是人类认识世界改造世界、满足自我的、人类所特有的对象性活动。实践是人所特有的对象性活动，这种实践活动是以人为主体，以客体为对象的实践活动。人类的实践活动具有能动性，即人通过实践活动能够认识世界及其运动规律，而且能够利用这些规律改造世界，以使世界为我所用。实践是人的有目的有意识的活动。所谓有目的有意识的活动，也就是说它不是盲目的，它在活动之前已经有了明确的目的，并且根据自己的目的和对客观实际的认识，制定计划和方案，然后才付诸行动。人们在实践活动中所追求的是活动的目的，人们通过实践活动实现了预想的目的，那么这种实践就被认为是成功的。纵观人类历史，人类社会实践的每一个进程，都是人类不断实现自己目的和理想的进程。也就是说，人类在社会实践中，不仅有计划，而且还把追求计划目标的实现作为活动的宗旨。人类的实践活动与动物的本能活动区别的根本之点，就是人的能动性。由于这种能动性和这种能动性的结果，使人类创造了灿烂的物质文化，而动物永远都是在本能的范围内活动，都只能是在本能被动的程度上适应环境。人类的实践活动有改造自然的实践活动，有改造社会的实践活动即自我改造。德育实践是人的社会实践的一种，德育实践活动是一种特殊的实践活动。我们说德育活动是特殊的实践活动，是说德育实践的主体是人，而德育的对象也是人。有时德育的主体和对象并不是两个人，而很可能就是统一的一个人。这是人作为特殊存在物的伟大之处。人既可以是实践的主体，也可以是实践的客体；既可以在活动中使自己分化为主体和客体，又可以使自己在活动中使自己兼有主体和客体的双重身份。德育实践虽然有自己的特性，但是这种特性不能超越实践的一般特性，这就是，作为实践活动的一种，德育实践活动的主体，在德育实践中同样也要追求活动的结果和目标。德育追求的结果和目标是什么？德育主体对德育活动结果的追求是德育目标即社会需要的实现，也就是德育价值的实现。一方面德育实践的主体不能无视他自己活动的效果，而德育价值的实现则是自己活动效果的体现。另一方面，德育实践主体作为社会的成员或者是社会的有机构成，他与别人一样，同样希望德育有效果，因为他们自己也会享受到良好德性水平的好处。自己活动的结果是自己活动目标的体现，自己的活动追求的目标，就是自己的活动目标变成现实，而这个目标是德育价值主体需要和要求的实现。

德育价值的实现，不仅是德育主体对活动目的的追求，而且也是对自己的功能属性实现的追求。在社会生活中，如果有人说自己是搞德育的，首先遇到的就是质疑的眼光。这种质疑之一就是德育能够有用吗？你能育德吗？这里既包括对德育主体德性的质疑，也包括对德育主体能力的质疑，更包括对德育本身的质疑。德育主体面对这种质疑时总会感到无奈，与别人去争辩吗，举出种种例子来证明自己能行，既不会满足自己的心理，也不能回敬质疑的目光，德育只有在实际工作中来证明自己能行，这就是德育功能属性的发挥。德育主体在德育活动中，固然追求自己活动目标的实现，可在自己活动目标的后面，追求的是自己的功能属性的发挥。也就是它能够通过自己的活动把社会的要求和需要，变成德育对象的品行和行为。在社会承认德育存在的前提下，它就潜在地承认德育是有价值的。即德育能够以自己的有效活动，使德育对象接受社会对德的要求。德育存在和德育的实践活动总会有一些效果，这里的问题是，德育的实践活动是不是德育主体努力进行的活动；德育努力的活动是不是满足社会需要的活动。任何一种活动都会有效果，都在发挥一种功能和属性。问题是，这种功能属性的发挥是不是有助于德的培养和发挥，是不是有助于社会对德的需要的满足。德育从回敬别人的质疑也好，满足社会的需要也好，都是要发挥自己的功能属性。发挥满足社会需要的功能属性，这即意味着德育追求的功能属性的实现，必须是满足社会对德的需要的功能属性的发挥。对实践活动目标的追求，要以对德育功能属性的发挥为前提。德育活动的存在，并不一定就是发挥德育的功能属性，而只有发挥了德育的功能属性，才能使实践的目标获得实现。可见，德育主体对德育功能属性的追求，既是对功能属性本身的追求，也是对活动目标实现的保证。德育功能属性的发挥，在德育价值实现中，具有关键的作用。没有它的发挥，就没有实践活动目标的实现，也就不会有德育价值的实现。对德育功能属性发挥的追求，必须接受两个现实，一是这种功能属性的发挥以对德育对象的尊重和理解为前提，二是以这种功能属性对社会需要的满足为条件。德育功能属性如果违背了人的本性，就不能使德育价值获得实现，因而不能违背人性。人性具有历史现实性，不违背人性，也就是不违背现实的历史的人性。社会的需要和追求是有理想性的，在理想性和现实性之间，如何保持必要的张力，这是德育的艺术。德育追求功能属性的实现，是德育追求目标的体现。

德育价值的实现，还是德育本身对自我价值实现的追求。德育作为一个整体，它的存在价值就是德育价值的实现。德育的价值是德育主体对德的需要和需求在德育功能属性上的对象化，而德育价值的实现则是德育的功能属性对德育价值主体需要的满足。就德育价值主体的社会来说，它希望自己的需要和追求获得满足和实现，它要求作为自己工具的德育能够满足自己的要求。德育价值实现对德育主体来说，也是自己追求价值实现的表现。德育价值主体要求的是自己的需要和要求获得满足，德育主体追求的是自己的价值的实现。自己的存在有没有价值，也就是说自己能否以自己的功能属性满足社会的需要，具体说也就是自己能否培养出具有社会所要求的德的人。德育对象具有社会所要求的德，就是社会的需要变成了现实。德育作为特殊的社会实践活动，作为特殊的价值客体，实现了这样的目标也就是实现了自己的价值。德育是要追求社会需要的满足，德育要追求德育价值的实现，在德育满足社会需要的背后，在德育价值实现的背后，是自己价值的实现。自己有没有价值，在于自己的功能属性能否发挥，在于自己发挥的功能属性能否满足社会对德的需要。这里实际上是两个问题，一是自己的功能属性的发挥，一是发挥的功能属性对社会需要的满足。人类社会实践的不同主体具有不同的功能属性，或者说是不同的实践主体承担着不同的任务目标，这些不同的任务目标以发挥不同的功能属性为前提。德育追求德育功能属性的发挥，追求功能属性发挥对德育价值主体需要的满足，是追求自己价值目标的实现。社会实践主体的功能属性发挥，满足了社会的需要，证明自己有价值。没有满足社会的需要，自己就没有价值。自己具有的功能属性没有发挥，或者发挥的功能属性没能满足社会的需要，都是自己的价值没有得到实现。德育的功能属性是它能够通过自己的实践活动，对德育对象施加影响。德育追求的是自己能够对德育对象施加影响，能否有效地对德育对象施加影响，既取决于自己的活动也取决于自己对对象的把握。德育实践主体追求的首先是自己功能属性的发挥，其次是自己发挥的功能属性对社会需要的满足。自己的功能属性发挥了，自己发挥的功能属性满足了社会的需要，就是自己价值的实现。所以，德育主体把德育价值的实现作为自己追求的价值目标。把德育价值实现作为自己的价值目标，这是德育基于自己对社会的承诺，是社会分工决定的。德育存在，就要有自己存在的价值，自己存在的价值，就是为社会培养具有社会所需要的德性水平。因此，德育存在的价值的实现，就是努力使德育对象富有社会所需要的德性品质。固然影响德育价值的实现的因素很多，但是德育自己存在价值的实现并不能因为这些因素的存在就轻言放弃。

二　德育价值实现的过程

德育价值的实现，可以有三个不同层面的解释。从价值主体即社会需要的角度来说，是德育价值主体的需要获得满足；从德育主体的角度来说，是自己的功能属性得到有效发挥；从德育对象的角度来说，是德育对象德的潜质得到开掘。就德育价值主体和德育价值客体关系的角度来说，德育价值实现的本质，是社会对德的需要和追求通过德育主体功能属性的发挥在德育对象身上变成现实的过程。从德育价值主体的需要，到这种需要通过德育实践活动被满足，这是一个漫长、艰苦、复杂的过程。

（一）社会对德的需要和德的标准的提出

德育价值是社会对德的需要在德育价值客体功能属性上的对象化体现，德育价值的实现就是德育价值主体对德的需要，通过德育主体的实践活动在德育对象身上获得实现。也就是说，社会所需要的德，通过德育主体对德育客体的教育实践活动，在德育对象身上获得了实现，这种实现满足了社会对德的需要。毋庸置疑，德育价值的实现既是社会所需要的，也是德育活动所追求的。德育实践是德育满足社会需要的过程，也是德育价值实现的过程。社会要使自己的需要获得满足，德育要满足社会的需要，必须明确社会的需要是什么。作为社会来说，只有明确自己的需要，才可能知道自己的需要被满足，以及自己需要满足的程度。作为德育来说，只有明确社会的需要是什么，才有可能去满足社会的需要。这样，社会对德的需要和德的标准的提出，就成为德育价值实现过程的基点和原点。社会对德的需要，绝非是说社会是否需要德，而是说社会需要什么样的德，也即社会德的标准是什么。社会对德的需要和德的标准，在这里是一个问题的两个方面。社会根据什么产生对德的需要，根据什么提出德的标准？主要根据以下五点：

1. 根据阶级统治的需要

无论具有怎样国体的国家，无论是民主制的国家还是专制的国家，也无论这个国家政权代表的人数是多是少，甚至于这个国家政权是否得人心，它提出德的标准必须考虑对统治和政权的巩固。有谁能提出一个希望别人推翻自己统治的要求，有要求别人推翻自己的要求愿望，莫如拱手相让。在中外历史上，任何一个国家政权，都希望自己的统治得到巩固。

2. 社会生活秩序的需要

对社会生活秩序的关注，一方面因为国家统治要关注社会生活秩序，它关系着社会生活中每一个人的利益；一方面是社会生活秩序也有利于自己的统治，说到底，社会生活秩序是有利于统治的秩序。一个没有秩序的社会，不仅社会生活没法进行，而且国家的统治也没法巩固。这就是任何国家任何统治者关注社会生活秩序的理由。

3. 国家利益的需要

国家是一个空间概念，它是离不开政权和阶级统治的。但是国家和政权及阶级统治不是同一的概念。一个国家的政权可以不断更迭，但是国家却可以依然存在。国家所以把国家利益作为考虑德的标准的根据，基于两点：国家与每个人息息相关，把国家利益作为提出德的根据，具有强大的感召力，因此，爱国就成为任何国家德的基本内容；国家利益中有统治者的利益，它是国家利益的最大股东。

4. 社会发展水平的需要

德的标准是社会意识的体现，根据存在决定意识的道理，一个社会提出德的标准不能超越社会发展水平。社会需要的德不是一个装饰品，它要在现实中实现。超越了社会发展水平的德，不会在现实中获得实现。从意识和存在关系的基本原理来说，人们也没有理由能够提出超越现实的标准。然而，由于人的意识能动性和意识的狂热性，在特殊的条件下也会提出不切实际的标准。事实不会给超越现实的标准以完美的报答。根据社会发展的水平，即是说标准的提出要根据社会发展水平，也是说社会发展水平能够达到的，同时也是社会发展需要的。历史向我们显示的事实是：不同发展水平对德的要求不同，不同发展状态对德的要求不同。

5. 文化传统的影响

文化可以表现为一定的文明成果，也可以表现为知识理念，又可以表现为一种行为模式。社会提出德的标准，不能离开文化传统的限制，也不能不考虑文化传统对人接受的影响。它既要考虑文化传统的影响，又要运用文化传统来实现自己的需要。把文化变成德的标准的载体，会有助于人们的理解和接受，因为文化对人具有不可言状的磁力。

由于德是国家提出的一种行为标准，因而也就注定了它的内涵的动态性质，也就是说不同的社会、不同的国家和不同国家的不同时期，德的内容会有所不同。殷商时期的德突出的是恪守天命，尊顺先王，信用旧人；西周王朝的德是慎行政、作新民、慎刑罚；汉代则把遵守三纲五常作为德的标准，我国现在提出的有理想、有文化、有纪律、有道德、爱国家、爱集体、爱劳动等都是德的标准。这些标准是抽象的，在现实当中要具体化。封建社会不同时期的德的内容是不同的，但是也有相当一部分是共同的，诸如礼、义、孝和三纲五常，都是封建社会德的共同内容。汉代察举取士的标准在《汉官仪》中体现为四个方面："一曰德行高妙，志节清白；二曰学通行修，经中博士；三曰明达法令，足以决疑，能按章覆问，文中御史；四曰刚毅多略，遭事不惑，明足以决，才任三辅令。皆有孝悌廉公之行。"也就是说，或有品德之志，或有学术造诣，或有明法行文能力，或有治事决断才干，而孝悌、廉洁则是对所有候选士人基本的共同要求。① 《晋书》卷三《武帝纪》载，西晋咸熙二年，晋武帝颁品第人物标准，令各地中正"以六条举淹滞，一曰忠恪匡躬，二曰孝敬尽礼，三曰友于兄弟，四曰洁身劳谦，五曰信义可复，六曰学以为己"。② 它们所以有共同的德的标准，是因为这些标准有助于他们意志的体现和实现。无论是古代还是现代，无论是中国还是外国，爱国都是德的内容，而无论是把德看成是道德还是国家提出的思想政治品德。都是如此。唐朝时期武则天在她为臣下编定的《臣轨》中，主要规定两个方面："事君以忠，公正奉国"，并对每个方面都做了详细规定。③ 一般说来，统治者提出德的标准的途径有三个，一是在日常的教学中提出，二是在社会教化中提出，三是在选拔官吏时提出。学校提出的如周朝的六艺和六德、社会教化的如汉代提出的三纲五常；选拔官吏如察举和九品中正甚至于科举。就经验来说，通过选拔官吏来彰显社会所需要的德，是最常见的办法。因为仕途在中国这个以官本位为主导的文化中，具有非凡的诱惑力，人们都愿意走仕途之路。在人们看来，仕途是最能够体现人的价值的，仕途也能够给人带来更丰厚的利益。所以社会

① 李国钧、王炳照主编：《中国教育制度史》第 1 卷，卷 462 页。
② 李国钧、王炳照主编：《中国教育制度史》第 2 卷，第 192 页。
③ 黄崇岳：《中国历朝行政管理》，中国人民大学出版社 1998 年版，第 417 页。

在选拔官吏时，提出德的标准，既易于为人们接受，在接受了德的标准进入统治官吏的界域以后，也有助于维护自己的利益。这也许就是人们在选拔官吏时提出德的标准的缘由。除选拔官吏外，更多的就是社会通过德育提出德的标准。实际上，在德育过程中提出德的标准，是社会为德育和德育对象提出的目标。社会教化中的奖惩，也是提供德的标准的途径。社会对德的需要和标准的提出，为德育价值的实现奠定了基础。有了需要和标准，德育就有了明确的目标。

（二）德育主体对德育内容的诠释和论证

社会对德需要的标准，就是德育基本内容。有了德育的内容和德的标准，德育实践就有了前提和基础。德育主体对德育内容的诠释论证和德育对象对德育内容的接受，这既是德育价值实现的基本过程，也是德育的基本过程。德育的过程也即德育价值的实现过程，就是通过诠释和论证德育的内容，促使德育对象接受的过程。诠释论证德育内容的目的，就是让德育对象接受。因为只有知道社会的需要，才有可能接受社会的需要。德育主体对德育内容的诠释论证，一方面要对内容本身进行解读，一方面要诠释论证德育内容的根据。而要做好这些，德育主体必须把握德育内容及其根据，这是从事德育实践的必然要求。在现实中，德育主体的情况也是复杂的，这种复杂性既表现在过程上，也表现在形成上。就构成来说，德育主体有家庭主体、社会主体、学校主体。就形成来说，有客观形成的，有主观追求的。所谓客观形成，指承担德育职能是由于客观原因，例如家庭德育主体是由于家庭生活和子女的出生客观形成了德育主体；所谓主观形成，是说选择德育主体的身份是自己主观追求和选择的结果。不管是主观形成还是客观形成的主体，在德育过程中都应该把握社会需要的内容。就实际的情况而言，家庭对德育内容的理解和把握一般不系统，往往限于零乱和主观随意。而主

观形成的德育主体即学校德育主体，对德育的内容必须根据自己的
职能系统把握，没有这样的条件，是不能主观选择德育的，即便选
择了也会被客观辞退。一般来说，主观选择形成的主体都应该是系
统学习德育内容的人。把握内容不仅是诠释的一个基础，而且也是
德育主体接受的一个条件。德育主体要想把德育内容解读得好，德
育对象能够接受，自己不仅应该知道内容和根据，自己接受也是影
响对象接受的因素。德育主体的接受和解读不是同一的蕴涵，德育
主体的接受也不是对象接受的充分条件，只是必要条件。自己不接
受不仅对象不能接受，自己不接受让对象接受也是不道德的行为。
德育主体在德育实践中必须解决自己接受的问题。把握德育对象。
像任何社会实践活动一样，德育实践主体要对实践对象有所理解把
握，况且德育实践对象还是一个特殊的对象。现代教育心理学者认
为，要教儿童知识，必须先了解儿童如何学习知识；要教儿童思
维，必先了解儿童如何思维。道德认知发展理论向我们证明的是，
儿童认知的发展制约着道德认知的发展，强调道德教育要根据儿童
认知水平发展的实际进行。把握德育对象是德育主体从事德育的基
本功，是使德育有效的保证。德育是一门实践科学，说它是一门实
践科学的根据在于，它有自己的内容、对象、方法和规律。把握了
德育对象，把握了德育内容，把握了德育的方法和规律，就会有好
的效果。离开对对象的把握，就会使德育盲目，有的放矢，在这里
就是要把握对象。离开对对象的把握，德育的内容就会缺少针对
性，就会影响德育对象的接受。

德育主体对对象的把握，首先是要把握对象的生理和心理发展
水平。德育对象的生理和心理发展水平，是认知和德育接受的客观
基础。不同心理和生理发展阶段的人有不同的特点，针对这些不同
特点进行不同内容、形式的德育活动，是德育过程的必然要求。我
国的德育内容是一个完整的体系，但是针对不同发展阶段和不同发
展水平的对象，这些内容有不同的解读方式和层次上的要求，这就
是根据不同对象实际进行有针对性教育的体现。不同发展阶段的德

育对象，不仅在接受能力上由于认知发展的差异有区别，而且他们自身的需要和问题也是有区别的。其次是把握德育对象的人格特征。现代德育强调要尊重对象的人格和特性，强调个性化教育。个性化教育要发展对象的个性，要针对对象的个性进行教育，就要理解和把握对象的个性。这里对德育对象人格特征的把握，有两层含义：一是从整体上把握对象的人格特征，即是对象群体特征的把握；二是对同一对象群体不同的人的不同特征的把握。人格的类型差异性使德育过程面对复杂性，每一个人都是一个世界，每个人在接受外界事物的时候都有自己的独特的地方，把握这些特点，才有可能使德育对象能够接受德育的内容。第三是对对象背景的把握。对对象背景的把握，一方面是对对象的德性水平有所把握，一方面是对对象以往接受德育的背景进行把握。这是德育有针对性的要求，也是矫正过程的必需。不同对象有不同的德性水平，不同对象有不同的背景环境，这对他们接受德育内容都是有影响的。德育过程如果能够把握住对象的这些背景，就会使德育具有针对性，进而会增加它的实效性。过去我们主张一把钥匙开一把锁，其实就是这个道理。只有把握了不同背景和不同的基础，才会有针对性地去一把钥匙开一把锁。孔子能够针对不同的人给以不同的教诲，就是因为他把握了不同对象的不同特点。因材施教，不把握材的特点，是不能够因材施教的。目前呼吁的针对性教育，也有另外一种意蕴，就是满足对象被关注的需要。不少德育对象为自己不被关注所苦恼，说"好学生有人关注，后进生有人关注，就是中间的一些人没有被别人关注"，他们渴望被别人关注，这也是他们存在的价值，甚至不惜采取极端的方法引起别人的关注，这也是我们在德育过程应该注意的一个问题。把握德育的方法和艺术。应该说，对德育内容的把握和对德育对象的把握，已经为德育主体对德育内容的诠释和德育对象对德育内容的接受奠定了良好的基础，但是，仅仅如此还是远远不够的。要想达到德育主体对德育内容的诠释和德育对象对德育内容的接受的效果，还必须把握德育的艺术和方法。经验证明，同样是对德育内容有所把握，同样是对德育对象有所把握，并非都会收到好的效果，问题在哪里？就在于德育的艺术和方法。曾经流行于美国的价值澄清理论，并不是主张不进行价值引导，而是主张要用高明的教育方法。关于这一点，价值澄清理论的创始人在他的《价值与教学》的序言中已经说得很清楚：

　　　　1972年前，我是纽约敦刻尔克的一名6岁的小男孩，正在第五公立学校读二年级。我养成了吮吸肘部的衬衫袖子的坏习惯。我为此遭到哥哥的嘲笑、逗弄，我的几个姑妈和叔叔也是如此。此前的一年，一年级老师曾在数个场合命令我停止这样做。接着，我就读于二年级。遇到了一位叫卡罗瑟斯小姐的新老师。一有自由时间，我就开始吸吮衬衫。家母知道我尤其喜欢吸吮洗得干干净净的衬衫，因此当我回家吃中饭时，她会保证我下午穿上刚洗涤干净的衬衫去上学。卡罗瑟斯小姐大概注意到了这一点，她常常沿着走道来回走动，并与个别学生交谈。一天，她来到我的课桌边，俯身靠近我说："路易斯，这是你最喜欢的姿势，是吗？"在接下去的一两周内，我戒除了这一习惯，母亲向全家宣布我不再吸吮袖子了。我非常清晰地记得卡罗瑟斯小姐对我说的话，我相信我以后会思考这件事。我可能认为我并没有从许多姿势中选择这种姿势，也许我并不明白她为何称它为我最喜欢的姿势。我相信，卡罗瑟斯小姐这种不作判断的评论促使我反省自己的惯常做法。我自己摒弃了它，克服了嘲笑、逗弄和专制都无法克服的习惯。[①]

　　其实，卡罗瑟斯小姐并不是没有价值导向，只是没有采取说出来的方式。这种方式所以有效，是因为"人们通常总是被自己亲身

---

①　[英]路易斯·拉思斯著：《价值与教学》序言，浙江教育出版社2003年版。

所发现的道理所说服，更甚于被别人精神里所想到的道理所说服。"① 类似的话有"人们应当接受教育，但是对于它不知道的东西，应该像他忘记的一样告诉他。"现在有人主张隐形教育、生活教育、成功教育，都是在强调教育方法的改革。实际上这种方法被实践证明是有效果的。媒体曾经介绍过，因一念之差偷拿了别人东西的学生，被老师用信任的方式使拿别人东西的同学把东西送回去，并也在实际上用巧妙的方式教育了这位同学。方法和艺术是达到目的的手段，是过河的船。没有适应对象实际的方法，同样不能收到好的效果。我们说德育主体要把握教育方法，就是要不断研究如何使德育对象接受德育的内容。重视方法和艺术与把握对象以及对内容的把握同等重要。现在，应该说缺乏的不是理论，是把德育内容要求变成对象品质的人，缺乏的是能够直接与德育对象直接对话的人。对对象的理解与尊重，也是把握方法的出发点。这里我们强调在德育主体对德育内容的诠释和德育对象对德育内容的接受中，对内容的把握、对对象的把握、对方法艺术的把握，目的不是别的，而是为了德育主体更好地对德育内容的诠释论证和德育对象对德育内容更好地接受。

（三）德育对象对德育内容的接受

"纵观历史，世界上的任何一个国家，都为教育树立了两个伟大的目标：使受教育者聪慧，使受教育者高尚。……意识到聪慧与高尚不同，自柏拉图时代起，明智的社会就将道德教育作为学校教育一个深谋远虑的目标。他们把品格与智力看得同样重要，将优雅与识字看得同样重要，将美德与知识看得同样重要。他们努力将公民塑造成这样的人：用自己的才智惠利他人，就像惠利自己一样；

---

① ［法］帕斯卡尔：《思想录》，商务印书馆 1985 年版，第 8 页。

用自己的智慧构建一个更加美好的世界。"①

　　前面已经讲过，接受就是内化的代名词。德育对象对德育内容的接受与德育主体对德育内容的释义是一个不同步的过程。不是德育完成了对德育内容的释义，德育对象就接受了德育的内容和要求，如果这样简单，德育也就没有什么科学性而言了。德育主体对德育内容要求的释义，可以是接受的开始，但不是德育接受的结束。它只是接受的一个可能，甚至于完全可能不被接受。德育对象对德育内容的接受的过程是一个漫长的过程，而释义论证过程却是非常短暂的。这即是说，不同步表现为两个方面，其一是说，接受和不接受与释义论证不是同步的，其二是说德育释义论证过程短暂而接受过程是漫长。德育对象对德育内容的接受是一个认知过程。一般说来，接受与认知是有必然联系的，接受的内容必须是认知的，不经过认知的内容是不会接受的。但是，这不等于说认知的内容必然是被接受的。一个人可以知道许多东西，可不一定接受它。知识是不是美德我们在这里可以不讨论，但美德也是一种知识是不能怀疑的。说美德是知识，一方面说美德是社会生活中的知识，另一方面是说美德是做人的知识。德育对象对德育内容的接受是一个认知过程的道理就在于，认知是接受的开始，接受必须认知。这就告诉我们，在德育过程中，要着意德育对象对德育内容的认知。因为，只有认知才有可能接受。德育对象对德育内容的认同。假如我们把认知解释为认识和知道，那么我们就可以把认同解释为认可和承认。尽管认同不是接受，可认同向接受又进了一步。认知的内容不一定被认同，认同以认知为基础。德育的内容能否被接受，取决于德育对象是否认可。认知对内容的要求并不苛刻，无论什么样的内容，正确与否，都可以被认知。事实上在德育过程中，我们常常把一些错误的内容有意识地介绍给德育对象，目的是让对象认知它

---

　　①　[美] 托马斯·里克纳：《美式课堂品质教育学校方略》，海南出版社 2001 年版，第 4 页。

们，这里的认知不是为了接受，而是为了认识它们的错误和根据，以在社会生活中识别和拒斥，同时也是为了反衬社会需要的内容。认同则不同于认知，认同意味着趋近于接受，对认同的内容有了一种接受的倾向。没有认同，不会发展为接受。认同不必然接受，认同是认可内容存在的合理性，有它存在的道理。至于是否接受则是另外一个问题。然而，若是不存在某种对最后目标的性质一致意见，道德教育就不可能有任何实际的效果。一个医生去劝说一个根本不关心健康和身体幸福的人去作某些事情和戒除另一些事情，将是毫无效果的。如果一个道德哲学家向一个认为'善的生活'就是刺激和放荡几年，然后让脑袋吃一颗子弹的人推荐节制和明智，也是没有用处的。但这个道德哲学家也许不会完全白费力气。谁能说他最后不可以成功地说服这样一个人，使他相信：他过去的自己、他的意志和他的至善观念是错的，……我们不能否认这种浪子回头的事情实际上一直在发生。那么，我们能说只有道德的宣讲能产生这些效果而道德哲学家就不可以吗？宣讲者若不诉诸他的见识几乎就没有希望影响任何人。[①] 接受是一个反思的过程。认同能否发展为接受，要看德育对象反思和选择的结果。所谓反思，一方面是对德育内容的反思，一方面是对自我的观点理念进行反思。从根本上说，人的德是后天获得的。在人们有意识地进行思想政治品德教育的时候（一般是指学校德育），德育对象的德性认知图式已经在外在世界的某些信息影响和刺激下建立起来，它对德育输入的内容要有选择地取舍，这个过程表现为反思（德育对象的层次越高，这方面体现得越充分）。认同的内容能否进入接受的视界，既取决于德育内容本身的客观科学性，又取决于德育对象的主观倾向。有时德育的内容被对象所同化，有时德育对象顺应德育内容。用德育理论中流行的观点，就是社会需要的思想政治品德与德育对象之间思想政治品德现状的矛盾。究竟如何解决这个矛盾，要经过反思才能有

---

① ［德］包尔生：《伦理学体系》，中国社会科学出版社1988年版，第29页。

结果。接受是德性理念确立的过程。接受等同于内化，这使接受和外化区别开来。用接受来解释内化和外化，是不客观的也是不科学的。我们承认接受可能外化，但接受不是外化，在接受和外化之间还有一段的距离。接受是什么，接受就是对德育内容的认知、对德育内容的认同，对德育内容的选择，对德性理念的确立。接受和不接受的标志，并非只有实践一个标准。以为接受了德育的内容必然会变成实践，以为没有变成实践就是没有接受的观点缺乏客观性。因为，一种理念的确立是一个过程，而由理念到行为也有一个过程。从理念的确立到行为的外化，要受到许多因素的影响，包括自己的意志、外在环境的制约。如果仔细思考，我们就会发现接受并非是外化的合理性。尽管我们承认接受可能在多数时候会变成行为，接受可能最终会变成行为，但接受和行为外化还不能是一个问题。接受和不接受在理念确立中的区别，也会从侧面证明接受和外化之间的距离。接受需要外化，接受可能外化，可接受毕竟不是外化。接受不过是在理性认同基础上的确立，是理性层面的收获。固然接受不是外化，总还是为外化奠定了基础。理念中的接受，对激励行为，对德行评价都会起到重要作用。

（四）由接受到外化，德育对象的德行满足社会的需要

德育对象接受了社会的要求和德育主体传达的内容，就在理性的层面上接受了社会的要求。但是，在理性的层面向现实过渡，还有很长的一段路程。并不是人们在认识了什么道理之后就会自觉去行动，认识和实践之间虽然一步之遥，但毕竟是两个不同的领域。自己认知和接受的内容，怎样才能变成行为？接受的内容能否变成行为，这要受两个方面的影响和制约：一方面是社会的现实；另一方面是自我的意志品质和行为习惯。前者，有些像囚徒困境一样，社会环境好一些，人们容易把接受的内容变成行动。社会环境包括两个方面，一是社会生活中的人们是否也按照德的要求行动；二是

社会对有德的行为报答如何、社会对德需要的程度。自我的意志品质和行为习惯，往往成为阻碍对象接受的内容向行为转化的障碍。有的人在道理上能够接受社会的道德准则，但是在现实中就是不能付诸行动。我们希望德育能够收到好的效果，希望德育对象能够按照社会要求的内容行动。因为，德育的价值最终要体现在德育对象的行动上。这里，我们需要思考的是，德育的内容是否必须外化为行为，难道就没有内在修养和境界的成分？我们知道，智育是传授知识的活动，似乎知识只是理念层面的东西，与实践无关。学会知识有文化难道不是在需要时或者环境可能时才能够外化为行动的吗？其实，学习知识不也是为了实践吗？人们学到了不少知识，可是用的有多少呢？用同样的道理来观察德育，人们在接受的知识当中，也会是一样的，即不是学到多少就会用多少。这样不影响智育的价值。为什么德育就要用实践来衡量呢。这里，我们无意为德育争口袋，只是我们觉得是一个问题在这里提出来。德育对象对德育内容的接受，外化为行动，满足社会需要，这是德育主体追求的目标进而也是德育价值主体追求的，也是德育价值实现的体现。德育价值实现的本质，是社会对德的需要和追求通过德育主体功能属性的发挥在德育对象身上变成现实的过程。这个过程包括社会对德的需要和德的标准的提出；德育主体对德育内容的诠释；德育对象对德育内容的接受；由接受到外化，德育对象的德行满足社会的需要。这就是德育价值实现的过程。德育价值的实现过程，是德育主体根据社会需要对德育对象进行教育的过程，是德育自身的培育人的思想政治品德功能发挥的过程。德育要想满足社会需要，实现自身的价值，就必须根据社会需要和对象的实际，进行有针对性的教育实践活动。

三 德育价值实现的条件

德育价值的实现表现为德育对象的行为符合了社会对德的要

求，也就是说社会对德的要求通过德育这样的环节变成了德育对象的行为，这种行为满足了自己的需要。那么，德育在什么条件下才会接受社会对德的要求，把这种要求变成现实呢？是不是任何内容的要求和需要都会变成现实，是不是德育会把任何要求都会变成对象的德性，是不是任何条件下，社会提出的要求都会成为人们行为的准则呢？这些，就是德育价值实现的条件问题。从总体上说，德育价值实现是有条件的。认识德育价值的实现有哪些条件，是德育价值实现必须研究的问题，也是德育价值研究不能忽略的问题。

（一）德育内容的现实性

德育价值的实现是社会对德的要求变成了现实。然而，德育对象能否接受社会的要求（德育内容），首要的是它是否具有现实性。这其中，社会对自己需要的客观把握具有突出的意义，认识真正的需要，提出真正的需要，是把需要变成现实的必要条件。

1. 社会要求的适应性要求现实性

根据存在决定意识的原理，一定社会对其成员的思想政治品德要求必须适应现实的实际，脱离实际无论是超越还是落后现实都不能适应现实的需要，只有适应现实需要的内容，才能适应现实的需要。社会要求的内容必须与人的思想水平相适应，必须与社会发展水平相适应。

2. 社会要求的接受性要求现实性

德育价值的实现，不能离开德育对象对社会要求的接受，而超越于现实的社会要求则一般不被多数对象接受。在现实与社会要求之间如果产生差距，人们更愿意接受现实。因为人们是生活在现实中，现实对人的制约因而对人接受内容的制约是强大的。

3. 社会要求的目的性要求现实性

社会要求对德育过程的目的来说，是德育对象对德育内容的接受，并且外化为行为；而对德育价值主体的社会最终目的来说，是把社会要求变成对象的品质的行动，进而有助于价值主体需要的实现。超越于现实的内容要求不能变成现实，社会的目的就会落空。根据德育内容现实性的要求，社会需要和德育价值目标不能太高，不脱离实际，脱离现实的德育内容和社会要求是不会实现的。这里隐含着德育不能无视人性实际的意蕴。一个超越实际的社会要求，可能产生两个后果：一是被德育对象直接拒绝接受；一是德育对象以扭曲的方式接受。我们以往的教训是脱离实际，一味高标准，以为无论多高的要求人们都会接受，事实上是适得其反。德育内容的现实性要求，德育的内容必须来自现实的要求，必须适应现实的水平要求。社会要求所以要有现实性，因为社会要求要在现实中产生，要维护现实存在的合理性，要在现实中实现。

（二）德育过程的科学性

德育价值的实现，不仅需要德育内容的现实性，而且也需要德育过程的科学性。德育过程是德育主体培育德育对象的思想政治品德过程，是德育对象接受社会要求外化为行为的过程，也是德育价值实现的过程。德育过程在德育价值的实现中具有关键作用，没有德育过程，德育过程缺少科学性，德的功能的发挥、德育价值的实现就无从谈起。德育过程涉及德育主体、德育内容、德育对象，也涉及德育方法和德育环境问题。德育过程应该怎样科学化？在确证德育内容现实性的前提下，它表现为以下几个方面：由浅到深。这是指德育过程对德育内容的解读要由浅到深。德育过程对德育内容的解读是不能缺少的环节，解读的目的在于认知、认同、接受，能否理解德育的内容，制约着德育内容的认知、认同、接受。理解能力是随着人的认知能力发展而发展的，对知识的理解是这样，对社会要求的理解也同样如此。这就要求我们在德育过程中，一方面根据不同年龄的对象由浅到深实施不同内容的教育，一方面在任何德育的任何过程都要坚持由浅到深。只有这样才会有助于人们的理解和接受。道德认知发展理论发现的"循序渐进原则"认为,"一般人的道德认知发展,都是在前两期之间,唯期段之间只能渐进,不能跃升。如对避罚取向的儿童提前讲遵守法规取向的大道理,是不会产生教育效果的。"① 由低到高,这是指德育过程对德育对象提出的要求要由低到高。它突出强调的是德育过程,对德育对象提出的要求要根据他的思想政治品德水平现状,坚持由低到高,不能脱离对象思想水平实际。不同的人有不同的德育背景和德性基础,对他的要求也就不能不同,相同的是,根据不同的德性水平在提出德行要求时,要循序渐进,由低到高。最近一段教育改革中的成功教育,让每个人有不同的目标和不同的要求,对德育具有借鉴作用。德育既要让对象接受社会要求,也要让对象的品德获得发展。对于不同发展的基础的人来说,有不同的要求,也是一种事实上的公正。这种不同的要求可分为由外到内和由知到行两类。

由外到内是指对社会要求的接受要坚持由外到内的过程。"道德认知发展理论的建构者,经由验证性的研究,发现了……他律而后自律的原则……的教育含义是,要想教儿童道德,宜先教他遵守既定的行为规范;教他在适当的场所表现适当的行为(如发问之前先举手与人借财物须归还等)。在此一原则之下,儿童的道德认知是'告知'的,而非'自知'的;是外化或外烁的,而非内化或内发的。准此而论,对年幼的儿童而言,制定明确可行的道德规范,无论是在家庭,或是学校,都是必要的。等到儿童认知发展到接近成熟程度之后,他将因思维能力增加而形成其是非判断的自律性道德认识。"② 德育过程提出的社会要求,要经过一个由外化到内化,由强制到自觉的过程。

由知到行是指德育过程中要坚持以知识为基础由知到行。我们不讨论知识是不是美德,美德是知识这是不能否认的。美德的知识

---

① 张春兴:《教育心理学》,浙江教育出版社 1998 年版,第 149 页。
② 同上。

本性内在地要求德育过程不能忽略对德育内容的认知过程，没有知的过程，就不会有自觉的行为，因而也就是不能有真正的德性行为。把德仅仅理解为实践行为，不管对行为的意义是否理解，这是对德缺乏全面理解的表现。德不仅仅是知，它最根本的是要体现为行为，但没有知，就不会有真正的德行。由知到行，也预示着德育不仅要求德育对象要知，它在强调知的同时，必须要求由知到行的转变。由知到行，这是德育对德育对象的要求，也是德育过程规律的反映。

德育过程在坚持由浅到深、由低到高、由外向内、由知到行的要求以外，还要在实践中坚持针对性、时效性、互动性。针对性是说，德育过程要针对德育对象的实际，这个实际是指针对不同对象发展水平的实际，不同对象需要水平的实际，不同对象问题的实际。针对性就像给病人看病一样，必须对症下药。当然，就德育对象整体来说，不能把他们看成是病人，只是强调要教育的针对性。要有针对性就要把握对象读懂对象。时效性是说，德育一方面要根据时代的不同特点和要求，进行不同内容的德育，也就是要与时俱进；一方面要根据德育对象品德发展的关键期，进行更为有效的教育，同时，这也意味着德育过程要把握教育的有效时机。互动性是说，德育过程不能忽略德育对象的主体性地位，把德育对象看成是有血有肉有思想有多种需要的主体，不能把他看成仅仅是接受的对象。把德育对象看成是具有主体精神的人，不仅是从德育实效角度的考虑，而且也是对德育对象进而也是对德育主体自身的尊重。

（三）社会现实的报答力

德育价值的实现，不仅取决于社会要求的现实性和德育过程的客观性，也取决于社会现实的报答力。所谓社会现实的报答力，是指社会现实对德的态度，一是对按照社会要求行事的人肯定的程度，一是对不按照社会要求行事的人的惩戒的程度。社会现实的报答力在某种意义上说，也可以是社会环境的制约。社会要求的现实性解决的是德育内容的可接受性问题，德育过程的科学性解决的是德育对象的接受问题，社会现实的报答力解决的是能否把社会的要求、接受的内容变成行为的问题。这也许就是我们把德育的接受和外化区别开来的理由。毋庸讳言，德是社会向人们提出的思想政治品德标准，社会所以提出这些标准，是因为社会需要具有这些思想政治品德的人，是因为社会需要具有这些思想政治品德的人来作用社会生活。社会对德育的需要，是因为德育能够通过自己的教育实践使对象接受社会需要，德育的价值就体现在这里。德育对象接受的社会提出的思想政治的标准，能否变成现实的行为，最根本的是社会对具有社会要求的思想政治品德的人的态度，即对有德之人的报答；对没有按照社会思想政治品德的要求行事的人的态度，即对缺德之人的惩戒。社会提出的要求不一定都被德育对象接受，德育在事实上也不可能使所有的德育对象接受所有的社会要求，但是德育对象接受的社会要求变成现实的必然条件是社会现实对它的态度。当社会对有德的行为给予必要的肯定和褒奖时，人们接受的德育内容就会变成行为，人们就会按照社会的要求行事；当社会对有德的行为置之不理时，人们对德行也会置之不理。当社会对缺德的行为给以必要的惩戒时，缺德的行为就会减少，当社会对缺德的行为置之不理时，人们也会对缺德行为默然视之。社会对德的态度，对德行报答的状况，说到底是社会对德需要程度的反映。一般说来，在社会发展的特殊时期，社会对人的能力的需要程度减弱；而在平稳发展时期，社会对德的需要程度加强。所谓"特殊时期用能人，平稳时期用有德的人"，可能就是这样的一种道理。我们说德育价值能否实现，关键因素是看社会的报答情况，在一定意义上说，也就是社会有没有对德的需要以及需要的程度。最简单的例子就是当你帮助别人时，必须是在别人需要你的帮助时才有可能。这本身也是两个方面的问题，一是别人有需要的情境你才有可能去实现你的德性行为，二是需要的人认可你的行为接受你的行为才能实现你的德性。这种情况外国比较多，中国现在也已经有这种情况了，即帮助别人时必须获得别人的同意，才能作为。否则即便你是出于好意，也会遭到别人的拒绝或不满。比如过去中国人坐公共汽车时，别人可以表示友好不经他人同意就可以为别人买票，现在如果再有别人那么做，就必须经过本人的同意，否则就是对别人的不尊重。这反映的是社会对德行的接受问题，也即社会的报答问题。一个社会对德行的需要和对德行的报答应该是一致的，但是，有些时候是不一致的。导致不一致的原因，还是社会对德行需要的程度。真正需要德行，就会给德行以报答。事实上也是这样，一个社会对德的需要既要表现在需要的层面上，也要体现在报答的层面上。没有社会的报答，对德的需要就会落空。没有社会的报答，德育的价值就只能局限在接受的层面上。因而，加强社会的报答力，是德育价值实现的根本保障。

（四）德育价值实现中的思维视角转换

人类所有的实践活动都要追求实际效果，这是由人活动的目的性也即人的主观能动性决定的。过程的美丽在于它的实际效果，没有了效果的过程也就失去了美丽。对实际效果的追求，是人类实践活动的最高目标。德育作为人类的社会实践活动，它追求的实际效果就是把社会要求的思想政治品德变成人们现实的行为。无论是对内容形式的要求，还是对规律的尊重和把握，都是为了这样一个效果。德育和思想道德建设，在现实中指的是一个问题。胡锦涛总书记在全国加强和改进未成年人思想道德建设工作会议上的讲话中指出："思想道德建设的改进创新，重点在充分体现时代性、准确把握规律性、大力增强实效性三个方面狠下工夫。"这里改进和创新，体现时代性，把握规律性，都是为了增强实效性。同时，德育只有改进创新，只有体现时代性，只有把握规律性，才能增强实效性。

德育体现时代性，主要是指它的内容的现实性。

1. 社会要求的现实性

其一是社会要求要源于社会现实生活，也即社会现实生活提出的实际要求。所谓现实中提出的要求，即是说不是过去的要求，也不是未来的要求，而是现实社会提出的要求。现在社会是市场经济社会，它既不同于以往的计划经济的社会，也不同于未来的人的全面发展的社会，因而它提出的要求必然要体现市场经济的本质要求。市场经济就人的发展阶段来说，是处于人对物的依赖阶段，人的自立、自为，既是人的存在状态，也是人存在发展的必需。因此，社会要求的现实性就是要首肯人的自立和自为。市场经济所以具有无可比拟的魔力，因为它以对人性和社会规律的尊重为前提。合作和奉守规则也是市场经济的必然要求，没有了合作和规范，就不会有真正的市场经济。所以，社会要求在鼓励人们自立、自为的同时，也要倡导合作和奉守规范。其二是社会要求在现实中能够为人们所遵奉，源于社会生活的要求，目的是为了人们能够在现实中遵奉。只有遵奉这些要求，社会生活才能得以维系。而人们能否遵奉社会要求的基本因素就是这些要求是否是现实社会的要求。经验告诉我们的道理是，只有与社会现实一致的要求，才能为人们所奉守。社会要求的现实性，并不意味着放弃理想性和超越性。但是，理想性和超越性是以现实为基础的，只有对现实要求的遵奉，才会有对现实的超越和理想的追求。很难想象，人们对社会现实的要求都不屑一顾的情境下，会有真正的超越和理想。我们以往的思想道德建设最大的弊端就是，忽略现实要求，以为要求越高人们的道德水平就会越高。过高的要求不仅为人们所不能达到，而且还会造成道德虚假现象。其实，社会在多数情况下，需要的都是现实的基本要求的奉守。即便对一些先进人物，也不宜意味高标准。其三能够促进现实的发展。社会要求的思想政治品德的目的是促进社会的发展，遵守这些要求，按照这些要求做事，就能够促进社会发展。这也意味着，只有源于社会现实，为人们奉守的要求，才能促进社会的发展。

2. 德育过程必须面对现实问题

德育在某种意义上说，就是为解决和解释问题而存在的。胡锦涛在讲话中指出"要坚持求真务实，努力增强未成年人思想道德建设的时代感，认真研究未成年人思想道德建设中的新情况新问题，……针对未成年人思想道德建设方面存在的突出问题，开展有针对性的教育和引导活动。"可见，面对现实问题也是体现时代性的客观要求。这里的现实问题有三层蕴涵：其一是德育对象即青少年在学习、生活和发展中面对的实际问题。生存和发展是人们面对的永恒主题，每一个时代的人都有自己生存发展的问题。现时代诸如学习、发展、竞争、就业、人际交往，甚至于心理问题和家庭问题等。这些问题不能有效解决，既影响生存也影响发展。有多少人由于不能正视自己面对的问题，影响了自己的发展和成长，甚至放弃了生命的责任。德育对人的生存和发展问题的关怀，是德育对对象的关怀，是对自己命运的关怀，也是对人类自身的人文关怀。一方面这些问题需要解决，另一方面只有解决问题，对象才能更好地接受社会的要求。德育面对这些问题，不是全能的上帝，不能包揽一切，而是通过对这些问题的解决和解释，使人们有一个解决这些问题的正确方法和对待这些问题的科学态度。例如，在提升自我和降低追求标准之间的取舍，就是一种方法。其二是德育对象与社会要求的思想政治品德之间的差距问题。社会要求和人们现实的思想政治品德要求之间的差距，是德育过程应该认真解决的核心问题。这些问题说到底，是时代的要求和人们现实思想政治道德水平的差距问题，德育就是要使人们的原有思想道德水平提升到现实要求的水平。随着市场经济而来的自我中心主义，极端个人主义和功利主义以及无规则的自由主义倾向，甚至于缺乏务实作风的眼高手低，只想做大事成大业的狂想，等等。德育通过为现实要求的合理性以及要求根据的论证，通过对违反要求的代价成本和后果的诠释，来解释、解决这些问题。其三是社会现实中存在的问题。德育关心对象面对的问题，德育解决现实差距问题，德育更要有勇气而且必须面对社会现实中存在的问题。这具体表现为，一方面是如何对待社会问题，一方面面对着社会环境对青少年的影响问题。德育不能回避社会现实问题，因为德育对象终必要面对社会现实，所以要让人们认识社会现实中的问题。德育要在主导和主流上解读社会的积极因素，但是不能只讲社会的积极因素，也要解读社会的消极因素。社会中的消极因素不因在解读社会要求时单向度地解读积极因素而消失，掩耳盗铃只是自欺欺人。在以往德育过程中，我们总是讲社会的阳光，而来不得半点的阴暗。这种做法的主观动机是好的，可导致的后果并不理想。这就是德育对象对教育内容的真实性缺乏信任感，认为德育就是在骗人，而最大的麻烦则是这些人由于对社会的阴暗缺乏认识，因而既缺少必要的心理准备又缺少对应的技法。一些善良而愚蠢的高学历者被文盲欺骗以至杀害的，对善良对德育来说都是深刻的教训。实际上，客观地讲解社会现实，解读社会生活，远比只讲阳光不讲阴暗要好得多。讲社会不良现象，要分析这种现象存在的原因，并且也要指出改变现实的路径条件和方法。这样，既给对象一个客观的态度和方法，同时还可以给他们以责任感和信心。面对社会环境对青少年的影响，德育必须有自己的预防措施。最好的措施，就是学会直接面对。例如网吧问题，既要对网络问题有所预防，也要利用网络占领阵地。逃避和堵截不是办法。同时，我们也应该强化网络的积极意义，不能只看网络的问题。实际上它带给我们的积极的东西，远远大于问题。网络问题，既有网络本身的问题，也有宣传中的诱导和暗示问题。从正面宣传网络的意义，比只看到它的不足的效果要好。不要让进网吧的人有罪过感，要看到阳光的一面。其实，所谓道德问题，一方面是道德主体自身与社会要求存在的差距问题，一方面是道德主体对新型道德理念的适应问题。

3. 德育形式要体现时代性

市场经济带给人们的自立、自主意识，人格意识和民主意识，使其具有时代的特征，它必然要求教育形式与之相适应。平等对话的交流，主体和客体的互动，相互之间的尊重和理解，是时代性德育形式的要求。服务、咨询、指导，也是德育形式时代性的体现。

规律是事物客观本质必然的联系，规律可以把握，可以利用，但不可创造和违背。"女人是老虎"的故事告诉我们的是客观事实不能违背、人性的规律不能违背的道理。德育作为社会实践活动，也有自己的规律。德育把握规律，首先要把握适应律。一是德育内容要适应社会现实要求的实际，二是适应对象年龄的实际，三是适应对象思想政治品德发展水平的实际。适应现实要求，适应对象年龄，适应发展水平的内容，才能为人们所接受。其次是把握一致律。家庭、学校和社会的一致性，老师解读的内容与社会现实的一致性，教育者的教师，家长以及社会官员说的与做的一致性。河南省第二实验中学倪鹤英 2004 年 5 月 27 日写给《光明日报》的信中指出"社会大环境与国家一贯倡导、学校努力培养的接班人品德教育，存在着不协调现象。学校和教师千方百计营造的校园环境，灌输给孩子的理想信念，常常在现实生活中受到干扰和影响。……往往是一个双休日，一个假期，让学校的工作前功尽弃。"[1] 这说明的是家庭社会和学校教育的一致性问题。只有学校的教育，哪怕是正确和科学的教育，没有社会的肯定和强化报答，不会有好效果。这里引发我们思考的问题是，是教育的软弱，还是社会现实的强大？第三是渐进律。德育的过程要坚持由低到高，由浅及深的渐进过程，而不是由高到低的过程。以往的那种小学讲大道理，大学讲基本生活规范的现象，违背教育的规律。事实已经惩罚了这种由高到低的德育模式。

德育价值的实现，是德育培育人的思想政治品德的功能属性发挥对社会需要的满足。德育价值的实现，是德育实践追求的目标也是社会对德育的期望。怎样才能更好地实现自身的价值，满足社会的需要，这是德育理论和德育实践必须认真思考的问题。不可否

---

① 《光明日报》2004 年 6 月 4 日。

认，德育价值实现的程度既有德育实践自身的因素，也有社会环境影响的成分；既有德育主体主观的原因，也有德育对象接受水平的制约。但是，这些都不是德育推卸自我在价值实现过程中责任的理由。德育价值的实现，不是看你想要什么，而是看你实际获得了什么；不是看你做了什么，而是看你的效果是什么。因而，要实现德育价值，满足社会需要，必须转换思维视角，在德育实效上下工夫。

从对象的视角解读社会需要。德育是德育主体把社会对思想政治品德的要求，通过自己有效的实践活动，变成德育对象的品质和行为的实践活动。德育的本质是把社会的要求变成人的现实的品质和行为。所谓内化和外化，就是这个道理。就德育自身来说，是否把社会的要求变成德育对象的品质和行为，不取决于主观愿望，而要看实际效果，即要看德育对象对社会需要的思想政治品德的接受水平。要提高德育对象的接受水平，德育不仅要从社会的角度解读社会需要，而且还要从对象的角度解读社会需要。然而，在以往的实践中，德育往往是单向度地解读社会需要，把社会需要解读为与对象无关甚至对立的需要，进而要求德育对象无条件服从接受，即我代表社会提要求，我为社会要求辩护，你要服从和接受。应该说，德育解读社会需要，让德育对象接受社会需要，这是它自身的职能，无可非议。但是，社会对思想政治品德的需要，也包含着对象的需要；德育不仅代表社会的要求，也应该是德育对象要求的代表。单向度的解读不仅使德育缺少了人文关怀，而且还使社会需要和对象需要对立起来，使德育主体和对象对立起来。其实，社会需要的思想政治品德，不仅从构成上有对象需要的成分，而且在渊源上也来自对象的需要。以社会形式表现出来的社会需要，不过是个体需要的社会表现形式。任何社会需要的思想政治品德，都可以还原成社会个体对思想政治品德的需要。假如社会需要的思想政治品德与德育对象的需要无关，只是社会需要的抽象表现形式，那么社会的需要永远也不会变成现实。德育不仅是社会要求的代表，而且也是德育对象要求的代表。社会不仅需要德育为社会需要进行辩护，更需要德育把社会需要变成现实。德育不能把社会需要变成现实，无论它的辩护和解读多么深刻，都无济于事。德育实践从对象视角解读社会需要，就是要把社会需要还原成对象需要，让对象认识在社会需要中包含着自己的需要，是自己需要的集中表现形式和升华。德育实践从德育对象视角解读社会需要，就是不仅要代表社会提出要求，为社会要求辩护，告知你必须如何，而且要代表对象要求，在面对社会要求时，建议你该如何，为对象的行为提供参考性选择方案。这不仅使德育回归社会本位，而且也使德育与对象的距离缩短，进而有助于德育走进对象心里。需要指出的是，德育从个体视角解读社会需要，并不会影响社会需要的实现，而是提高社会需要实现程度的有效途径和必要保证。正如，律师为被告辩护有助于法律意志体现一样。况且，德育对象还不是被告的身份，德育也不能只为对象辩护。

从现实的视角解读社会要求。德育的目标是把社会需要的思想政治品德要求变成对象现实的品德。在现实中，社会要求的思想政治品德又总是具化为一定的标准。德育实践过程的一个基本内容，就是要向对象解读社会要求的思想政治品德标准。解读标准是为了让对象认识标准的内容，理解标准的意义，按照标准的要求塑造自己，成为具有社会所要求的思想政治品德的人。社会的要求既具有理想性又具有现实性；既有高标准要求，又有基础层次要求。德育实践如何解读社会要求，不仅是一个艺术问题，关乎德育的实际效果，而且也是一个思想原则问题，它关系到实事求是思想路线在德育实践中的体现。德育的基点是从现实的视角向德育对象解读社会的要求，这里的现实性就是社会的基础层次和现实性要求。以往的德育实践，我们把社会要求的高标准和理想性作为出发点和归宿，以为这样就可以提高德育对象思想政治品德标准。事实上，那种脱离实际的好高骛远，并没有收到实际效果。适得其反，它既影响了德育价值的实现，又造成了德育对象在社会中的虚假和虚伪。德育对象不满意德育实践，社会也非议德育实效。从这一点上说，人们指责德育脱离实际和德育效果不佳是有道理的。实际上，一个社会的思想政治品德水平，并不是靠它的高标准和它的理想性决定的。决定思想政治品德水平的，是以生产力发展为基本标志的社会整体发展水平。经验和理性告诉我们：能够代表整体发展水平和适应社会发展要求的思想政治品德标准，往往不是高标准和理想性要求，而是它的基础层次和现实性要求。这基础层次和现实性要求，恰恰是社会大多数人在现实中能够奉行和践诺的。德育面对的是社会的大多数人，这种现实，决定了德育解读社会对思想政治品德要求的现实性视角。在现实中，德育的高标准和理想性不仅对普通对象来说，是不现实的，而且对先进人物和政府官员的多数时空也是不现实的。先进人物在社会生活中能够奉守基础层次要求，并在必要时能够超越基本层次的要求，就是社会推崇的理由。要求先进人物永远按照社会的高标准和理想性约束自我，既是对先进人物的苛求，也是对现实的一种讽刺。政府官员是以能力和奉守基础层次的思想政治品德要求为基础而承担社会公职的，而不只因思想政治品德的高尚，对他们的高标准是因为他们的岗位和职责。从现实的视角解读社会要求，不是不要理想和高标准。社会没有理想就没有了方向，就没有了追求，就没有了发展。社会没有了高标准，就没有了楷模，就没有了希望。我们说从现实的视角解读社会要求，是说从现实出发，以现实为基点和原点，给基点和原点以合理性和正当性，进而倡导社会的高标准和理想性。

值得提及的是，从现实的视角解读社会要求，绝不可以忽略德育对象实际的思想政治品德水平，绝不是可以迁就德育对象宪政的思想政治品德水平。在德育的实践中存在两种倾向，一种是只看到德育主体自身的问题，而看不到德育对象的问题；一种是只看到德育对象的问题，而看不到德育主体的问题。这其中的任何一种倾向都会影响德育的实现效果，因而这两种倾向都是必须克服的。就德育主体在德育过程中的主导作用和立体身份来说，德育的实际效果如何，除掉其他因素之外，确实应该负主要责任。但我们不能否认在德育实践中，德育主体代表社会提出的要求与德育对象实际思想政治品德之间差距的矛盾。这其中，德育对象的认知水平、思想水平，包括意志水平，都会影响德育的实际效果。因为，我们在承认德育对象是一个能动主体的时候，实际上也就承认了他们对社会要求所具有的选择态度或接受，或拒绝，都是具有现实性的基础的。德育对象接受这些要求，无论如何在表面上都表现为一种约束或束缚，这会造成人们拒斥的理由。正因为如此，我们在德育实践中，才强调要注意把握对象，才要不断注意德育对象的实际水平。不可否认，德育对象的水平是影响德育效果不能忽略的因素，但是由于德育主体在德育中的地位，使他必须在对象现实的基础上解读社会要求，有时甚至会适当降低社会要求的水平，这是为了达到最终的效果。降低要求不能超出社会要求的底线，并且要根据对象的发展水平来决定。解读社会和现实要根据德育对象发展的实际水平进行，不能超越必要的阶段。德育富有向德育对象解读社会、解读世界、解读人生的职能。德育的解读必须是客观全面的，而不应该是片面的。

从发展的视角解读社会要求。社会要求的思想政治品德总是表现为一定的标准和规范，因而，在某种意义上说，德育解读社会要求就成为对社会规范和标准的解读，德育把社会要求变成对象的行为就成为用规范约束或规范对象的行为。在以往的思维定式中，德育似乎就是为了规范对象的行为而存在的，社会这样看德育，德育自己这样看自己，德育对象更是这样看德育。一句话，德育对象用规范约束自己的行为，似乎就是社会要求的本质，似乎就是德育实践的目的。其实，规范只是一种手段，是保护发展的一种手段，发展才是规范的目的。社会需要规范，更需要发展，发展才是"硬道理"。发展是社会要求的内在本质，发展是德育实践的目的。社会要求的思想政治品德是保护发展的要求，是标志发展的要求，绝不是以循规蹈矩为目的要求。规范保护发展，规范更要促进发展。规范是为了秩序，秩序是为了发展。从发展的视角解读社会的要求，就要让对象认识社会要求即规范的手段意义和发展的目的取向，同时还要把引导对象的发展，保护对象的发展，促进对象的发展统一在德育的实践中。也就是说，德育实践过程中，不仅要关注社会规范的传输和接受，更要关注对象的发展，这是社会要求的应有之义，也是德育走进对象内心世界，实现德育价值的必然要求。从发展的视角解读社会要求，还意味着德育对象要关注社会的发展而不只是自我的发展。德育对象在狭义即一般意义上是指青少年，青少年是国家的未来和民族的希望。一个国家和民族对德育对象的要求仅限于对规范的遵守，仅限于对自我发展的关注；一个国家和民族的德育仅仅把规范和对象自我发展作为自己实践的目的；一个国家的青少年只会约束自我，只关注自我的发展，那么这个国家和民族就是一个没有希望和前途的国家和民族。关注国家和民族的发展，是社会要求的题中应有之义。我们有过鼓励对象关注国家和民族发展的历史，也有过因德育对象关注的"过当"因噎废食而忽略的现实。1989年的"政治风波"，在客观上就是大学生对国家民族命运关注的"过当"表现。在风波过后，我们曾经在思想教育中主张过，让学生认识学习是天职，是基本任务，这在实际上是在告诉学生只学习不要关心国家大事。过当和忽略都是不可取的，不能因为历史上少数人关注的"过当"就忽略甚至放弃德育对象关注国家和民族发展的要求。忽略和放弃这一点，在一定意义上说就是忽略和放弃了国家和民族的希望。德育对象关注国家和民族的发展，不仅要通过自己的才能为国家和民族的发展出力，而且也要通过关注国家和民族的命运来关注发展；不仅要学会用规范约束自我保护自我的发展，而且也要学会用规范促进和保护国家和民族的发展。关注发展不是不要规范和秩序，也不是无政府主义的肆意妄为，而是在社会规范的约束之下的关注。忘记了这一点，发展就没有保证。

概而言之，德育转换解读社会要求的视角，目的在于加强和改进德育，提高德育的实际效果，提高德育价值实现的程度，满足社会对德育、对德育对象思想政治品德水平的需要。同时，这种解读视角的转换，也是实事求是思想路线在德育实践中的体现。

（五）德育价值实现的评价

德育价值的评价和德育价值实现的评价，是两个相关联又不同内涵的概念。德育价值的评价，是对德育有没有价值的评价，有哪些价值的评价。上文在事实上已经完成对德育价值的评价。德育价值实现的评价，是对德育应有的价值实现情况的评价，这是研究德育价值实现应该给予回答的问题。由于德育价值实现问题的复杂性，也由于自己研究的进程，目前还很难有一个系统完整的思路。因此，这里只是想提出一些问题进行讨论。或许对问题本身的讨论更有价值。关于德育价值实现评价的主体。对德育价值实现的情况进行评价，有不同的主体。一是社会主体即德育价值主体，是指除德育主客体之外的人，一般来说它包括两个部分：统治阶级和社会。在现代社会中，这两个主体因为主体内涵的渐进一致，因而它们往往是统一的。二是德育主体。三是德育对象。主体对德育价值的实现评价的视角不同。德育对象对德育价值的评价有自己的视角，它从自己的角度出发，着重评价的是德育主体传达的内容是否是科学的、现实的。是否有助于自己对社会的认知，学会的德性知识是否与社会现实相符，当自己走入社会时按照接受的内容能否实行得通。德育对象在接受教育的过程中对德育价值的实现有评价的指向，当他们走向社会时，对德育价值的实现还会有自己进一步的视角和体验。德育主体对德育价值实现的评价，是看自己在教育实践中功能属性发挥得如何。他具体表现为对自己传达的内容是否被对象所接受，德育对象接受的内容是否变成了行为。德育价值主体的评价从根本来说，是社会对德育实效的评价，是对德育功能属性发挥程度的评价。社会对德育价值实现的评价，有着必要的宽容阈限。因为，任何人都知道德育自身的功能属性是有限度的，它不是万能的。社会德性水平如何，受许多因素的影响，如社会制度的约束、法律的惩戒等等。德育价值实现评价的内容。德育价值主体对社会需要的满足情况和德育功能属性发挥程度的评价，德育主体即德育价值客体对自身功能属性的发挥及对社会需要满足的情况进行评价，德育对象对自己的需要满足情况进行评价。综合起来是对德育应有的功能属性发挥的程度和对社会需要满足的程度进行评价。德育价值实现评价的标准。德育价值实现评价的标准，到底是德育对象接受了社会提出的要求理念，还是人们在理念中走向行动。理念说或接受说面对的问题是，理念是不好把握的，德育不能仅仅局限在理念的层面上。行动说或外化说面对的问题是，如果接受了什么内容的教育，就必然行动，德育不是全能了吗？对智育的评价的标准是对象接受的程度，对德育评价的标准为什么既是接受又是行动？人们接受的理念能否变成行动，既与认知内化的水平有关，又与社会报答力有直接关系。评价德育价值实现的标准是以多少人的接受为标准，多少人接受后的外化为标准。是按照社会要求的高标准还是按照社会要求的基本标准，对德育对象的具体行为评价应该怎样把握？讨论这个问题有一个现象让人费解，也反映评价标准中的矛盾。这就是人们认为大学生的德性水平不如中学生，中学生的德性水平不如小学生。而在每一个学段的情况是低年级的学生尤其是新生的德性水平比高年级的德性水平要好些。这里应该的情境是，高层次学生的德性水平比高年级的德性水平要高，这才合乎情理。因为从接受教育的角度看，高层次的学生和高年级的学生接受的教育比低年级和低层次学校的学生要多，应该好一些。问题在哪里？这实际上涉及德育的价值问题，试想，如果接受的教育越多而德性水平越差，那就要考虑德育的存在价值问题了。其实，在我们的文化传统和评价坐标中，一向有着听话的情结。我们在评价一个人的时候，总是自觉不自觉地把是否听话，是否循规蹈矩作为一个标准。如果有谁对规则表示出疑问的话，有谁能够在复杂的环境中表现出自我的能动性，我们都会表现出发自内心世界的拒斥和不舒服。其实，人发展得越成熟，就越应该是有不盲从的精神。就新老同学这个事例来说，就高年级和低年级、就高级学校和低级学校来说，高年级的学生应该是我们发展的目标。在听话情绪的评价坐标中，不仅反映出我们的评价标准问题，更深层次反映的是我们对学生成长和独立的一种失落。我们失落的是他们对权威的依赖和依附，我们失落的是他们的成长和独立，不然我们怎么会有这样的评价标准。一种听话情结反映在教育理念中，就会形成听话的标准。用这个标准来评价学生，势必造成培养出具有"奴性"品格的人。这是与我们的教育目标相悖的，这不仅会导致民族性格的弱化，而且也会使我们民族的创造活动减弱。在关注德育价值实现的时候，在讨论德育价值宪政评价的时候，我们必须认真审视我们的评价标准。在对学生评价的取向中，我们的情感倾向于不成熟的人，而我们的理性则可以倾向于成熟的人。让我们的评价摆脱情感的羁绊而走向理性，但这绝不意味着放纵成熟后的无所顾忌。

结　论

　　"德"是一个政治属性的概念，它是国家为了实现统治而提出的做人的标准。德字产生和发展的历程尤其是它的内在本质支持这个结论。作为政治属性的概念，它与道德既有区别又有联系。德调节的是国家与个人的关系，而道德调节的是社会与个人的关系，道德与社会不可分离，德与国家相生相伴。德包含着道德的要求，道德是德的构成。德是既有功能又有价值的，它的功能在于把人与动物区别开来使人获得人之为人的本质；为人的行为提供规范和标准；把握社会和个人发展的方向。它的价值在于使社会生活秩序，使国家统治稳定巩固，使个人获得利益，获得人之为人的本质。德获得的途径是自我学习、环境影响、社会教化。社会教化是基本途径，而环境影响和自我学习是不可忽视的途径。

　　德育是按照国家提出的德的标准，培育人的思想政治品德的实践活动。德育的价值就是德育所具有的，能够培育社会需要的思想政治品德的功能属性。这种功能属性是能够满足国家需要的功能属性，是国家需要在德育功能属性上的对象化反映。德育包含着道德教育，但是不能把道德教育等同于德育。德育属于政治教育，但是它的内容不都是政治，只不过它对内容的规定却是从政治视角考虑的。德育不能因历史上的教训而回避政治，把国外的公民教育理解为非政治教育有失科学客观，它不过是高明的政治教育。公民本身就是一个政治概念，它与民主政治有着不能割舍的关系。公民是政治概念的另一个根据就是，它与权力有关，公民既有政治权力又有政治责任。德育的关键不是回避政治，而是如何更好地现实地体现政治的要求。

　　德育有价值是因为它有功能，德育的功能和价值是可以证明的。德育的存在、德育的知识属性、德育的规范意义、德育的功力性追求、德育的影响性因素以及经验中对德育的指责，都能够证明德育的价值。同时，德育的功能和价值在现实中是有限的。从德育的功能特点、过程限制、主体构成、现实归因、发展维度和作用社会看，德育价值是有限的。德育的价值是德育具有能够满足国家需要的功能属性，因而德育价值就是德育能够满足国家需要的功能属性。德育具有解读价值、秩序价值、协调价值、导向价值、指导价值、发展价值、理想价值。

　　德育价值的实现是德育价值主体的需要，被德育的功能属性所满足。德育价值的实现，是德育服务社会的内在要求，是自身追求的价值目标。德育价值实现的条件是，德育内容的现实性，德育过程的科学性，社会现实的报答力。德育主体不仅要代表社会也要代表对象，德育不仅要讲社会积极因素也要讲现实问题，德育要讲高标准也要讲基本层次要求，德育要讲规范也要讲发展，这是德育价值实现中的思维视角转换。德育价值实现的评价是对德育价值实现程度的评价，德育价值实现评价的标准是一个值得研究的理论问题和实践问题。

参考文献

1．张澍军：《德育哲学引论》，人民出版社 2002 年版。

2．鲁洁、王逢贤：《德育新论》，江苏教育出版社 2000 年版。

3．储培君等：《德育论》，福建教育出版社 1997 年版。

4．鲁洁：《德育社会学》，福建教育出版社 1998 年版。

5．黄向阳：《德育原理》，华东师范大学出版社 2000 年版。

6．袁元、郑航：《德育原理》，广东高等教育出版社 1998 年版。

7．吴亚林：《德育创新论》，东方出版中心 2001 年版。

8．班华：《现代德育论》，安徽人民出版社 1996 年版。

9．王殿卿：《大学德育学》，河北人民出版社 1988 年版。

10．武汉大学思想政治教育系编：《比较德育学》，武汉大学出版社 2000 年版。

11．商戈令：《道德价值论》，浙江人民出版社 1988 年版。

12．竹立家：《道德价值论》，中国人民大学出版社1998 年版。

13．涂尔干：《道德教育》，上海人民出版社 2001 年版。

14．李伯黍、岑国桢：《道德发展与德育模式》，华东师范大学出版社 1999 年版。

15．张琼、马尽举：《道德接受论》，中国社会科学出版社 1995 年版。

16．〔英〕亚当·斯密：《道德情操论》，商务印书馆 1997 年版。

17．边沁：《道德与立法原理导论》，商务印书馆 2000 年版。

18．岑国珍等：《品德心理研究新进展》，学林出版社1999 年版。

19．卢乐珍：《幼儿道德教育的理论与实践》，福建教育出版社 1999 年版。

20．朱永康：《中外学校道德教育比较研究》，福建教育出版社 1998 年版。

21．景志明等：《中外学校德育综合比较》，西南师范大学出版社 2001 年版。

22．詹万生：《整体建构德育体系总论》，教育科学出版社 2001

年版。

23．吴铎、罗振国：《道德教育展望》，华东师范大学出版社 2002 年版。

24．檀传宝：《学校道德教育原理》，教育科学出版社 2000 年版。

25．社政司组编：《思想政治教育学原理》，高等教育出版社 1999 年版。

26．张耀灿、陈万柏：《思想政治教育学原理》，高等教育出版社 2001 年版。

27．王敏：《思想政治教育接受论》，湖北人民出版社2002 年版。

28．沈壮海：《思想政治教育有效性研究》，武汉大学出版社 2001 年版。

29．张耀灿等：《现代思想政治教育学》，人民出版社2001 年版。

30．张耀灿、徐志远：《现代思想政治教育学科论》，湖北人民出版社 2003 年版。

31．陈立思：《当代世界思想政治教育》，中国人民大学出版社 1999 年版。

32．冯增俊：《教育人类学》，江苏教育出版社 2001 年版。

33．黄济、王策三：《现代教育论》，人民教育出版社 1996 年版。

34．瞿葆奎：《教育基本理论之研究》，福建教育出版社 1998 年版。

35．王玄武，骆郁廷：《思想教

育、政治教育、道德教育比较研究》，武汉大学出版社 2002 年版。

36．[奥] 茨达齐尔：《教育人类学原理》，上海教育出版社 2001 年版。

37．桑新民、陈建翔：《教育哲学对话》，河北教育出版社 1999 年版。

38．章永生：《教育心理学》，河北教育出版社 1999 年版。

39．[英] 塞缪尔·斯迈尔斯：《品格的力量》，北京图书馆出版社 1999 年版。

40．[英] 怀特海：《教育的目的》，三联书店 2002 年版。

41．[捷克] 夸美纽斯：《大教学论》，教育科学出版社 1999 年版。

42．[英] 约翰·洛克：《教育漫话》，教育科学出版社 1999 年版。

43．[美] 托马斯·里克纳：《品质教育学校方略》，海南出版社 2001 年版。

44．[美] 托马斯·里克纳：《品质教育家长对策》，海南出版社 2000 年版。

45．陈谷嘉、朱汉民：《中国德育思想史》，浙江教育出版社 1998 年版。

46．张锡生：《中国德育思想史》，江苏教育出版社1993 年版。

47．曲士培：《中国大学教育发展史》，山西教育出版社 1993 年版。

48．龚海泉：《当代大学德育史论》，华中师范大学出版社 1997 年版。

49．杨保军：《新闻价值论》，中国人民大学出版社2003 年版。

50．李连科：《价值哲学引论》，商务印书馆 1999 年版。

51．李德顺：《价值论》，中国人民大学出版社 1987 年版。

52．道格拉斯等：《越轨社会学概论》，河北人民出版社 1987 年版。

53．彭继红：《德育价值新论》，载《湖南师范大学社会科学学报》1992 年第 3 期。

54．孙喜亭：《人的价值·教育价值·德育价值》，载《教育研究》1989 年第 5 期。

55．王玉梁：《20 年来我国价值哲学德研究》，载《中国社会科学》1999 年第 4 期。

56．杨国荣：《道德系统中的德性》，载《中国社会科学》2000 年第 3 期。

57．李太平：《德育功能·德育价值·德育目的》，载《湖北大学学报》1999 年第6 期。

58．赵剑民：《试析德育价值与德育实效》，载《教育探索》2001 年第 7 期。

59．龚群：《关于道德价值的概念及其层次》，载《哲学动态》1998 年第 1 期。

60．汪子嵩等：《希腊哲学史》（1、2），人民出版社1993 年版。

61．高平叔：《蔡元培教育论集》，湖南教育出版社1987 年版。

62．福山：《大分裂》，中国社会科学出版社 2002 年版。

63．项久雨：《思想政治教育价值论》，中国社会科学出版社 2003 年版。

64．佘双好：《现代德育课程论》，中国社会科学出版社 2003 年版。

65．张澍军：《思想理论教育论稿》，吉林人民出版社2000 年版。

66．《马克思恩格斯选集》（一至四卷），人民出版社 1972 年版。

67．张蔚萍：《思想政治工作概论》，陕西人民出版社1988 年版。

68．冷浩然：《思想政治工作中的哲学问题》，上海人民出版社 1997 年版。

69．张春兴：《教育心理学》，浙江教育出版社 2002 年版。

70．罗大华、何为民：《犯罪心理学》，浙江教育出版社 2002 年版。

71．黄希庭：《人格心理学》，浙江教育出版社 2002 年版。

72．王健敏：《道德学习论》，浙江教育出版社 2002 年版。

73．胡守芬：《德育原理》，北京师范大学出版社 1989 年版。

74．陈秉公：《思想政治教育学

原理》，辽宁人民出版社 2001 年版。

75. 李国钧等：《中国教育制度通史》，山东教育出版社 2000 年版。

76. 罗国杰：《中国传统道德》，中国人民大学出版社 1995 年版。

77. 成有信：《教育政治学》，江苏教育出版社 2000 年版。

78. 李丹：《儿童亲社会行为的发展》，上海科学普及出版社 2002 年版。

79. [法] 帕斯卡尔：《思想录》，商务印书馆 1995 年版。

80. 张瑞：《中国教育哲学史》，山东教育出版社 2000 年版。

81. 鲁洁：《超越与创新》，人民教育出版社 2001 年版。

82. 肖川：《教育的理想与信念》，岳麓书社 2002 年版。

83. 朱小蔓：《教育的问题与挑战》，南京师范大学出版社 2000 年版。

84. 陈桂生：《"教育学视界"的辨析》，华东师范大学出版社 1997 年版。

85. 夏正江：《教育理论哲学基础的反思》，上海教育出版社 2002 年版。

86. 田庆先：《21 世纪学校德育发展路向》，华中师范大学出版社 2002 年版。

87. 《普通高校思想政治教育课程文献选编》，中国人民大学出版社 2003 年版。

88. 教育部基础教育司：《思想品德课程标准》，北京师范大学出版社 2003 年版。

89. 吴铎：《德育课程与教学论》，浙江教育出版社 2003 年版。

90. 教育部思政司：《马克思主义思想政治教育著作导读》，高等教育出版社 2001 年版。

91. 国家教委思想政治工作司：《马克思主义思想政治教育理论基础》，高等教育出版社 1992 年版。

92. 涂尔干：《职业伦理与公民道德》，上海人民出版社 2001 年版。

93. [美] 马丁·里奇：《道德发展的理论》，黑龙江人民出版社 2003 年版。

94. [美] 纳希：《道德领域中的教育》，黑龙江人民出版社 2003 年版。

95. [英] 威尔逊：《道德教育新论》，浙江教育出版社 2003 年版。

96. [英] 彼德斯：《道德发展与道德教育》，浙江教育出版社 2003 年版。

97. [美] 戴维斯：《道德教育的理论与实践》，浙江教育出版社 2003 年版。

98. [美] 杜威著：《道德教育原理》，浙江教育出版社 2003 年版。

99. [美] 科尔伯格《道德教育的哲学》，浙江教育出版社 2003 年版。

100. ［英］拉思斯著:《价值与教学》,浙江教育出版社 2003 年版。

101. 高德胜:《知性德育及其超越》,教育科学出版社 2003 年版。

102. Albert Bandura. Selective. Moral Disengagement in the Exercise of Moral Agency. Journal of Moral Education, Vol. 31, No. 2, 2002.

103. Liisa. Myyry and Klaus Helkama. The Role of value priorities and professional. ethics Training in moral sensitivity. Journal of moral education Vol. 31, No. 1. 2002

104. YounissJ, Yates M, Youth services and moral identity : A case for everyday morality. Educational psychology Review, April, 1998.

105. Aron, I. E, Moral education : the formalist tradition and the Dewey an alternative . In Birmingtham Alabama : Religious Education press

106. B. Hersh, J. Miller, and G. Feildin, Models Moral Education: An Appraisal . Longman Inc. 1980.

107. Peters, R. S. Moral development and education. London. Georef All and Unwinn Ltd, 1981.

108. P. Mcphail, J. Ungoed-Thomas, and H. Chapman, Moral Education in Secondary School. Longman Group Limited, 1972.

109. Betty, A. S.. Moral education: character, community and ideal. Philadelphia: Religious Education Press. 1988.

110. Daniel Brugman. The Teaching and Measurement of Moral Judgment Development. Journal of Moral Education Vol. 32, No. 2, 2003.

111. Michael J. Pardale. "So, How did you Arrive at that Decision?" Connecting Moral Imagination and Moral Judgment S. Journal of Moral Education Vol, 31, No. 4, 2002.

112. Mark T. Greenberg etc. Enhancing school – Based Prevention and Y outh Development Through Coordinated Social, Emotional, and Academic Learning. June/July 2003. American Psychologist.

113. Motoko Akiba etc Students Victimization: National and School system Effects on School Violence in 37 Nations. American Educational Research Journal Winter 2002, Vol.39, No.4, P829 ~ 853.

114. Alessandra C. Iervolino etc. Genetic and Environmental Influences in Adolescent Peer Socialization: Evidence from Two Genetically Sensitive Designs. Child Development, January/February 2002, Vol.73, No.1, P 162 ~ 174.

115. Shira Haviv. Moral Decision-

making in Real life: factors affecting moral orientation and behavior justification. Journal of Moral Education, Vol.31, No.2, 2002.

116. Doret DE Ruyter. The Virtue of Taking Responsibility. Educational Philosophy and Theory. Vol.34. No.1, 2002.

后　记

　　《德育价值论》是在我博士论文的基础上改写而成的。

　　选择德育价值论作为我博士论文的题目，源自于这样两个原因：其一是德育的价值需要认识和证明。德育在事实上存在和被需要，这足以证明德育是有价值的。但是在社会现实中，有一种否认德育价值的倾向，这种倾向既影响德育价值的实现，也形成一种对从事工作的人的偏见。由于这种倾向认为德育是没有价值的，自然从事德育理论研究和德育实践的人就没有价值了。证明德育有价值本身，既是为了给德育实践寻找价值论的根据，也是为了给从事德育实践的人的行为注入理由。就德育实践主体自身而言，固然有相当数量的人是自为的、理性的，知道自己从事工作的价值和意义，但也确有相当数量的人对自己的工作处在一种不自觉状态，即不知道自己从事的工作到底有什么价值。正如，人生是每个人都经历和度过的，而真正认识人生理解人生的人并不多。因而，对德育价值的研究，也是为了给自己，给从事德育实践的人一个明晰的图景，最低可以引发人们对德育价值的思考。其二是德育的实效性需要认识德育价值。德育是社会实践活动的一种，而任何社会实践活动都是要追求实际效果的，对德育实践效果的追求不仅是社会也是德育实践主体的行为取向。实际上，追求德育的实效性，也就是追求德育价值的实现。要实现德育的价值，要追求德育的实际效果，就必须认识德育有哪些价值。一般而言，德育价值的实现是德育主体明确德育职能，把握德育功能，认识社会需要而努力实践的结果。我们有理由相信，德育主体在不知道自己有什么职能，不知道自己有什么功能，不知道社会需要德育做什么不知道自己做的是什么的情况下，他们所从事的实践必然是盲目的，因而也必然是无价值的。这里，认识德育的价值，既成为德育实践有效的前提，也成为德育实效的基础。这样两个理由，构成了我研究德育价值的动因。

尽管在主观上有这样良好的愿望，但是在实际的写作中与这种良好的愿望还是有相当距离的。这一方面是自己在主观上努力不够，另一方面就是自己的能力水平有限。面对这样一个问题，有时确有力不从心的感觉。应该说，德育价值论的现在状态，只不过是给德育价值进行系统研究确立了一个基本框架，文中诸多的不完善之处有待于今后的深化和拓展，甚至是矫正。我期待着对德育价值进行更深入的研究！

在我论文写作的过程中，自始至终得到了导师张澍军先生的悉心指导。无论是选题还是框架的建构，尤其是在论文的写作过程中，都渗透着导师的心血。导师对论文所进行的精雕细刻式的观照，对学术的执著追求精神，严谨的治学态度，诲人不倦的风范，以及对学生的理解和宽容、关怀、尊重，让我永生难忘。感谢导师吸纳我为他的学生，使我的学术追求有所皈依。在导师身上，不仅理解了怎样做人，怎样做事，而且也学会了怎样当老师，怎样做学问。这些，都将成为我学术发展中的营养和积淀。汪继福教授、阎志才教授、栾雪飞教授、郭风志教授，在我开题报告时，为我论文的框架结构提出了十分宝贵的意见，使我论文提纲得以完善。艾福成教授、汪继福教授、阎志才教授、栾雪飞教授、宋连胜教授，在我论文答辩过程中，为论文的修改和完善提出了许多建设性意见。论文有今天的模样，与他们的指导和帮助是分不开的。我真诚地感谢他们！还要感谢的是，吉林大学的陈秉公教授，中国社会科学院的杨海蛟先生，在我论文选题处于困惑和徘徊时，帮助我确定方向，使我少走了弯路。王惯中硕士为我的论文提供可贵的资料，朱华友博士在我论文付印编排过程中给予了诸多的帮助，这些都是我不仅要感谢的，而且也是我永远不能忘怀的。

我还要感谢我的妻子马艳女士，在我攻读学位和撰写论文期间乃至论文修改时，承担了所有的家务劳动，使我摆脱了家庭琐事的烦恼，能够集中精力专心攻读学位和撰写论文。没有她的理解和支持，不会有我今天这样的成果。

　　本书的出版得到了东北师范大学社会科学研究资金（世界文明研究成果之一）和马克思主义研究院科研基金的资助。感谢中国社会科学出版社编辑任明先生，为本书的出版所付出的艰辛和汗水。

王立仁

2004 年 10 月 25 日